dtv

Reihe Hanser

Als Viorel seine Mutter eines Tages tot am Küchentisch vorfindet, ist er starr vor Trauer. Aber dann entscheidet er sich zu handeln. Wollte sie nicht immer in ihrer Heimat am Schwarzen Meer bestattet werden? Kurzerhand wickelt Viorel ihren Leichnam in einen Schlafsack ein, verfrachtet die Mutter in den Kofferraum des klapprigen Corsa, und ab geht die Fahrt ohne Führerschein Richtung Rumänien. Eine Reise in den »Wilden Osten« Europas voll schwarzem Humor und Skurrilität beginnt!

Dirk Pope, 1969 geboren, war über 10 Jahre in der Werbebranche tätig, ehe er sich entschloss, sein Referendariat an einem Frankfurter Gymnasium nachzuholen. Seit 2010 arbeitet er neben dem Schreiben als Deutsch- und Sportlehrer. Dirk Pope lebt mit seiner Familie in Frankfurt am Main.

Dirk Pope

Abgefahren

Roman

dtv

Ausführliche Informationen über
unsere Autoren und Bücher
www.dtv.de

Für Susan Bindermann
(† 2016)

MIX
Papier aus verantwortungsvollen Quellen
FSC® C019821

2020 dtv Verlagsgesellschaft mbH & Co. KG, München
Lizenzausgabe mit freundlicher Genehmigung der
Carl Hanser Verlag GmbH & Co. KG, München

Umschlaggestaltung: dtv nach einem Entwurf von Enrico Pellegrino,
Wiesbaden unter Verwendung von Fotos von Marie Docher und
Jim Erickson/plainpicture
Karten: Peter Palm, Berlin
Gesetzt aus der Aldus LT Std 10/13,5˙
Satz: C.H.Beck.Media.Solutions, Nördlingen
Druck und Bindung: Druckerei C.H.Beck, Nördlingen
Printed in Germany · ISBN 978-3-423-62724-5

»Und dann fort, nach Hause! Fort, zum schnellsten und nächsten Zug! Fort von diesem verfluchten Ort, aus diesem verfluchten Land, wo der Teufel und seine Kinder in menschlicher Gestalt umherwandeln!«

Bram Stoker, Dracula

DÄNEMARK
Nordsee
Ostsee
Weichsel
NIEDER-
LANDE
Elbe
POLEN
Oder
Rhein
Essen
DEUTSCHLAND
Köln
BELGIEN
Frankfurt
LUXEMBURG
TSCHECHISCHE
REPUBLIK
Nürnberg
Rhein
Passau
FRANK-
REICH
Donau
Wien
Györ
ÖSTERREICH
SCHWEIZ
SLOWENIEN
Po
KROATIEN
BOSNIEN
HERZE-
GOWINA
ITALIEN
Ligurisches
Meer
Adria
0
100
200 km

N
W
O
S
WEISS-
RUSSLAND
UKRAINE
SLOWAKEI
REPUBLIK
MOLDAU
Gura
Humorului
Iași
Bistrița
Bacău
Budapest
Oradea
Cluj
UNGARN
Mahmudia
Galați
Tulcea
Sfântu
Gheorghe
RUMÄNIEN
Donau
SERBIEN
Schwarzes
Meer
BULGARIEN
MONTE-
NEGRO
KOSOVO
MAZEDONIEN
GRIECHENLAND
ALBANIEN
TÜRKEI

Kilometer 279

Alles ist messbar. Die Geschwindigkeit. Die Uhrzeit. Die Luftfeuchtigkeit. Die Quadratmeterzahl einer Zweizimmerwohnung. Die Essensmenge pro Tellereinheit, in Gewicht, Volumen und Kalorien. Die Dioptrienzahl seiner Brille. Der Blutdruck. Der Körperumfang. Bauch, Beine, Po. Alles kann man messen, errechnen, kalkulieren. Vor und hinter dem Komma. Auch die Wegstrecke, die er seit heute Morgen von Essen-Vogelheim aus zurückgelegt hat, kann er bestimmen. Hundertmetergenau. 279,8 Kilometer. 279,9. Die rechte Achse des Tachometers dreht auf null und schiebt die beiden linksseitig angrenzenden Achsen je eine Ziffer weiter. 280 Kilometer. Woher soll er wissen, ob die Angaben tatsächlich stimmen oder nicht fehlerhaft sind? Vielleicht sind hundert Meter in Wirklichkeit 120. Oder nur 90. Und man läuft Gefahr, schon auf kürzester Distanz in die Irre geführt zu werden, wenn nur eine einzige Zahl, ein einziger Parameter falsch ist. Oder man sich nicht auskennt.

Viorel kennt sich nicht aus. Nicht außerhalb des Ruhrgebiets. Und schon gar nicht außerhalb Deutschlands. Alles Ungefähre, alles, was vage ist und über seinen Tellerrand hinausgeht, bereitet ihm Unbehagen. Wahrscheinlich ist es das, was ihn heute am meisten aus dem Tritt bringt. So genau kann er es nicht sagen. Missmutig öffnet er das Handschuhfach, greift nach einer Schachtel Schokoküssen. Mit extradick auf Waffeln dressiertem Schaumzucker. Ein Schokokuss oder auch zwei, bis der Pappkarton leer ist und er ihn neben sich auf die Fußmatte fallen lässt. Aufräumen kann er später.

Weiter auf der linken Spur. Jetzt 130. Viorel beschleunigt, bremst wieder ab und beschleunigt erneut. Bei regennasskalter Fahrbahn, die im Takt der Scheibenwischanlage nur kurz in seinem Sichtfeld auftaucht, um Sekundenbruchteile später wieder weggeschwemmt zu werden. Über die Lautsprecher Musik. Mit feuchten Fingern drückt er auf den Reglern. Vor. Zurück. Wieder vor. Die größten Hit-Konserven der letzten Jahrzehnte. Und das Beste von heute. Oder das, was am wenigsten auf die Nerven geht. Dazwischen der Wetterbericht.

Südlich der Donau weitere Regenfälle. Die Schneefallgrenze sinkt auf unter tausend Meter. Gegen Mittag ist es teils bewölkt, teils gibt es sonnige Abschnitte, und es bleibt weitestgehend trocken. Erst am Abend kommt an der Nordsee neuer Regen auf.

Sauregen, denkt er. Sauregen kommt auf. Was soll man auch sonst von einer Jahreszeit erwarten, die sich kurz vor Weihnachten von ihrer schlechtesten Seite zeigt? Dezemberdeutsches Sauwetter. Sauwetter im Ersten mit einem der unzähligen Fernseh-Sauwetterfrösche. Jonathan Pflüger präsentiert das Tiefdruckgebiet Jonathan, das heute genauso heißen darf wie er selbst. Zur Feier des Tages. Pflüger mit einer zielfernrohrähnlichen Isobarenformation auf der Mattscheibe, aus allen Rohren feuernd. Nichts mehr zu sehen auf dem Tagesthemenströmungsfilm. Filmriss. Oder doch. Der 10 000-Tage-Wettertrend für Hamburg. Hamburg! Was interessiert ihn Pflügers Hamburg, wo er längst hinter Frankfurt ist?

Die Temperaturen erreichen zwei Grad in Oberbayern und drei Grad am Niederrhein. Der Wind weht schwach bis mäßig aus West bis Nord, zum Abend lebt der Wind im Voralpenraum deutlich auf.

Seine Laune sinkt auf den Nullpunkt, in den Minusbereich. Schon jetzt. Nicht dass er irgendwelche Erwartungen an diesen Tag gehabt hätte. So weit würde Viorel nicht gehen. Doch ihn plagt die Gewissheit, diese Reise schlecht geplant zu haben. Weil er gar nichts geplant hat. Er hat intuitiv gehandelt, aus seinem fetten Bauch heraus. Und das erscheint ihm als Voraussetzung für das, was auf dieser Fahrt passieren kann, alles andere als optimal. Suboptimal. Mäßig. Er ist kaum vorbereitet. Nicht einmal einen Regenschirm hat er bei sich. Oder eine Zahnbürste. Und jetzt das. Trommeln. Dröhnen. Ein orchestraler Dauertusch aus faustgroßen Regentropfen hämmert ihm blindwütig auf das Dach. Hört nicht auf, niemals. Fallen Regentropfen kopfüber oder mit den Füßen zuerst?

Viorel fährt sich über die Brillengläser. Das Wetter ist nur eine Angelegenheit für Menschen, die noch zu Fuß gehen, denkt er. Dann schaltet er das Radio wieder aus und konzentriert sich auf die in tiefen Pfützen stehende Autobahn, die meterhohe Fontänen über die vorbeischwimmenden Fahrzeuge spritzt.

40 Kilometer weiter Land in Sicht. Eine Insel mit Zapfsäule und Schnellrestaurant. Einmal voll kostet ihn 53,20 Euro. Weit wird er damit nicht kommen. Vielleicht bis Passau. Oder Österreich. Eine befremdliche Vorstellung für jemanden, der ungern verreist.

Erst auf die Toilette, dann in den Essbereich. Viorel hat Hunger. Nicht viel los hier, stellt er fest, obwohl bald Mittagszeit sein müsste. Eine ältere Frau ohne Hals, die sich an einem pferdefußgroßen Zigeunerschnitzel festhält. Eine Familie mit zwei lärmenden Kindern. Eine Reisegruppe Norwegerpullover. Die übliche Geräuschkulisse aus Tellerklappern, essenden oder sich anschreienden Menschen, Handyklingeln und weihnachtlicher Hintergrundmusik. *O du fröhliche!* Viorel klappt ein plexiverglastes Brötchenvitrinenfach hoch, steckt die Hand gierig rein. Die Finger umschließen, nein, krallen. Ein belegtes Brötchen. Nicht mehr ganz frisch, aber jetzt genau das Richtige. Ungesüßter Hefeteig mit Weizenmehl. Außen Kruste, innen Krume. Dazwischen Butter, Tomate, Käse, Salami, noch mal Butter. Ohne sich weiter Gedanken über die mit Lieblosigkeit belegten Raststättenbrötchen zu machen, schlingt er es hinunter. Noch eins. Und zwei zum Mitnehmen, besser drei. Dazu eine Tüte Chips, ein halbes Dutzend Schokoriegel und eine 2-Liter-Flasche Cola. Er lässt sich zwei Plastiktüten geben, hastet durch den Regen zurück zum Auto und deponiert die Vorräte auf dem Beifahrersitz. In Reichweite. Dann anschnallen, Zündschlüssel ins Zündschloss. Und Motor an. So wie er es in seinen ersten Fahrstunden gelernt hat. Drei, um genau zu sein. Dreimal 45 Minuten Praxis. Weiter ist er nicht gekommen. Wozu auch? Statistisch gesehen, verunglücken mehr Fußgänger durch Autofahrer als umgekehrt. Was soll ihm da am Steuer schon passieren?

Die über den Morgen kondensierte Innenraumluftfeuchtigkeit hängt noch immer an der Decke, an den Seitenscheibeninnenseiten. Als Perlenkette. Als Christbaumschmuck am Duftbäumchen, das bereits unter dem Rückspiegel hing, als seine Mutter den Wagen gekauft hatte.

1650 Euro, so wie er dasteht.

Mit Winterreifen?

Mit Winterreifen und Duftbäumchen.

Ein Glückskauf. Viorel durfte auf dem Beifahrersitz Platz nehmen. Nicht nur, weil er dafür alt genug war. Eher deshalb, weil sein Körper hinten nicht reinpasste. Noch nie. Der komfortfremde Klappsitz, die viel zu enge Rückbank. Jetzt aber sitzt er selbst am Steuer. Mit dem Handrücken wischt er von innen über die Windschutzscheibe, um überhaupt etwas erkennen zu können, als er den Wagen ruckartig in Gang setzt.

Kurz vor der Ausfahrt ein Anhalter. Ein Anhalter, der aufhält. Viorel fährt rechts ran. Warum nur? Wieso heute? Das Wetter. Ja, das Sauwetter ist schuld. Da jagt man keinen Hund vor die Tür, Menschen schon. Die können sich ja was drüberziehen. Der auf dem Seitenstreifen wartende Mann ist ganz in Schwarz gekleidet. Schwarze Hose, schwarzer Mantel mit silbernen Manschetten und schmalen Epauletten, so wie ihn früher Offiziere getragen haben. Den Kragen hochgestellt. Trotz Dauerregens besitzt er weder einen Schirm noch einen Hut oder eine Kapuze, offensichtlich. Über der Schulter trägt der Fremde einen übergroßen, ebenfalls schwarzen Seesack. Bis auf die bleiche Haut ist alles schwarz an ihm. Düster. Das Wetter scheint ihm wenig auszumachen. Fast wirkt er so, als würde er vom Regen überhaupt nichts mitbekommen. Vielleicht ist er es gewohnt, im Feuchten zu stehen, denkt Viorel. Wie Tiere, die keinen Unterschlupf finden.

Um Platz zu schaffen, verschwindet eine Proviantüte im Handschuhfach, die andere unter seinen Beinen. Viorel öffnet von innen die Tür.

»Hallo … kann … kann ich Sie mitnehmen?«

»Das wäre überaus reizend.«

Der Anhalter zögert keinen Moment. Wie selbstverständlich klappt er den Beifahrersitz nach vorn und lässt sein riesiges Gepäckstück hinten auf den Sitz fallen. Dann einsteigen. *Tag. Tag. Danke für so viel Aufmerksamkeit.* Der Fremde schließt die Tür, Viorel gibt wieder Gas.

»Bis wohin …?«

»Ich bin auf dem Weg nach Ungarn. In die Nähe von Györ in Pannonien, um genau zu sein. Wenn ich bis dorthin mitfahren könnte, wäre das großartig, überaus großartig sogar. Vorausgesetzt, unser Weg ist derselbe.«

Györ in Ungarn, in der Pannonischen Tiefebene. Als hätte es der Fremde geahnt. Denn wenn Viorel sich recht erinnert, liegt die Stadt tatsächlich auf seiner Strecke, ist aber noch acht, neun, zehn Stunden weit entfernt. Sofern nichts dazwischenkommt. Schon jetzt bereut er, überhaupt angehalten zu haben. Der Mann hätte aber auch Bukarest sagen können. Oder Eriwan. Und was hätte er dann geantwortet, um ihn wieder loszuwerden? Bukarest? Schade, fahre schon in Nürnberg ab. Doch das stimmt nicht. Sein Ziel liegt irgendwo in Rumänien, in Osteuropa. Oder Westasien. Viorel hat zwar eine ungefähre Ahnung, ganz sicher ist er aber nicht.

Unzufrieden mit sich selbst wirft er einen Blick auf die Umgebung. Ein Tag wie jeder andere, denkt er. So wie er hier rund um das Jahr zur Verfügung steht. Der Horizont krümmt sich zwischen Himmel und Erde, zwischen Hellschwarz und Dunkelgrau, dass Viorel nicht weiß, wo genau er sein Auge festmachen soll. Waldgraue Bäume. Ackergraue Felder. Verkehrssicherheitsgraue Leitplanken. Graue Zugvögel über grauen Bahngleisen. Ab und an ein paar Häuser. Dörfer. Über ihm Pflügers Jonathan, vor ihm Unterfranken. Unterfränkische Kirchtürme und Ortschaften in Mitteldeutschland. Oder zählt Unterfranken schon zu Unterdeutschland? Die Gegend ist ihm so fremd wie alles um ihn herum. So wie sein Mitfahrer, der ihn zwar freundlich begrüßt hat, der aber seit der Raststätte wie abwesend aus dem Fenster starrt. Soll er ihm einen Schokoriegel anbieten?

»Möchten Sie … vielleicht etwas zum Essen? Dort im Handschuhfach …«

»Vielen Dank, das ist sehr freundlich«, hört er den anderen sagen. »Aber ich speise nicht, tagsüber.«

Konversation war noch nie leicht. *Guten Tag. Auf Wiedersehen. Wo fahren Sie hin? Ach, dorthin wollte ich noch nie.* Small Talk, reden, um zu reden. Viorel greift nach der Tüte Kartoffelchips. Dann schiebt er den Sitz leicht nach vorn, sodass er das Steuer, eingeklemmt zwischen zwei Hautfalten, lenken kann. Mit viel Bauchgefühl. Konzentration ganz auf den Verkehr.

Blick geradeaus, den Ruhepuls auf 180. Im nächsten Moment bremst Viorel wieder ab. Wenige Hundert Meter weiter verengt sich die Fahrbahn, und er steuert im Pulk der vor ihm fahrenden Autos einer von gelben Warnleuchten umzäunten Baustelle entgegen. Eine Autobahnbaustelle. Ausbau der A3 bis zum Schwarzen Meer. Stau bis zum Horizont, ein Mercedes zieht vor ihm auf die rechte Spur. Ihm bleibt nichts anderes übrig, als erneut vom Gas zu gehen und sich hinten anzustellen.

»Verzeihung, ich will nicht unhöflich sein. Aber mir kommt es so vor, als würde hier etwas riechen.«

Der Anhalter erwacht aus seiner Lethargie, dreht den Kopf leicht zu ihm.

»Riechen, wie meinen Sie das?«

Viorel fährt zusammen.

»Dort hinten im Kofferraum, der Geruch ist ganz offensichtlich, wenn mich nicht alles täuscht.«

»Im Kofferraum?«

Viorel stockt der Atem. Was kann der Fremde dort wohl riechen? Einen aus der Schachtel gefallenen Schokokuss. Oder die Sachen, die in dem Seesack verstaut und unterwegs feucht geworden sind? Doch Viorel riecht es jetzt auch. Nur leicht, aber eindeutig. Vielleicht hat er es die ganze Zeit gerochen, unterbewusst. Es war immer da. Und jetzt ist es nicht mehr wegzuriechen. Kein Zweifel. Ein Geruch, der nicht hierhergehört. Ein Geruch, der sich ausbreitet. Der unter der Hutablage hervorkriecht. Unsichtbar, beißend. Ein widerlicher Geruch, der sich über den Rücksitz nach vorne wälzt, der sich unter dem Rückspiegel an den vorweihnachtlichen Duftbaum heftet. Der sich im Fahrerraum eingerichtet hat und die Füße hochlegt. *So, ich nehm dann mal Platz. Vielen Dank. Wohin geht die Reise, in den Wilden Osten? Wunderbar, da bleibe ich noch ein Weilchen.* Viorel kurbelt das Fenster runter, ohne dass sich etwas ändert.

»Es ist so, dass ich ... Ich meine, dass das, was da hinten ... Was Sie da riechen können, im Kofferraum ... Das ist wahrscheinlich ...«

Stammeln. Stottern. Viorel weiß nicht recht, wie er anfangen soll.

»Um ehrlich zu sein – das da hinten ist ein Leichnam«, stößt er hervor. »Eine Tote. Ich muss sie beerdigen lassen, verstehen Sie?«

»Eine Tote, was du nicht sagst! Aber ich bitte um Verzeihung: Das kommt mir etwas merkwürdig vor. Seltsam geradezu. Und du transportierst sie in deinem Auto – im Kofferraum?«

Sein Fahrgast duzt ihn. Umgekehrt wird er ihn siezen, denkt Viorel. Eine Frage des Alters. Der Anhalter ist sicherlich schon 40. Oder 50. Mit 17 hat man kein Auge für den Grad des körperlichen Verfalls anderer Leute.

»Ich glaube, so kann man es ausdrücken, ja«, versucht er es erneut.

»Das ist, sagen wir es einmal so: ungewöhnlich. Doch du wirst deine Gründe haben, nehme ich an?«

Der Fremde reagiert erstaunlich gelassen, nicht empört. Zumindest tut er so, so genau kann es Viorel nicht einschätzen. Dennoch hat er das Gefühl, dem Mann eine Erklärung schuldig zu sein. Nur, wie soll er alles erklären? Eine Tote im Kofferraum. Ihm steht der Schweiß auf der Stirn, mehr denn je. Eine Tote. Ja, eine Tote. Um genau zu sein, handelt es sich um seine Mutter, die er heute Morgen erst in einen Schlafsack gewickelt hat. In seinen alten Jugendherbergsschlafsack. Müllbeutelblau, mit aufgeplatzter Naht und kaputtem Reißverschluss.

»Die eigene Mutter. War es …?«, fängt der Anhalter wieder an, als Viorel schon gehofft hat, alles gesagt zu haben.

»Nein, nein. War es nicht!«, fällt er dem Fremden ins Wort. »Kein Verbrechen, nichts Gewaltsames. Gott sei Dank! Nicht so, wie es für Sie vielleicht aussieht. Es war ein natürlicher Tod, ganz bestimmt.«

Unerwartet, aber natürlich. Vermutlich Herzschlag. In der Nacht, ganz friedlich. Viorel hatte es erst am nächsten Morgen bemerkt. Vorgestern, vor zwei Tagen. Vor über 48 Stunden. Deshalb der Geruch. Er bittet, dies zu entschuldigen.

»Das ist sehr bedauerlich, äußerst tragisch geradezu. Ein unbeschreiblicher Verlust, und diese Dramatik! Hat man so etwas schon gehört? Ich bin fassungslos. Wenn der eigene Sohn seine Mutter … Mein herzliches Beileid.«

Der Anhalter macht den Eindruck, als hätte er sich schnell wieder beruhigt. Sofern er sich überhaupt aufgeregt hat. Er scheint fast teilnahmslos, kühl. So, als verkehre er ausschließlich in Leichentransportern. Viorel kann diese Abgeklärtheit nur recht sein. Nicht auszudenken, wenn sein Fahrgast die Polizei verständigen wollte. Stattdessen spricht er bedächtig gleichmütig, kantig. Ohne die Stimme zu heben oder zu senken.

»Wenn ich das geahnt hätte, hätte ich dich selbstverständlich nicht angehalten. Sofern du das möchtest, kannst du mich an der nächsten Raststätte wieder absetzen.«

Viorel verliert kurz das innere Gleichgewicht. Schließlich hat er angehalten, nicht der Anhalter ihn.

»Was hast du jetzt vor?«

»Wie meinen Sie das, was soll ich vorhaben?«

»Nun, eine Art Plan wirst du mit Sicherheit haben, denke ich, ein Ziel. Irgendwohin bist du mit ihr ja unterwegs, oder?«

Irgendwohin ganz sicher. Doch so genau weiß er es selber nicht.

»Die A3 runter«, fällt ihm mit brüchiger Stimme ein, im Bewusstsein, nicht viel genauer antworten zu können. »Über die Grenze, bis nach Wien. Und dann durch Ungarn rüber nach Siebenbürgen.«

»Bis nach Rumänien, mit einer Leiche? Pardon, mit deiner verstorbenen Mutter im Kofferraum. Ist das dein Ernst?«

Natürlich ist es das. Er fährt seine tote Mutter nicht zum Spaß durch die Gegend. Sie will zurück in die Heimat, wollte. Schon immer. Zurück zu ihrer Familie, die er nie kennengelernt hat, nur vom Hörensagen. Schließlich war er bis jetzt nicht in Rumänien, und um Familienangelegenheiten hat er sich nie gekümmert. Viorel will ihr diesen Wunsch erfüllen, ihren letzten Willen. Koste es, was es wolle. Oder besser, so wenig wie möglich. In seinem Alter ist man knapp bei Kasse. Eine Überführung würde ihn ein Vermögen kosten. Da macht er es besser selbst. Wenn er erst einmal dort ist, wird sich schon eine Lösung finden. Viorel hat die Adresse eines Onkels, der sich um alles kümmern wird, sobald er ihn gefunden und in Kenntnis gesetzt hat. So seine Hoffnung. Wichtig für ihn ist jetzt nur, die Tote schnellstmöglich in den Osten zu bringen. Warum auch nicht? Eine Leiche überführen ist doch kein Verbrechen. Vielleicht eine Ordnungswidrigkeit, ein Verkehrsdelikt wie ein defektes Licht. Oder Falschparken. 1500 Kilometer, einfach. Wenn er auf direktem Weg hin- und zurückfährt, kommt er mit 300 Litern Sprit aus. Günstiger geht es nicht. Und tot ist tot. Was macht es da aus, dass er sie im Kofferraum transportiert? Seine Hände zittern, während er das alles dem Fremden erzählt.

»Entschuldige, dass ich mich da eingemischt habe«, entgegnet dieser, »und es offensichtlich immer noch tue. Deine tote Mutter ist zweifelsohne eine sehr persönliche Angelegenheit, und ich finde es überaus bemerkenswert, wie du dich dieser, sagen wir einmal, *delikaten* Sache annimmst. Aber du brauchst meines Erachtens einen Totenschein, einen Leichenpass und natürlich ein Behältnis, um den Leichnam zu überführen.«

»Sie meinen: einen Sarg?«

Als wäre ihm der Gedanke nicht selbst gekommen. Aber wie hätte er eine derart große Holzkiste transportieren können – in seinem viel zu engen Kofferraum? Was manche Leute denken. Und für einen Totenschein war keine Zeit. Viorel schwitzt, die Verstorbene riecht. Schon jetzt ist der Gestank unerträglich. Fenster auf. Regen rein. Fenster zu. Halb auf, halb auf Spalt. Er würde jetzt gerne rauchen, nur um den süßlich-käsigen Geruch nicht mehr wahrnehmen zu müssen. Doch Viorel raucht nicht. Gelegentlich isst er. Nicht gelegentlich, eher bei jeder Gelegenheit. Zu den Mahlzeiten, dazwischen. Und zwischen den Zwischenmahlzeiten.

»Ich war einst mit einem Thanatologen bekannt«, fährt der Anhalter fort. »Ein Bestatter, der auch einbalsamiert. Seinen Ausführungen zufolge empfiehlt es sich, einem Toten Watte in den Hals zu stopfen. In die Luft- und Speiseröhre. Wegen des Geruchs.«

»Watte? Sie meinen, ich soll meiner Mutter Watte in den Hals …?«

»Bitte verstehe mich nicht falsch, ich will dir nur einen Rat geben. Das wird bei offenen Särgen so gehandhabt. So sagte es mir damals mein Bekannter.«

Natürlich, schießt es Viorel durch den Kopf. Watte. Warum ist ihm das nicht selbst eingefallen? Das hätte er gleich erledigen können, schon zu Hause. Und jetzt? Woher soll er Watte nehmen? Hier, mitten auf der Autobahn. Ob es auch ein Taschentuch tue? Besser wäre etwas aus Stoff, ein Stofftaschentuch. Wer hat heutzutage noch Stofftaschentücher? Ein Lappen. Ein Halstuch, ein Schal. Eine Socke. Viorel hat kein Gepäck dabei. Weil er zu keinem Gedanken fähig war, der über die Türschwelle ihrer Zweizimmerwohnung hinausging. Weder vorgestern oder gestern noch heute früh. Schockstarre. Leere. Gedankliche Lähmung. Dennoch, eine Socke wäre nicht das Schlechteste. Vielleicht sogar das Beste, das Einzige, was gerade verfügbar ist. Ob er den Fremden um eine Socke bitten soll? Wer weiß, was sich alles in dessen Seesack befindet? Nein, er kann ihn nicht nach einer Socke fragen. Dann besser die eigene. Viorel starrt wieder auf die Autobahn. Die A3 schlängelt sich durch unterobermittelfränkisches Niemandsland. Wiesen, Felder, abgebrannte Äcker. Hier fährt niemand freiwillig ab.

Etliche Kilometer weiter ein Autobahnparkplatz. Obwohl der Rastplatz leer ist, tastet sich Viorel bis ganz ans Ende, vorsichtshalber. Die Regentropfen verdampfen auf der heiß gewordenen Motorhaube, als er anhält. Langsam steigt er aus, blickt sich um. Niemand, der ihn beobachtet. Bedächtig, fast ängstlich öffnet er die Heckklappe. Es kommt ihm vor wie das Öffnen eines Sargdeckels. Dort die Tote, die er vor wenigen Stunden in seinen alten Schlafsack gewickelt hat. Außen herum ein Stück Schnur, damit sich der Schlafsack nicht löst, aufgrund des defekten Reißverschlusses.

Viorel lockert die Kordel. Dann den Schlafsack selbst. Ein helles Blau, am Rand zerschlissen. Kein schöner Anblick. Ihr Leichnam ist kalt, das Gesicht starr. Ruhig. Friedlich, so wie sie es immer war, erinnert er sich. Der Mensch verändert sich nicht, nur sein Körper. Zumindest der seiner Mutter. Und da stört es ihn auch nicht, dass sich ihr Gesicht rötlich gefärbt hat. Die linke Gesichtshälfte. Lila. Ein dunkles Lila. Wegen des Bluts, denkt Viorel. Die ganze Zeit über lag sie auf der linken Seite, linksseitig im Kofferraum des Corsa-Leichenwagens. Nur zu gern wüsste er, was jetzt in ihrem Inneren sein Unwesen treibt. Wie viele Bakterienkolonien, Enzyme und andere Kreaturen der Unterwelt nur darauf gelauert haben, um über das organische Material herzufallen. Dem Geruch nach müssen es Milliarden sein. Abermilliarden. Und minütlich werden es mehr. Alle packen mit an, keiner kommt zu kurz. Es stinkt furchtbar, je näher er kommt.

»Ammoniakgas und Schwefelwasserstoff«, klärt ihn der Anhalter von innen auf, aus sicherer Entfernung.

»Hm.«

Viorel wird schlecht. Die zuvor überhastet konsumierten Schaumzucker-Chips-Schokoriegel schießen ihm durch die Speiseröhre in den Rachen. Sich gerade noch beherrschend, spuckt er hinter sich auf den Asphalt.

Zunächst die Socke, überlegt er. Dann der Rest. Mit ungelenker Bewegung versucht er, einen Fuß auf die Stoßstange zu setzen. Sein Bauch stellt sich ihm in den Weg, und er kommt aus dem Tritt. Gymnastische Übungen wie diese waren ihm schon immer eine Qual. Er muss sich auf den nassen Bordstein setzen, um aus seinem Schuh zu kommen. Im zweiten Anlauf schafft er es, sich wieder hochzuziehen und aufzurichten. Der Schuh ist aus, die Socke auch. Halb barfuß steht er auf dem nackten Asphalt.

»Kann ich dir behilflich sein?«, hört er es vom Beifahrersitz aus sagen.

»Alles gut, danke!«

Von wegen. Nichts ist gut, denkt er. Aber das hier muss er selbst erledigen. Schließlich ist es seine Mutter. Und seine Socke. Es erscheint ihm besser, wenn der Anhalter im Trockenen bleibt. Viorel schaut seiner Mutter schwer atmend ins Gesicht. Vielleicht sieht sie nur aus wie eine Tote, wie irgendeine Tote. Wie ein lebloser Körper. Wie ein

Gegenstand. Was nicht mehr lebt, ist tot, ist ein Ding, eine Sache. Das ist nicht länger seine *Mamă*, nicht mehr. Oder doch? Vielleicht war sie es einmal. Jetzt ist sie es nicht mehr, muss aufhören, seine Mutter zu sein. Er darf nicht länger darüber nachdenken.

Viorel hat noch nie einen toten Körper gesehen. Und jetzt ist es ausgerechnet ihrer. Ein lebloser Körper in einem müllbeutelblauen Schlafsack im Kofferraum, unterwegs nach Rumänien. Ist das Leichenschändung, Störung der Totenruhe? Die Würde des Menschen ist unantastbar. Und die einer Toten? Ihn überkommt ein flaues Gefühl, dass er befürchtet, jede Sekunde wegzusacken.

Er zögert, holt tief Luft. Die Tote. Es geht schwer, schwerer als erwartet. Die Leichenstarre. Erst nach vier Tagen löse sie sich wieder, behauptet der Anhalter. So lange kann Viorel nicht warten. In seiner Hand die Socke. Eine schwarze Herrensocke. 80% Baumwolle, 17% Polyamid, 3% Elasthan. Zu seinem Erstaunen verliert er nicht das Bewusstsein, als er ihr die Socke in den Mund schiebt.

Dann wieder der Schlafsack. Mit weichen Fingern schlingt Viorel die Kordel erneut um ihren Körper, diesmal fester, so als wolle er damit auch dem beißenden Geruch die Luft abschnüren. Erleichtert atmet er auf. So wie sie jetzt daliegt, kommt ihm alles weniger entsetzlich vor. Hat er keine Skrupel? Ist er pietätlos? Viorel zieht seinen Schuh wieder an und muss kurz darüber nachdenken, ob er tatsächlich derart abgebrüht ist, wie es sein Fahrgast von ihm denken muss.

Wie wird ihr Körper aussehen, wenn sie erst in Rumänien sind, bei seinem Onkel? Zum Glück ist es kalt, denkt

Viorel. Eiskalt. Im Kofferraum. Und der Schlafsack war sauber, halbwegs. Es muss funktionieren. So wie er es sich vorgestellt hat. Nur der Gestank hängt noch immer unter der Decke, als er sich wieder ins Wageninnere zwängt.

»Nein, mach dir um mich keine Gedanken«, versucht ihn der Fremde neben ihm zu beruhigen. »Ich habe wahrlich schon Schlimmeres erlebt, wenn ich das so sagen darf. Jetzt mit der Socke sollte der Leichengeruch ja nicht mehr ganz so schlimm sein für dich. Und die Toten reisen schnell. So ähnlich heißt es doch, oder? Du kannst ruhig weiterfahren. Bei diesem Wetter hält ohnehin niemand mehr. Schon gar nicht hier, auf solch einem Parkplatz.«

Das wäre geklärt. Es geht weiter mit dem Anhalter als Mitwisser. Als Socke-in-den-Mund-der-toten-Mutter-Zeugen. Schweißgebadet öffnet Viorel die 2-Liter-Flasche Cola, nach all diesen Strapazen. Dann startet er den Motor und tritt auf das Gaspedal. Ohne Führerschein, mit sockenlosem Fuß.

Kilometer 701

Drei Richtige im Lotto. Zwei Jahre auf Bewährung. Ein glatter Bruch. Was empfindet man als Glück, wenn man sonst nur Pech hat? Ein langes Leben. Oder früh sterben dürfen. Morgens um fünf. Nein, dann lieber später. Nachmittags um halb zwei, denkt er. Vorspeise, Hauptgericht, Nachtisch. Anschließend Mittagsruhe. Sanft einschlafen und nie wieder aufwachen müssen. Ein Schlaganfall aus dem satten Nichts. Herzstillstand. Exitus. Friedlich. Ohne langes Leiden, so wie es ältere Menschen kaum mehr erwarten dürfen. Im Gegenteil. Wer nicht stirbt, wird monatelang im Krankenhaus wund liegen, Jahre vielleicht. Am Tropf. Chefarztbehandelt. Gefesselt von Plastikschläuchen aus weichem PVC. Unfähig, sich zu wenden, sich zu befreien. Gelähmt, vor sich hin siechend. Untot.

Das droht jedem. Das hätte irgendwann auch Viorels Mutter geblüht, dessen ist er sich sicher. Das Langlebigkeitsrisiko. Das Leben als Risiko. Das Risiko, das Leben zu überleben. In 30 Jahren sterben? Oder in 140? Jeder wird so alt werden, dass die Zeit niemals knapp wird, überlegt er. Ein Meer aus Zeit, aus Jahren, Stunden, Minuten, das einen umspült, in dem man tagtäglich baden kann, ohne unterzugehen. Aber auch ohne jemals Land zu sehen.

Wie ist seine Mutter gestorben? Als er sie gefunden

hatte, war sie schon tot. Vorgestern, nach dem Aufstehen um kurz nach sieben. Vor dem Frühstück. Viorel war gerade auf dem Weg ins Badezimmer, als er auf dem Küchenboden die zerbrochene Keramikschüssel entdeckte. Die Tür stand einen Spaltbreit offen, kein Geräusch. Kein Hantieren, kein Klappern mit irgendwelchem Besteck oder Tellern. Reglos saß die Mutter am Küchentisch In einer Hand das Brotmesser. Als hätte sie sich wehren wollen, im Kampf gegen den Sensenmann. So ungleich wie aussichtslos. Brotmesser gegen Sense. Ihrer Körperhaltung nach ging alles sehr schnell, und es kann nicht lange gedauert haben, bis sie verstorben war. Viorel reagierte gefasst. Im ersten Moment war er nicht einmal schockiert. Keine Bestürzung, keine nackte Panik. Es gibt Tageszeiten, in denen er sich innerlich unangreifbar fühlt. Dazu zählt der frühe Morgen, eine Zeit, in der er zu nichts fähig ist und in der sämtliche Nachrichten an ihm abprallen. Gute wie schlechte. Vor zwei Tagen war es nichts anderes. Ihr Tod wollte in den ersten Minuten nicht zu ihm durchdringen. Vielmehr umgab ihn ein Gefühl der Erstarrung, der Gefühlslähmung. Plump sackte er zusammen, ließ sich auf den Stuhl ihr gegenüber fallen. Tot. Keine Zweifel. Er starrte geradeaus, ins Leere. Auf ihr schulterlanges Haar, auf das sie immer so stolz war und das ihm immer so gut gefallen hatte. Was kann man schon gewinnen, wenn alles verloren ist?

Das Entsetzen kam später. Draußen war es längst hell. Erst da dämmerte ihm, dass es vorbei war. Dass er allein war. Ohne seine Mutter, die Einzige, die sich gekümmert hatte. Um ihn. Um sie beide, in dieser immer kleiner werdenden Wohnung. *Wenn Männer weinen, sollten sie Zwiebeln schneiden,* hatte sie immer gesagt. Zwiebeln, damit man nicht sieht, warum sie eigentlich weinen. Viorel nahm der Toten das Brotmesser aus der Hand und begann, Zwiebeln zu schneiden. Eine nach der anderen. Eine Stunde lang, zwei. Ein ganzes Netz, einen riesigen Berg. Wenn es nach ihm gegangen wäre, hätte er den halben Mount Everest weggeschält und klein geschnitten. In Würfelform. Oder in Herzen. Ganz gleich. Hauptsache, der Schmerz würde nachlassen. Doch so viele Zwiebeln waren gar nicht im Haus. Viorel hatte keine Ahnung, wie es weitergehen sollte. Einen Arzt rufen, obwohl es längst zu spät war? Einen Leichenwagen, um die Tote abholen zu lassen? Das konnte warten.

Er weiß selbst nicht mehr, was danach passiert ist, in den nächsten 48 Stunden. Was hatte er die Zeit über gemacht? Hatte er geschlafen? Wenn überhaupt, dann sehr leicht. Mehr dösen als schlummern. Zwischendurch muss er gegessen haben. So wie er es immer tut. Was genau, kann er sich nicht erinnern. Dem Müll auf und unter dem Wohnzimmertisch nach wird es aber eine Menge gewesen sein. Chipstüten, Schokoladenpapier, Pizzaschachteln, Raviolidosen. Halb warm oder dreiviertel kalt. Er musste nur sichergehen, dass die Trauer keinen Platz in seinem fetten Bauch fand, sich nicht breitmachen konnte. Ihn nicht auffraß. Und wenn, dann hat er sie gleich wieder betäubt. Mit einem toxischen Gemisch aus Zucker, Kohlenhydraten und Fett. Gestern Nacht war er dann wohl eingenickt, denn heute Morgen lag er quer auf dem Sofa. Die Tote saß noch immer am Küchentisch. Unverändert, nur sehr viel grauer als vor zwei Tagen. Viorel musste handeln.

Er hatte zwar keinen Plan, aber eine Idee. Sie hatten ja

darüber gesprochen. Für den Fall des Falles. Plötzlich durfte er keine Zeit mehr verlieren, so sein Gefühl. Viorel war gezwungen aufzubrechen. Alles hatte schnell zu gehen an diesem frühen Morgen. Wer wusste zu dieser Tageszeit schon, welcher Ärger noch auf ihn warten würde? Bloß keinen Arzt einschalten. Oder die Polizei. Stattdessen beschloss er, ihre Leiche in diesen Schlafsack zu stecken. Und danach die Kordel drum herum, damit sie beim Tragen nicht verrutschen konnte. Anschließend fünf Stockwerke tiefer, es war ja noch fast dunkel. Und in den Kofferraum ihres Kleinwagens. Ach ja, der Pass. Die Leiche musste über die Grenze, wurde ihm schlagartig klar. Noch dahinter bestattet werden. Er torkelte zurück zum Aufzug, wieder hoch in die Wohnung. In der Kommode lag ein alter Reisepass, darunter die Ersparnisse: drei 100-Euro-Scheine. Er hat das Geld genommen, einfach so. Schließlich war er der einzige Angehörige, und seine Mutter würde es nicht mehr brauchen. War das auch alles? Was benötigt man auf solch einer Reise, bei einer derartigen Unternehmung? Viorel hat wenig Erfahrung mit Leichentransporten.

Das alles war vor wenigen Stunden. Jetzt ist jetzt. Mitten auf der Autobahn. Mit einer Toten im Kofferraum. Mit einem Mitwisser auf dem Beifahrersitz. Und mit viel zu wenig Benzingeld.

»Schau dort, die Donau!«, reißt ihn der Anhalter urplötzlich aus seinen Gedanken.

Es ist später Mittag, früher Nachmittag, als sie Nürnberg

hinter sich lassen. Kreuz Altdorf, Parsberg, Nittendorf, Sinzing. Die vermeintliche Schönheit der Landschaft befindet sich längst im Winterschlaf. Wenigstens fällt kein Schnee. Und während Viorel noch darüber nachdenkt, wie ähnlich trist sich deutsche Landschaften zu dieser Jahreszeit doch werden, taucht aus dem Nichts dieser gewaltige Strom neben ihnen auf, gräbt sich unter der Fahrbahn durch. Mit ein paar Milliarden Hektolitern Wasser im Gepäck.

»Der Schwarze Fluss«, fährt sein Beifahrer fort.

»Schwarz? Wieso Schwarzer Fluss?«

Viorel dreht irritiert den Kopf zur Seite.

»Die Donau verbindet den Schwarzwald mit dem Schwarzen Meer, musst du wissen. Über eine Länge von gut 3000 Kilometern. Vergiss den Rhein, vergiss die Wolga. Die Donau ist eine Lebensader der ganz besonderen Natur.«

Das matte Tageslicht schimmert gräulich blau auf der Wasseroberfläche. Von Schwarz ist nichts zu sehen. Aber zu wissen, dass sie von hier an mit nahezu gleichem Ziel unterwegs sein werden, stimmt Viorel ein wenig fröhlicher. Oder ein wenig weniger trübselig. Er bräuchte einfach nur dem Flusslauf zu folgen. Stromabwärts, rüber nach Österreich. Dann in die Slowakei, nach Ungarn, Serbien, und schon wäre er in Rumänien, in der Heimat seiner Mutter. So könnte es gehen, stellt er sich vor, durchbricht, ohne weitere Sekunden zu verlieren, die Leitplanke und lässt sich ein paar Flussmeilen lang auf der Donau treiben. Um Benzin zu sparen.

Dem Fremden kann die Route egal sein, überlegt Viorel. Solange der nur an sein Ziel kommt. Ohnehin wirkt er müde, sein Fahrgast. Mitten am Tag. War es richtig, ihn mitzunehmen? Einen unliebsamen Zeugen. Er hätte ihn auch stehen lassen oder wieder absetzen können. Irgendwie ist es Viorel jedoch ganz recht, jemanden dabeizuhaben, der bei seiner Unternehmung hilfreich sein kann. Auch wenn ihm der Fremde nicht wirklich vertrauensvoll vorkommt und er ihn spätestens in Ungarn verabschieden und nie wiedersehen wird.

Aber so weit ist er nicht. Noch ist er in Deutschland. Und bis zur österreichischen Grenze wechselt die Donau permanent die Seiten, taucht ab, unter und wieder auf. Links. Rechts. Rechts. Links. Wieder rechts. Fast erscheint es Viorel wie ein Versteckspiel, das ihn zusehends amüsiert und von dem ablenkt, was ihm bis hierhin den Tag verdorben hat.

Vor Passau trennen sich ihre Wege. Während die Donau geradewegs in Richtung Osten fließt, knickt die A3 nach Süden ab, und er erreicht die Grenze. Von Alpen keine Spur. Österreich zeigt sich nicht viel abwechslungsreicher als Deutschland vor wenigen Minuten. Kleines Land, große Verbrechen. Brachliegendes Acker- und Weideland. Zerklüftete Felsen. Mit Kettensägen durchpflügte Wälder. Gehexelt wird, was bei drei nicht auf den Bäumen ist. Tannen. Fichten. Viorel will hier so schnell wie möglich durch.

Auch sein Beifahrer scheint kein größeres Interesse an der an ihnen vorbeiziehenden Landschaft zu haben, folgt dem Straßenlauf mit geschlossenen Augen. Viorel wirft einen Blick auf den Schlaks, der seine überlangen, in sich verdrehten Gliedmaßen auf dem Beifahrersitz verkeilt hat, um sich auszuruhen. Der Kopf stößt fast an die Decke, die spitzen Knie klemmen über Kreuz geschlagen am Handschuhfach. Lang, schmal und dünn. Dürr. Der Kopf wirkt unverhältnismäßig klein. Dunkle, fast schwarze, buschige Augenbrauen. Das Gesicht bleich, anämisch, was zu dieser Jahreszeit allerdings nicht weiter verwunderlich ist. Rechts ein goldener Eckzahn, der aufblitzt, wenn der Fremde mit seinen schmalen Lippen zuckt. Fremdländisch, denkt Viorel. Undeutsch. Eher osteuropäisch. Wo wollte er hin, nach Györ? Das scheint ihm schlüssig. Sein Mitfahrer ist Ungar, wenngleich er keinerlei Akzent zu haben scheint.

»Was für eine Adresse ist das denn, die du da hast?«

Viorel erschrickt. Der Anhalter schlägt die Augen auf. Als könnte er selbst blind erkennen, wenn er beobachtet wird.

»Wie meinen Sie das?«

»Du hast vorhin eine Adresse in Rumänien erwähnt. Als du mir von deinem, pardon, etwas seltsamen Vorhaben erzählt hast. Das mit der Überführung deiner Mutter.«

Sein Fahrgast spricht mit so eindringlich sonorer Stimme, dass Viorel keine andere Wahl bleibt, als zu antworten.

»Nun … mein Onkel wohnt dort, in Bistritz. Er wird sich um alles kümmern, wenn ich erst einmal dort bin.«

Viorel weiß selbst nicht, ob er das glauben soll. Die Adresse eines unbekannten Onkels, den er nie zu Gesicht bekommen hat. Nicht einmal auf einem Foto. Doch es ist die einzige Anlaufstation, die er besitzt. Seine Mutter hatte von ihm eine Zeit lang Briefe bekommen, vor Jahren. Allerdings ohne Viorel viel über diesen Onkel zu erzählen. Hätte er bloß nachgefragt. Doch ihr Tod war kaum absehbar, hatte sich nicht angekündigt. Und über Verwandtschaft redet man erst dann, wenn sie zu Besuch kommt. Oder man sie braucht.

»Bistrița. Das ist ja interessant.«

Interessant. Wie soll Viorel das verstehen? Ein Videospiel ist interessant, eine Mahlzeit mit Vor-, Haupt- und Nachspeise. Eine rumänische Stadt irgendwo in Siebenbürgen mit Sicherheit nicht. Viorel hat keine Vorstellung. Er war noch nie im Ausland, nicht einmal in Holland oder Belgien. Und jetzt macht er gleich eine Weltreise, bis ans Ende Europas.

»Was soll an dem Ort so besonders sein?«, fragt er, nur um das Gespräch nicht unhöflich zu ersticken.

»Wie du vielleicht weißt, beginnt in Bistrița die Geschichte Draculas. Vlad III. Drăculea. Vlad Țepeș, wie er auch genannt wurde. Der Pfähler. Oder auch *Count Dracula* im Englischen. Zumindest der Roman meint sein Schloss unweit entfernt von dem Ort zu wissen, wo du hinmöchtest. Tatsächlich stammte der Graf allerdings aus der Walachei. Aber was wird in der Fiktion nicht alles verdreht?«

Graf Dracula. Natürlich hat er davon gehört. Gelesen und in Vampirfilmen gesehen. *Underworld. The Walking Dead. Interview mit einem Vampir.* Verwunschene Schlösser, die in finsteren Wäldern auf ahnungslose Besucher warten. Aberglaube. Kruzifixe. *Strigoi,* denen man Pfähle mitten durchs Herz treibt und Knoblauchzehen in die abgeschlagenen Köpfe steckt, um auch ganz sicherzugehen, dass sie für immer tot sind. Viorel kann so leicht nichts erschrecken.

»Ich … ich habe keine Angst, wenn Sie das meinen. Ein

Ort ist ein Ort ist ein Ort. Es ist vollkommen egal, wohin ich fahre. Und wenn es bis nach Sibirien ist.«

»Ein Ort ist ein Ort, da hast du vollkommen recht. Aber es ist kein bloßer Fleck mehr, kein wahlloser Punkt auf irgendeiner x-beliebigen Landkarte. Und weißt du auch, warum? Weil jeder Fleck nur ein Fleck ist und jeder Punkt nur ein Punkt, solange es keine Geschichte dazu gibt. Doch diese gibt es, mein junger Freund. Dort in dieser Region!«

»Sie meinen in Siebenbürgen?«

»Siebenbürgen oder Transsilvanien – du kannst es nennen, wie du willst. Es sind zwei Namen für ein und dieselbe Gegend, merkwürdig, oder? Und du fährst dorthin, zusammen mit deiner verstorbenen Mutter. Hast du denn eine Ahnung, wie es weitergehen soll, in Bistrița? Stammt deine Familie aus dieser Gegend? Willst du sie dort etwa beerdigen? Im Land der Untoten, in seinem Reich?«

Sein Fahrgast schaut ihn belustigt von der Seite an. Als würde er ihn und sein Vorhaben nicht ganz ernst nehmen. Doch in den Spott mischt sich eine Schärfe, ein unbestimmbar klarer Ton, dass es Viorel nicht wirklich vorkommt, als wolle sich der Fremde über ihn lustig machen. Warum auch? Ihm ist es ernst mit der Beerdigung. Todernst. Seine Mutter ist nicht mehr lebendig, keine Frage. Was sollen da diese Bemerkungen über Vampire, über Untote?

»Zufällig kenne ich mich ein wenig aus mit der Materie. Und es tut mir leid, wenn ich dein Vorhaben eben nicht mit dem nötigen Respekt betrachtet habe. Ich wollte dir keine Angst machen. Schließlich ist der Vampir nur die Ausgeburt der menschlichen Fantasie. Und nicht wirklich existent. Es ist ein ganz natürlicher Reflex, sich übernatürliche

Dinge erklären zu wollen. Manchmal nicht zu Unrecht, will ich meinen. Das Übersinnliche lässt sich nun mal so lange nicht leugnen, bis es wissenschaftlich erklärt oder widerlegt ist. Und manches wird sich wohl nie widerlegen lassen, mag es auch noch so fantastisch klingen.«

Der Anhalter richtet sich auf, entknotet sich. Viorel hält Vampirgeschichten für erfunden, für Hirngespinste, die nichts mit der Realität zu tun haben. So wie die grimmschen Märchen. Oder die aus Tausendundeine Nacht.

»In jeder Zeitepoche, in jedem Kulturkreis werden wir mit neuen übersinnlichen Kräften und Gestalten konfrontiert. Früher glaubten die Menschen an viele Götter mit guten und schlechten Gottheiten. Heute hat sich die Zahl erheblich reduziert. Eine bloße Zeiterscheinung. Schließlich kennt niemand die Wahrheit, auch wenn jeder meint, sie für sich in Anspruch nehmen zu müssen. Doch summiert man die Anzahl aller Götter, die jemals erdacht wurden, wirst du so viele Gottheiten und Dämonen aufzählen können wie Völker und Stämme, die bereit sind, daran zu glauben.«

Viorel ist ein Gott schon zu viel. Was soll da dieses Gerede? Für Übersinnliches oder Spirituelles hatte er nie einen Sinn. Und religiös erzogen hatte ihn seine Mutter schon gar nicht, obwohl sie selbst sehr gläubig war. Auch ohne jede Woche in die Kirche zu gehen.

»Wollen Sie damit sagen, dass Vampire Götter seien?«

»Keine Götter im engeren Sinn, wenngleich auch sie ewiges Leben versprechen. Ähnlich der Teufelsgestalt. Doch es ist nicht das ewige Leben in der Hölle nach dem Tod, sondern das in dieser Welt. Ein irdisches. Nicht umsonst sind Vampire dem Mythos nach unsterblich.«

Die Hölle auf Erden. Das Reich der Untoten, mitten unter uns. Viorel fühlt sich an die vielen Alten erinnert, die zu Hause bei ihnen im Block wohnen und dieser Unsterblichkeit immer näher kommen. So gesehen könnte seine Mutter fast dankbar sein über ihren frühzeitigen und sehr plötzlichen Tod.

»Anders als der Teufel ist der Vampir jedoch nicht hinter der menschlichen Seele her, sondern hinter unserem Blut«, fährt der Fremde fort. »Ein geradezu einfaches Beuteschema. Vampire haben für Menschen nichts übrig, obwohl sie selbst einmal Mensch gewesen sind. Für sie sind wir nur Mittel zum Zweck, wenn du verstehst, was ich meine. Menschen haben für sie in etwa den gleichen Stellenwert wie Tiere für uns.«

»Wie … wie Hühner oder Schweine, meinen Sie?«

»Das klingt zwar recht trivial. Im Grunde hast du damit aber recht, durchaus.«

Der Mensch als vorletztes Glied der Nahrungskette. Danach kommt nur noch der Vampir. Viorel hält die Vorstellung für absurd. Wenn alles messbar ist, warum nicht auch das Übernatürliche? Nur zu gern würde er seinem Fahrgast widersprechen. Welche Mengen Blut Vampire wohl trinken – am Tag? Oder vielmehr in der Nacht? Mehr als sechs oder sieben Liter seien aus einem Erwachsenen nicht herauszuholen, entgegnet Viorel, nicht einmal aus ihm. Und ohne Flüssigkeit komme niemand lange aus. Ganz gleich, ob Mensch oder Vampir.

»Ich stimme dir durchaus zu. Unter rein logischen Gesichtspunkten könntest du so die Existenz von Vampiren ganz einfach widerlegen. Doch was ist, wenn du dich täuschst? Wenn sich der Dünkel der gesamten Wissenschaften täuscht? Denn eins musst du dir merken: Das Übersinnliche hat immer recht. Zudem leben wir nicht mehr im Mittelalter. Vampire sind äußerst anpassungsfähige Kreaturen. Und wenn ich das noch sagen darf: Verdurstet, mein lieber Viorel, verdurstet ist noch keiner.«

Der Anhalter lacht kurz auf, bevor er erneut in sich versinkt. Viorel hat genug von diesen Absurditäten, genug von Vampiren und Blutsaugern. Was soll er davon halten? Als wäre die Bestattung seiner Mutter nicht Aufgabe genug, jetzt soll er sich auch noch mit Untoten herumschlagen. Er wird die Vorstellung nicht los. Vampire. Undeutlich kann sich Viorel an all die Märchen erinnern. Seine Mutter hatte ihm früher in seiner Kindheit viel vorgelesen. Schauerromane. Abenteuer- und Spukgeschichten. Rumänische Märchen vor dem Einschlafen, vor dem anschließenden Nichteinschlafenkönnen. Warum liest man Kindern spätabends Geschichten vor? Damit sie sich frühzeitig an Albträume gewöhnen, von klein auf. Damit sie genauso schlecht schlafen wie später ihre Eltern. Warum nicht gleich morgens? Dann wäre man schon vor dem Aufstehen wach. *Und wenn sie nicht gestorben sind, leben sie noch heute.* Eine Vorstellung, die ihn schon immer erschreckt hat. Wäre doch jedes Märchen die Geschichte von Untoten. Hänsel und Gretel, Schneewittchen, Frau Holle als ewige Wiedergänger und Nachzehrer. Nachts durchs Kinderzimmer geisternd. *Guten Abend, ich bin der Däumling. Spiel mit mir. Sonst tu ich's mit dir!* Viorel muss an die seltsame Geschichte des getöteten Pfaffen denken, der gleich mehrfach ermordet wurde.

In diesem Kindermärchen hatte der Dorfpfarrer einen

Knecht. Sergiu hieß er, erinnert sich Viorel. Dieser wollte dem Pfaffen nicht gehorchen. Nach einem Streit nahm er einen Knüppel und erschlug den Geistlichen. Um den Leichnam loszuwerden, brachte Sergiu den Toten zum Nachbarn in den Garten und hievte ihn dort auf einen Apfelbaum. Als der Nachbar ihn am nächsten Morgen fand, hat er den längst toten Pfarrer beschimpft, weil dieser ihm offenbar seine Äpfel stehlen wollte. Der Verstorbene konnte natürlich keine Antwort geben, und der Nachbar schlug mit einem langen Stecken nach ihm, bis der Leichnam runterstürzte und leblos vor ihm liegen blieb. Nun dachte der Nachbar, er habe den Pfaffen umgebracht, und suchte seinerseits nach einer Möglichkeit, den Leichnam verschwinden zu lassen und einem anderen unterzuschieben. Viorel weiß nicht mehr genau, wie es weiterging.

»Die Leiche hat wieder und wieder den Besitzer gewechselt, bis sie irgendwann in einen Fluss fiel und stromabwärts trieb, wenn ich mich recht entsinne.«

»Sie kennen das Märchen?«

Viorel muss kurz schlucken. Hat er eben leise vor sich hin geredet? Oder laut gedacht?

»Eine wunderbare Geschichte«, fährt der Anhalter fort. »So wie man sie sich schon seit Jahrhunderten erzählt. Geteilter Mord ist halber Mord. Und wenn der Pfaffe nicht gestorben ist, bringen sie ihn noch heute um. Stell dir das nur einmal vor.«

Die Gedankenspielereien seines Fahrgasts kommen Viorel reichlich befremdlich vor. Doch fast hat er den Eindruck, dass an der Geschichte mehr dran sein könnte, als er bislang glauben mochte.

»Vielleicht gibt es tatsächlich Länder«, überlegt Viorel, »in denen man noch heute Tote von einem zum nächsten Ort fährt, ohne sie jemals zu begraben.«

»Jedes Land hat seine eigene Logik, mein junger Freund. Rechne also immer mit dem Schlimmsten, wenn du nicht negativ überrascht werden willst. Aber was sage ich, das tust du ohnehin, wenn ich mich nicht irre, oder?«

Der Anhalter schaut kurz auf und deutet auf den in der Ferne düster werdenden Himmel. »Siehst du?«

Wolken wie dezembergraue Angstgeschwüre, die alle auf den Namen »Jonathan« hören. Viorel blickt sorgenvoll nach oben. Es wurde noch gar nicht richtig hell. Wird es auch nicht mehr, zumindest heute. Manche Tage sollten sich selbst überspringen, überlegt er. Schattentage wie dieser, die bis abends Mittagsschlaf halten. Um anschließend schlecht gelaunt ins Bett zu gehen.

Im Radio Schlager. *Mit 66 Jahren, da fängt das Leben an*. Udo Jürgens. Schon tot, aber längst unsterblich. Viorel dreht lauter, den eigenen Herzschlag übertönend. Auch landschaftlich ereignet sich wenig Neues. Die Autobahn windet sich von Oberösterreich nach Niederösterreich. Neben ihm taucht erneut die Donau auf. Um kurz darauf wieder abzutauchen. Rechts, links, links, rechts. Das alte Spiel. Die sich in ständiger Wiederholung übende Umgebung. Wälder. Waldfetzen, dass der Natur die Haare zu Berge stehen. Zwischendurch ein paar Städte, Städtchen, Dörfer. Mit Holzkreuzen an jeder Weggabelung, um Ortschaften heiligzusprechen. St. Valentin. St. Peter in der Au. St. Pölten. St. Nimmerlein. Die Alpenrepublik als Bollwerk gegen Heiden, Hexen und Vampire. Als Pufferzone zwischen Gut und

Böse. Wenn es nur so wäre, denkt Viorel, und der Puffer noch weit bis in den Osten hineinreichte. Gegen einen etwas sichereren Weg hätte er nichts einzuwenden, zumal ihm die Bemerkungen seines Fahrgasts nicht aus dem Kopf gehen wollen. Und er nicht einmal die Hälfte der Wegstrecke hinter sich hat.

Kilometer 1085

Was weiß er über Ungarn? Oststaat. K.u.k. Monarchie. Gulaschkommunismus. Puszta. Plattensee und -bauten. Zu Hause hatte er oft in einem alten, schon halb zerfledderten Reiseführer geblättert. Nicht aus Interesse, um jemals hierher zu verreisen. Um es sich zu ersparen. Bildbände, Atlanten, Google Earth – einzig dafür wurde die Welt vermessen. Um Menschen das Gefühl zu geben, den halben Globus bereits zu kennen. Bereits dort gewesen zu sein. 3-D-Gebäude, Städte, Geländeformationen. Wozu noch hinfahren? Virtuell werden sämtliche Sehenswürdigkeiten zum Spaziergang, bei dem man nicht mal mehr einen Fuß vor die Tür zu setzen braucht. Und jetzt das. Viorel zusammen mit diesem Fremden und seiner toten Mutter im Kofferraum. In unmittelbarer Schlagdistanz zur Realität.

Als sie endlich die Grenze erreichen, ist es Abend. Alles geht glatt. Keine Zwischenfälle. Keine unliebsamen Kontrollen, die ihn nach Österreich zurückwerfen. Viorel ist erleichtert, dass niemand versucht, ihn aufzuhalten. Niemand, der ihm lästige Fragen stellt und unter der Heckklappe nach seiner Mutter fahndet. Ungarn ist bereits die zweite Grenze, die zweite Grenzhürde, die er überspringt. Mühelos, ungeschwitzt. Einfach aus dem Stand. Und hopp.

Einfach drüber. Doch danach geht es bergab, steil bergab. 90 Grad Gefälle. Hinab und hinein in die Pannonische Tiefebene. Der Corsa rast mehrere Hundert Meter abwärts ins uferlose Nichts. Pannonien. Der Bodensatz Europas. Hier also hat man Ungarn verstaut, stellt Viorel fest. Tief im Keller. Im europäischen Untergeschoss. Neben all dem Gerümpel, das man ja jederzeit wieder hervorholen kann, wenn man es braucht. Falls man es wieder braucht. Um Viorel herum wird es nicht nur unterirdisch, es umschließt ihn auch eine flache, hermetisch in Eiskristallen erstarrte Landschaft. Leer gefegt, als müsste vor den Weihnachtsfeierlichkeiten noch einmal aufgeräumt und feucht durchgewischt werden. Die Tiefebene. Pudergezuckert, stellenweise mit einer leichten Schneeschicht bedeckt. In Ungarn ist die Welt noch eine Scheibe, denkt er, schnallt die Schlittschuhe unter die Autoreifen und rutscht über den endlos vor ihm liegenden Asphalt.

Die M1 führt ostwärts. Erneut werden Autobahngebühren fällig. Aber warum in Ungarn zahlen, wenn er es schon in Österreich nicht getan hat? Auf die rechte Spur wechselnd, wirft Viorel im Vorbeifahren einen Blick auf das vor ihm auftauchende Verkehrsschild. Noch 50 Kilometer bis nach Györ. Stadt der Flüsse, mit mehr als hunderttausend Flussbewohnern.

»In dreißig Minuten sind wir da.«

Die Augen seines Fahrgastes blitzen kurz auf, als Viorel nach vorne deutet, um die voraussichtlich zeitnahe Ankunft anzukündigen, die mit ihm als Fahranfänger so kaum zu erwarten war.

»Du glaubst gar nicht, wie dankbar ich bin, wieder hier zu sein«, freut sich der Fremde. »Ich war schon oft in dieser Gegend. Dieser Landstrich ist für mich wie ein Stück Heimat, musst du wissen.«

Besser ein Stück Heimat als gar keine, denkt sich Viorel. Er selbst hat keine Ahnung mehr, wohin er gehört. Heimat war für ihn immer dort, wo man nichts vermisst. Und das Einzige, was ihm jetzt fehlt, ist seine Mutter. Und die hat er bei sich, tot. Vielleicht ist Heimat dann eher etwas Zeitliches, denkt er. Die Sehnsucht nach all dem, was war. Oder was hätte sein können, wenn alles nur ein wenig anders gekommen wäre.

»Und Sie … Sie sind von hier?«

Viorel staunt über sich selbst, über so viel Drang nach Unterhaltung.

»Gewissermaßen, wenn man von ›hier oder da‹ überhaupt sprechen kann.«

»Was … was meinen Sie damit?«

»Nun, Zeit und Raum sind letztlich sehr limitierende Kategorien, in denen unser Denken verhaftet ist. Pfeiler, die unserem Leben Halt geben sollen. Kaum vorstellbar, wenn eine dieser Konstanten einmal wegbrechen sollte. Oder nie existierte.«

Ein Leben ohne Zeit oder Raum. Wie sich das wohl anfühlt? Wie im Weltall, wo alles verschwimmt und alles Umgebung ist, selbst der Ort, an dem man sich gerade befindet.

»Freiheit kann beängstigend sein, nicht wahr? Und die

Angst des einen ist immer auch die Macht des anderen. Gerade in diesem Teil Europas kann man ein Lied davon singen. Damals wie heute, will ich meinen.«

Der Anhalter fährt sich mit der Zunge über die Lippen.

»Bitte entschuldige meinen Hang zum Nebulösen. Ich bin begeistert von deinem Vorhaben, muss ich dir eingestehen. Geradezu euphorisch. Wäre ich an deiner Stelle, täte ich genau das Gleiche, keine Frage. Und ganz egal, wie die Sache für dich ausgehen mag, mein lieber Viorel: Eine Reiseunternehmung wie diese verändert jeden Menschen. Selbst denjenigen, der nichts mehr verabscheut als ebendieses.«

Viorel fühlt sich ertappt. Ihm sind Veränderungen zuwider. Doch sein ganzes Leben hat sich gegen ihn gewandt. Jetzt. Vor zwei Tagen. Seine Mutter wird nicht mehr lebendig. Eine unumkehrbare Situation, die er mit seinem Vorhaben, sie in ihrer Heimat zu beerdigen, nur verschärft hat. Was wird sein, wenn er wieder zurückkommt? Nach Hause. Die alte Wohnung, die sich minütlich weiter entfernt. Viorel hat plötzlich keine genaue Vorstellung mehr davon, wie es daheim ausgesehen hat. Vielleicht liegt es an seinem zweitägigen Dämmerzustand, bevor er heute Morgen aufgebrochen ist. Vielleicht aber auch an der einbrechenden Dunkelheit. Denn noch bevor sie die urbane Peripherie Györs erreichen, wird es Nacht. Viorel wundert sich über die sie rasch umhüllende Düsterkeit. Auf der Gegenfahrbahn flutet ein eingeschaltetes Fernlicht den Lauf der Straße. Ansonsten ereignet sich wenig, und in gespannter Ruhe kann er beobachten, wie die Monotonie der Landschaft von einer sich gleichförmig verdichtenden Finsternis abgelöst wird. Ein fast gutes Gefühl. Überall bilden sich schwarze Löcher, in denen die Lichter der vorbeifliegenden Ortschaften kurz aufblitzen, um gleich darauf wieder verschluckt zu werden. Wäre es mit seinen Erinnerungen nur genauso.

Wie weit ist weit? Meilenweit. Unendlich weit. Mittelweit. Halbnah. Dreiviertelfern. Seit über elf Stunden ist er unterwegs. Ohne Unfall. Ohne den Wagen auch nur ein einziges Mal abzuwürgen. Sein Fahrlehrer könnte stolz auf ihn sein. Dennoch, die Strecke zieht sich. Derartige Strapazen ist Viorel nicht gewohnt. Mit langen Strecken, mit der körperlichen Ausdauer hat er es nicht. Schon in der Schule waren Treppen für ihn die reinste Zumutung, schon immer. Dritter Stock. Hoch, runter, hoch. Nach dem Pausenhof ist vor dem Pausenhof. Ist vor dem Mittagessen. In kürzester Zeit war er immer außer Atem. Völlig durchgeschwitzt saß er dann bis zum Stundenende im Klassenzimmer. Klatschnass. Null Trainingseffekt. Und das nach elf Schuljahren. Klasse 10b, mit Extrarunde in Jahrgang 9.

Am Sportunterricht allein hat es nicht gelegen, dass er die Klasse wiederholen musste. Auch in den Naturwissenschaften war er nie die große Nummer, eher die Null hinter dem Komma. In Fremdsprachen sah es kaum besser aus. Englisch ausreichend, Französisch tendenziell schlechter. Rumänisch stand nicht zur Wahl, was ihm allerdings auch nicht viel geholfen hätte. Gelernt hat er es ja nie wirklich. Das Fernsehprogramm war auf Deutsch. Und wenn seine Mutter abends nach Hause kam, haben sie sich nicht in ihrer Sprache unterhalten, sondern in seiner. Schließlich wohnen sie in Deutschland, wohnten. Und da hielt sie Deutsch für wichtiger. Erst zu lernen und dann selbst zu sprechen. Viorel musste ihr vorlesen – aus Zeitschriften, Magazinen, Kochbüchern. Rezepte, die sie sich von ihm auf Deutsch diktieren ließ, um sie dann für ihn rumänisch nachzukochen. Kohlrouladen aus gesäuerten Weißkohlblättern. *Sarmale de varză acră* – mit *Mămăligă*. Was würde er jetzt dafür geben, für eine Portion Maisbrei!

Stattdessen die restlichen Raststättenbrötchen. Links überholt ihn ein Mercedes-Geländewagen. Gleich dahinter ein noch einmal so breiter BMW, tausendfach mehr Platz transportierend als Menschen. Unterwegs von Duisburg, Kassel, Bitterfeld bis nach Minsk. Oder Wladiwostok. Geklaut wird, was gefällt. Oder was keinen TÜV bekommt. Kurz danach ein Motorrad. Dann ein weißer Kühltransporter, beladen bis unters Dach mit ungarischer Salami. Rohwurst. Durch den Wolf gedrehtes Schweinefleisch im Pferdedarm. Nie waren sich Wolf, Schwein und Pferd so nah. Viorel hat noch immer Appetit.

»Kennst du eigentlich die Geschichte der Báthory, der Blutgräfin?«

Zurück in die Vergangenheit. Der Anhalter ist wieder bei seinem Thema – und Viorel halbwegs froh, auf andere Gedanken zu kommen. Auch wenn es nur die Spinnereien seines Beifahrers sind.

»Ich dachte, hier in Ungarn würde es dich vielleicht interessieren. Es ist gar nicht allzu lange her, gerade ein paar wenige Jahrhunderte, da sind in diesem Land ganz ungeheuerliche Dinge vor sich gegangen, mein junger Freund.«

»Erzsébet Báthory. Sie meinen die Serienmörderin?«

Selbst Viorel hat davon gehört.

»Ganz recht. Sie war ausgestattet mit einem riesigen Vermögen. Ihr Reichtum überstieg damals sogar den des ungarischen Königs«, kommt der Anhalter ins Erzählen. »Aber nicht nur das: Sie hatte eine Vorliebe für junge Mädchen. Blutjunge Schönheiten, kaum älter als vierzehn. Sie hat sie auf ihr Schloss bringen, auspeitschen und umbringen lassen. Viele ihrer Opfer wurden von ihr mit heißen Nadeln oder Scherklingen durchbohrt. Im Winter hat sie die Mädchen nackt auf dem Burghof mit Wasser übergießen lassen, bis sie zu Eissäulen erstarrt waren. Manche behaupten, sie hätte auch das Blut ihrer Opfer getrunken oder darin gebadet, was wissenschaftlich allerdings widerlegt wurde. Trotzdem, die Machenschaften der Báthory gehören wohl zu den abscheulichsten Gräueltaten der Menschheitsgeschichte.«

»Was ist mit ihnen passiert? Ich meine, mit den Leichen?«

»Auch das ist bezeichnend. Sie wurden anschließend einfach über die Mauern oder auf die umliegenden Felder des Burgfrieds geworfen. Durch die lange Folter waren sie nahezu blutleer, was den Dorfbewohnern damals natürlich einen großen Schrecken eingejagt haben muss, wie du dir sicher vorstellen kannst. Daher auch der Mythos, sie sei ein Vampir beziehungsweise eine Vampirin gewesen, was man glauben kann. Aber nicht muss.«

»Eine Vampirin?«

»Unheimlich, oder?«

Die schwarzen Pupillen des Anhalters treten einen Moment lang aus der Tiefe seines Schädels hervor. Dann hält er plötzlich inne, so als wäre alles ein großes Geheimnis, richtet sich auf und spricht so eindringlich, dass es Viorel kalt und heiß zugleich wird.

»Nachgewiesen wurden ihr 610 Morde. Die tatsächliche Zahl, die Dunkelziffer, liegt aber vermutlich deutlich höher, da bin ich mir sicher. Damit hat es die Gräfin sogar ins Guinnessbuch der Rekorde geschafft.«

Das Guinnessbuch der Verrückten. Wetthäkeln. Rückwärtsradeln. Dauerduschen. Massenmord. Viorel hat sich schon oft darüber gewundert, was manche Menschen für einen Aufwand betreiben, um nicht in Vergessenheit zu geraten.

»Nun, die Báthory hat man 1611 zwar verurteilt und in einem Turmzimmer eingemauert. Knapp vier Jahre später ist sie auch gestorben, so heißt es zumindest. Tatsächlich wurde ihre Leiche nie gefunden. Nirgends, obwohl aus diesem Gemäuer keine Ratte herausgekommen wäre, hätte es eine hineingeschafft.«

Die Stimme des Anhalters wird lauter. Zu laut, wie er selbst zu bemerken scheint. Denn mit einem Mal bricht er ab, holt tief Luft und lässt sich in seinen Sitz zurückfallen.

»Wenn ich mich recht entsinne, hatte die Báthory fünf Kinder. Und ihre Nachkommen leben natürlich noch immer. Was ich damit sagen will: Bis heute erstrecken sich die mittlerweile unübersichtlich gewordenen verwandtschaftlichen Verhältnisse über ganz Osteuropa – und vermutlich weiter. Ihr Cousin damals war übrigens der Großfürst von Siebenbürgen.«

Twilight für Geschichtslehrer, denkt Viorel. Was ist wahr, was unwahr? Was ist einfach nur schlecht erzählt und noch schlechter überliefert?

»Und das alles hat sich wirklich so zugetragen?«

»Du hast recht, mein Freund«, fährt der Anhalter fort. »Es gibt Geschichten. Und es gibt historische Wahrheiten. Und dann gibt es Geschichten, die sich um diese historischen Wahrheiten ranken. Das Leben der Báthory ist Fakt. Deshalb brauchst du aber noch lange nicht an Vampire zu glauben, will ich damit sagen. Glaube nur, was du sehen und beweisen kannst, wenn dir dein Schlaf lieb ist. Doch falls es dich interessiert – tatsächlich liegt ihr Schloss in der heutigen Slowakei, kaum zwei Stunden von hier. Die Burg Čachtice, zu Deutsch: Schächtitz. Vielleicht hast du ja mal Zeit, das alte Gemäuer zu besuchen, wenn du mit deiner Mission erfolgreich warst.«

Warum nur erzählt ihm der Anhalter diese ganzen Geschichten? Will er ihn verängstigen oder einschüchtern? Viorel ist weder mit der Báthory verwandt, noch kennt er jemanden, der zu ihrer Sippe gehört. Er will sich nichts einreden lassen. Und so unglaublich, so unglaubhaft ihm diese ganzen Geschehnisse vorkommen, so wenig ist ihm danach, ihr Schloss zu besuchen. Warum auch? Györ ist in Reichweite. Und Ungarn lässt er hinter sich, sobald er den Anhalter an sein Ziel gebracht und die rumänische Grenze erreicht hat.

Am Horizont flimmert bereits die Silhouette der sich ankündigenden Stadt. Es wird Zeit, sich zu verabschieden. *Vielen Dank fürs Mitnehmen. Melde dich, wenn du mehr über das Reich der Untoten wissen möchtest. Du kannst mich jederzeit anrufen, auch tagsüber.* Viorel fährt von der Autobahn ab. Kurz hinter Györ führt die Landstraße nach Lázi. Es ist dunkel. In der Annahme, hier richtig zu sein, folgt er einem Lastwagen. Blindlings, ohne Orientierung. Nach wenigen Hundert Metern wird sein Beifahrer unruhig. Freudig erregt. So, als würde er hier erwartet. Im Rückspiegel ist jedoch nichts zu erkennen, außer den in der Ferne aufflackernden Lichtern der hinter ihnen liegenden Autobahn. Am Straßenrand ein nicht mehr zuzuordnender Tierkadaver. Vielleicht ein Fuchs oder eine Katze. Dann ein Bahnübergang ohne Hinweisschilder. Vor ihnen nur noch die Straße, flankiert von toten Bäumen, die ihre zu Eis gefrorenen Äste wie Finger in den Nachthimmel krallen.

»Du kannst mich hier rauslassen.«

»Hier, mitten im Nirgendwo?«

»Im Nirgendwo oder Irgendwo. Ein Ort ist ein Ort – und kein bloßer Fleck. Hast du das vergessen?«

Viorel will die Geschichte dazu gar nicht hören. Hier ist nichts, was auf ein Dorf, auf die Nähe menschlichen Lebens schließen lässt. Nirgends. Doch sein Fahrgast wird schon wissen, wie er von hier fortkommt. Und im Grunde kann es Viorel nicht nur egal, sondern mehr als recht sein. Hauptsache, er kann gleich umdrehen und zurück auf die Autobahn. Halbwegs erleichtert über den sich ankündigenden Abschied steuert er eine Haltebucht an. Eine Baustelle direkt hinter einer unübersichtlichen, hinter Büschen liegenden

Kurve. Verlassen um diese Zeit. Menschenleer. Nicht viel Platz, um anzuhalten. Aber der Anhalter ist schon fast aus der Tür und Viorel zu müde, um nach einer anderen Stelle zu suchen.

Hinter ihnen taucht der nächste Lastwagen auf, überholt und verschwindet in Sekundenbruchteilen wieder in der Dunkelheit. Der Fremde steigt aus, will den Sitz nach vorne klappen, um an sein Gepäckstück zu gelangen. Vergeblich. Die Klappmechanik des Beifahrersitzes blockiert. Warum auch immer. Drücken. Ziehen. Trotz mehrfacher Versuche schafft es der Anhalter nicht, den Beifahrersitz nach vorne zu bewegen.

»Entschuldigung, dürfte ich dich bitten …«

Viorel fühlt sich gezwungen auszusteigen. Sein Shirt klebt schweißverkrustet unter dem Lenkrad, und er hat wenig Lust, sich in die nächtliche Kälte zu begeben. Ein weiteres Fahrzeug fährt dicht an ihnen vorbei. Vorsichtig zwängt er sich aus dem Wagen und tritt einen Schritt zurück. Auf seiner Seite funktioniert die Klappmechanik einwandfrei. Sein Fahrgast packt den Seesack und wirft ihn sich über die Schulter. Ein dunkler Schatten im Halblicht einer dunklen Nacht. *Vielen Dank und auf Nimmerwiedersehen.*

Als sich Viorel abwenden und zurück ins Auto setzen will, passiert das Unbegreifliche. Im Bücken stößt er mit seinem Körper, mit seiner Hüfte, gegen den anderen, der hinter ihm darauf wartet, die Straße zu überqueren. Es ist eine nur leichte Berührung, ein winziger Impuls, der den Anhalter aus dem Tritt bringt. Ein kaum wahrnehmbarer Kontakt. Trotzdem ist der Fremde überrascht oder vielmehr erschrocken, macht einen Schritt nach vorn, mitten auf die

Fahrbahn zu. Zwei Scheinwerferlichter blitzen auf. Kurzes Hupen. Doch es ist bereits zu spät. Der viel zu dicht vorbeirasende Lkw erfasst den Seesack des Anhalters in voller Fahrt. Den Seesack samt dessen Besitzer. 70 Stundenkilometer. 90. Oder mehr. Reglos steht Viorel daneben, schockiert. Der Anhalter wird mitgeschleift, kann sich nicht befreien. Der Seesack hängt ihm über der Schulter, fesselt ihn seitlich an den Lastwagen. Hilflos rudert er mit den Armen, in der verzweifelten Hoffnung, sich losmachen zu können.

»Was zum Teufel?«

Dann der Bauzaun. Die Baustelle ist nicht sonderlich gut gesichert, und inmitten der Absperrung ragt eine meterlange Eisenstange in die Nacht. Es geht alles viel zu schnell, um reagieren zu können. Ohne abzubremsen, rast der Schwertransporter weiter, mit unverminderter Geschwindigkeit. Viorel kann nur beobachten, wie das Unvermeidliche seinen Lauf nimmt und ein Schatten von dem anderen getrennt wird. Die Eisenstange bohrt sich dem Anhalter durch die Brust und tritt auf der anderen Körperseite wieder aus. Zentimeter am Herzen vorbei. Der eben noch unversehrte Fahrgast schaukelt in der Leere des schwarzen Nachthimmels. Durch die Wucht des Aufpralls erst stark, dann schnell schwächer werdend, bis er sich überhaupt nicht mehr bewegt. Viorel weiß nicht, wie ihm geschieht, ist kaum fähig zu begreifen, was eben vor sich gegangen ist. Die Rücklichter des Unglückswagens verschwinden in der Dunkelheit. Nur die Scheinwerfer seines Opels werfen ein kaltes Licht auf die bizarre Szenerie.

Ihm bleibt nicht viel Zeit. Panisch schlägt Viorel die Wagentür zu, eilt zu Hilfe. Vielleicht lebt er noch. Vielleicht ist noch etwas zu machen. Nur was? Der Fremde steckt auf der Eisenstange fest, ohne einen Laut von sich zu geben. In nackter Verzweiflung versucht Viorel, ihn vom Metallpfahl zu befreien. Der Anhalter ist schwer, zu schwer. Viorel lehnt sich mit aller Kraft gegen ihn, bis sich der gewaltige Körper bewegen lässt. Erst langsam, dann zu schnell. Er kann den in der Luft hängenden Koloss nicht länger halten. Der Fremde schlägt auf den Boden, mit dem Rücken zuerst. Aus der klaffenden Wunde, aus der Eisenstange-durch-die-Brust-Wunde schießt Blut, bahnt sich seinen Weg über den schwarzen Mantel. Nicht viel. Eine schwache Blutquelle mit dunklem, fast schwarzem Blut, das den dichten Wollstoff tränkt. Soll er die Blutung stoppen? Wie? Und wozu? Viorel erscheint es wenig sinnvoll, das Loch im Brustbereich zu versorgen, damit es auf der anderen Seite weiter herausfließt. Doch das Blut wird weniger. Es versiegt. Gerinnt in dem Augenblick, an dem es an die Luft kommt, wie Viorel verwundert feststellt. Wenigstens zerfällt der Leichnam nicht zu Staub, denkt er, ohne zu wissen, warum – und ob das nun ein gutes Zeichen ist. Oder womöglich ein ganz schlechtes.

Es gibt wenig, was ihn derart erschüttert hat. Nicht einmal der Anblick seiner Mutter vor zwei Tagen hat ihn so entsetzt wie die Situation jetzt. Was kann er tun? Viorel bückt sich. Ist der Anhalter tot, oder befindet er sich nur in einer Art Schockstarre? Wie stellt man so etwas fest? Der Puls. Man muss den Puls messen. Unsicher sucht er mit Zeige-

und Mittelfinger an dessen linkem Handgelenk. Nichts. Weder ein Puls noch ein Geflecht aus bläulichen Adern. Die Haut ist weiß, makellos bleich. Dann am Hals. Vielleicht findet er die Halsschlagader. Doch auch hier kann er nichts entdecken. Kein Herzschlag, kein noch so winziges Lebenszeichen. Der Anhalter fühlt sich kalt an. Die Haut ist unterkühlt, halb gefroren. Das ausdruckslose Gesicht. Die geweiteten Augen, die in der Finsternis Löchern ähneln, die in sich gekehrt in eine andere Welt führen. Nicht einmal ein Zucken kann Viorel feststellen. Kein Zweifel, der Anhalter ist tot. Und er hat ihn umgebracht, er! Es war ein Versehen, ein Unfall, redet er sich ein. Nichts weiter. Ein marginaler Schubs. Wie konnte er nur so unbeholfen sein, so ungelenk?

Fassungslos betrachtet er den vor ihm auf dem nackten Boden liegenden Körper. Was soll er nur tun, was? Er kann ihn nicht einfach liegen lassen. Nicht auf der Baustelle. Was, wenn ihn einer der Lastwagenfahrer beobachtet hat und jetzt die Polizei verständigt? Was passiert, wenn sie ihn festnehmen und ihm Fragen über seinen Mitfahrer stellen? Über seine verstorbene Mutter im Kofferraum? Was, wenn sie ihn gleich hierbehalten und er wegen Mordes angeklagt wird, wegen Doppelmordes?

Der Leichnam darf auf keinen Fall gefunden werden. Er muss ihn fortschaffen, mit dem Auto. Tragen geht nicht. Dafür ist der Anhalter zu schwer. Ziehen. Schleifen. Vor Entsetzen zitternd, packt er den Körper an beiden Armen und zerrt ihn zurück zum Corsa. Das muss jetzt gehen, ist die einzige Möglichkeit. Viorel keucht unter der Last. Schnell stößt er die Beifahrertür wieder auf. Am besten legt er ihn auf den Rücksitz. Doch der Sitz klemmt. Die verfluchte Klappsitzmechanik! Warum hat er nicht daran gedacht? Mit dem Fuß tritt er so lange gegen den Beifahrersitzhebel, bis irgendetwas einrastet, mit einem leisen Klack-Klack-Klackgeräusch. Der Beifahrersitz schiebt sich wie von allein nach vorn. Die Sitzlehne. Er könnte den Anhalter auf den Rücksitz legen. Nur wie? Unschlüssig lehnt er den Oberkörper des Toten seitlich an den Wagen. Der Kopf sackt haltlos nach vorn auf die Brust, während Viorel einmal um den Corsa läuft und auf der Fahrerseite einsteigt, um den leblosen Körper von dort ins Wageninnere zu ziehen. Kein Leichtes. Der Anhalter ist sperrig wie ein ausgemustertes Möbelstück. Auf der Rückbank ist zu wenig Platz für den schlaksigen Körper. Und die Beine ragen seitlich aus dem Fahrzeug, sodass sich die Beifahrertür nicht schließen lässt. So kann er auf keinen Fall weiterfahren. Er läuft zurück auf die andere Seite, schiebt die Beine des Toten dem bereits verstauten Oberkörper hinterher, die Anhalterextremitäten. Ist von außen nichts mehr sichtbar, alles unsichtbar? Was, wenn jemand einen Blick ins Wageninnere wirft – an der Grenze zu Rumänien?

Viorel kennt nicht einmal den Namen des Anhalters. Vielleicht hat er einen Pass dabei. Einen Ausweis, der in seinem Mantel steckt. Oder in seinem Seesack. Der Seesack! Um ein Haar hätte er ihn vergessen. Der muss verdammt noch mal irgendwo in den Büschen liegen. Halb blind macht sich Viorel auf die Suche. Wo kann er sein? Hängt er noch an dem Lastwagen, der den Anhalter mitgeschleift hat? Nur wenige Meter entfernt findet er das riesige Gepäckstück auf dem zu Stein gefrorenen Boden. Der Seesack hat ein ähnliches Gewicht wie der Verunglückte selbst. Viorel öffnet ihn. Weniger aus Neugierde als vielmehr, um den Sack überhaupt von der Stelle bewegen zu können. Doch was ist das? Der Sack ist voller Dosen. Weißblech mit geschweißter Längsnaht, aber ohne Etikett. Büchsenfleisch. Oder Blutkonserven. Die Großfamilienpackung, der Reiseproviant für die nächsten tausend Jahre hier im Diesseits. Viorel ist dieser Spukgeschichten längst müde. Ohne lange zu überlegen, leert er das riesige Gepäckstück aus. Wie hat es der Anhalter bloß geschafft, diesen Sack zu transportieren? Viorel muss weiter, muss den Leichnam verschwinden lassen. Oder wenigstens verstecken. Er geht zurück zum Wagen, um dem Toten den Seesack überzuziehen. So wie er es bei seiner Mutter mit dem Schlafsack gemacht hat. Aber wird der Anhalter riechen? Er hat keine Ahnung, wie lange es bis zum Einsetzen des Leichengeruchs dauert. Ein paar Stunden, Tage? Langsam müsste er sich auskennen.

Viorel bleibt nichts anderes übrig, als erneut zu improvisieren. Doch diesmal ist es einfacher. Er entledigt sich seines linken Schuhs, zieht die verbliebene Socke aus. Die Leichenstarre hat noch nicht eingesetzt, und der Mund lässt sich öffnen. Weiße Zähne. Bis auf den fahl leuchtenden Goldzahn erkennt er keine einzige Füllung. Ein tadelloses Gebiss. Dennoch schlägt ihm ein abstoßend widerlicher Geruch entgegen. Nein, kein gewöhnlicher Atem, überkommt es ihn. Ein Geruch aus dem Körperinneren, der sich Luft verschafft, der nach Vergänglichkeit riecht. Stinkt. Bestialisch. War dieser Geruch vorher schon da? Hatte er sich mit dem seiner Mutter überlagert? Viorel denkt nicht lange darüber nach. Das aufkommende Ekelgefühl unterdrückend, stopft er dem Anhalter die Socke in den Mund und wirft einen letzten Blick auf seinen Fahrgast. Ein zeitloser Toter. Kantige Gesichtszüge. Das länglich hervorstechende Kinn. Spitze Wangenknochen. Kurzes, dichtes, sehr dunkles Haar. Fast wie Fell. Seine Herkunft erscheint ihm schwer bestimmbar. Hätte er den Pass des Anhalters, könnte er nachsehen, woher er tatsächlich kommt. Ja, der Pass. Im Seesack konnte er nichts finden. Vielleicht im schwarzen Offiziersmantel. Mit dem Gefühl, etwas Verbotenes zu tun, kramt er im blutverschmierten Mantelinneren des Fremden. Doch nichts. Kein Ausweis. Die Taschen sind leer. Weder in der Jacke noch in der Hose stößt er auf irgendetwas, was auf die Identität des Toten hinweist. Nicht einmal ein Portemonnaie oder ein gebrauchtes Taschentuch. Der Anhalter war nur mit sich selbst unterwegs. Und einem Sack Konservendosen.

Viorel zieht ihm das ausgeleerte Gepäckstück über den Kopf. Wenigstens für den Oberkörper langt es, um ihn teilweise verschwinden zu lassen. Bis zur Hüfte. Die Beine staken daraus hervor wie Zahnstocher aus einem Kastanienmännchen, sind aber hinter dem Beifahrersitz so gut verstaut, dass man sie erst auf den zweiten Blick entdecken wird. Wohin soll er den Leichnam bringen? Spontan fällt ihm viel zu selten eine Antwort ein. Und die Zeit drängt. Außerdem ist es kalt, bitterkalt. Mitten im schwarzen Nichts der Pannonischen Tiefebene. Viorel friert es an den Knöcheln, so ganz ohne Socken.

Kilometer 1795

Monotonie. Langeweile. Tristesse. Eine Endlosschleife totgelaufener Impulse. Totale Reizunterflutung. Synapsenlähmung. Das Testbild in Schwarz. *Wir entschuldigen uns für die Sendestörung im Großraum Ungarn.* Hinter Györ zieht sich die Autobahn in einer langen Geraden ostwärts. An Budapest vorbei bis Großkumanien und Hajdú-Bihar. Stundenlang, Hunderte Kilometer. Bis weit hinter den Horizont zeigt sich die grenzenlose Einfallslosigkeit der Natur. Es ist die Region der Abwechslungsarmut, Auffangbecken des visuellen Stumpfsinns. Wer hier nicht am Steuer einschläft, ist selber schuld. Eisplantagen, so weit das Auge reicht. Eine Kristallwüste, eingebettet in eine auf ewig umschließende Finsternis. Ganzjährig rund um die Uhr. Das ungarische Hinterland liegt so tief, dass die Menschen hier auf Leitern steigen müssen, um mal etwas Sonne sehen zu können.

Was steht auf Mord? Was auf Totschlag oder fahrlässige Tötung? Gibt es mildernde Umstände, wenn man für den Tod eines anderen nicht voll verantwortlich ist, nicht ganz? Maximal halb oder dreiviertel? Er hat den Körper des Anhalters nur leicht gestreift, touchiert. Und bereits diese winzige Berührung hat ausgereicht, um seinen Fahrgast aus dem Gleichgewicht zu bringen. Wäre er nur einen Tick weniger übergewichtig, einen Hauch untergewichtiger, das Unglück hätte sich nie ereignet. Viorel kann sein Missgeschick nicht vergessen, weder verdrängen noch begreifen. Wie konnte das nur passieren?

Er muss seine Tat vertuschen, das war ihm bereits am Unfallort klar. Vor über vier Stunden. Warum hat er den Leichnam nicht gleich beseitigt? Und warum fährt er mit dem merkwürdigen Fremden bis zur Grenze? Es wäre ein Leichtes gewesen, die Spur zu verwischen. Viorel hätte bloß kurz abfahren und ihn in die Büsche werfen müssen. Stattdessen ist er bis nach Rumänien unterwegs, mit gleich zwei Toten. Es gibt keine logischen Gründe dafür, keine Entschuldigung. Zwar erscheint es ihm als vollkommen gleichgültig, was mit einem Leichnam passiert. Kartoffelacker oder Mausoleum. Doch gegenüber dem Anhalter fühlt er sich schuldig. Und wenn schon nicht schuldig, so ist er ihm etwas schuldig. Es war ein Versehen, eine Unachtsamkeit. Folglich hat es sein Fahrgast auch nicht verdient, halb warm beiseitegeschafft zu werden.

Hinzu kommt seine Angst, entdeckt zu werden. Die Furcht vor den ungarischen Behörden. Irgendetwas sagt ihm, den Leichnam nicht einfach sich selbst zu überlassen. Eine innere Stimme. Ein Instinkt, den man nur von Tieren kennt. Von Elefanten. Die wissen nicht nur, wo es etwas zu fressen gibt, sondern auch, wann sie zu sterben haben. Wenn ihr Ende naht, geht die eigentliche Reise erst los. Einmal quer durch die Steppe. Zweitausend Kilometer geradeaus über den Kontinent und dann rechts ab auf den Elefantenfriedhof. Irgendwo in einen Fluss oder See hinein, weg von den Hyänen und dem Raubtiergesindel. Und rein ins

Wasser, wo der Kadaver versinkt und nichts mehr übrig bleibt für die Unterwelt der Savanne. Dann lieber von Krokodilen zerfleischt oder von der Strömung aufs offene Meer hinausgezogen werden, stellt er sich vor. Viorel konnte seinen vorhin erst verunglückten Fahrgast nicht einfach liegen lassen. Erst hatte er ein schlechtes Gefühl, ihn mitzunehmen. Dann ein noch schlechteres, ihn wieder loszuwerden.

Er sollte besser seinen Kopf einschalten, denkt er. Niemand weiß von dem Unglück. Keiner hat bemerkt, dass er den Leichnam auf dem Rücksitz verstaut hat. Womöglich stellt sich auch niemandem die Frage, ob der Anhalter überhaupt existiert. Wie sonst lässt es sich erklären, dass der Verstorbene nichts dabeihatte, was sein Dasein beweist? Keinen Pass, kein Handy. Noch während Viorel darüber nachdenkt, wie sehr ihm die Vorstellung gefällt, existieren zu können, ohne dass es jemandem unangenehm auffällt, erreicht er die rumänische Grenze.

Herzlich willkommen in România. *Bine aţi venit!* Es ist schon spät, kurz vor elf, als Viorel langsam auf die sparsam beleuchtete Grenzanlage zusteuert. Ein Beamter, der in routinierter Unlust die zu dieser späten Stunde lückenhaft gewordenen Ein- und Ausreisen kontrolliert. Vor ihm fünf weitere Autos. Drei aus Rumänien, zwei aus Ungarn. Und hinter ihm die Scheinwerfer eines weiteren Wagens, dessen Fahrer er im Rückspiegel nicht erkennen kann. Viorel ist eingekeilt. Flucht aussichtslos. So weit, wie er jetzt gefahren ist, kann er unmöglich die Heimreise antreten. Nicht jetzt, wo die Fahrzeuge vor ihm in kurzen Abständen kontrolliert und durchgewinkt werden. Eins nach dem anderen, um sich Sekunden später im mitternächtlichen Schatten des rumänischen Niemandslandes aufzulösen. Dann er.

»Paşaportul, vă rog! Sie allein unterwegs?«

Gebrochenes Deutsch, kurzer Augenkontakt. Müder Grenzerblick. Viorel kurbelt beunruhigt die Scheibe herunter. Außer seinem Schülerausweis hat er kaum etwas bei sich. Zwei 100-Euro-Scheine und etwas Wechselgeld, den Pass seiner Mutter. Einen Führerschein schon gar nicht. Womit soll er es zuerst probieren?

»Gu...Guten Abend.«

»Pass bitte!«

Viorel nickt. Was bleibt ihm übrig? Trotz der nachfolgenden Fahrzeuge hat der Beamte alle Zeit der Welt, den Corsa zu durchsuchen. Soll es Viorel mit den 200 Euro versuchen, so wie er es aus tausend Filmen kennt? Blick nach vorne. Die Scheine durch den Spalt des Fensters. *Stimmt so.* Und weiter. Dann besser mit dem Pass seiner Mutter. Auf dem Schwarzmarkt bekommt man dafür gut das Zehnfache.

»Hören Sie, ich kann meinen Ausweis nicht ...«

»Pardon, dar nu înțeleg. Was ist ... mit Ausweis?«

»Nun, der Reisepass meiner Mutter ...«

Viorel dreht sich kurz um, wirft einen Blick nach hinten. Nichts hat sich verändert. Der Anhalter liegt flach auf dem Rücksitz, den Seesack über dem Oberkörper. Beide Beine stehen seitlich angewinkelt hinter dem Rücksitz. Im toten Winkel. Dahinter seine Mutter im Kofferraum. Was zum Teufel soll er tun? Je länger er zögert, umso verdächtiger macht er sich.

»Ich … ich weiß nicht, was ich …«

In Sekunden ist er schweißgebadet, klatschnass. Dieser Situation ist er nicht gewachsen. Viorel hat seine Gliedmaßen nicht mehr unter Kontrolle. Sein Körper macht sich selbstständig. Die Hand zittert, das Herz bebt. Der linke Fuß vibriert im Takt seines Pulsschlags, rutscht plötzlich taub von der Kupplung. Das ist das Ende. Der Corsa kommt ins Stottern, macht einen kurzen Satz nach vorne und bleibt stehen. Verflucht, er hat den Motor abgewürgt. Ausgerechnet hier, mitten im Grenzgebiet zwischen Ungarn und Rumänien, im gesetzesfreien Raum. Schon sieht er vor sich, wie die Leichenspürhunde von der Leine gelassen werden, um Witterung aufzunehmen, wie sie anschlagen, wie sie die Zähne fletschen, als sie die beiden Leichen in seinem Wagen entdecken. Die Grenzer sind schnell zur Hand. Vier Leute gleichzeitig zerren ihn aus dem Opel, zwei ziehen, zwei schieben. Anschließend wird er kurz, aber minutiös gefoltert und dann hinter dem Zollgebäude standrechtlich erschossen. Wozu stundenlange Verhöre, die Indizien sprechen für sich.

Kreidebleich blickt Viorel zur Seite. Der Beamte steht noch immer neben ihm. Reglos, ohne eine Miene zu verziehen.

»Probleme mit Motor?«

In der Tat. *Hätten Sie die Freundlichkeit, kurz anzuschieben? Wir sind zwar zu dritt, aber nicht gut zu Fuß.* Angespannt nestelt Viorel am Zündschlüssel, will den Wagen wieder starten. Doch plötzlich, wie aus dem Nichts, zerreißt ein Geräusch die durch den abgewürgten Motor entstandene Stille. Ein dumpfes Hupen. Der Fahrer hinter ihm wird ungeduldig, will offenbar weiterfahren. Einmal hupen, noch einmal. Dann zwei-, dreimal hintereinander. Der Grenzbeamte erschrickt mindestens genauso wie er.

»Un moment, vă rog!«

Viorel hat alle Zeit der Welt. Der Beamte entschuldigt sich für die Unterbrechung und macht einen Schritt in Richtung des Wagens hinter ihm. Im Rückspiegel kann Viorel beobachten, wie sich langsam eine Scheibe öffnet und eine Hand dem Grenzbeamten bedeutet, näher zu kommen. Ein paar Worte, eine einseitig geführte Unterhaltung. Im Befehlston. Der Beamte nickt. Die Hand verschwindet, die Scheibe wird wieder hochgefahren. Das Gespräch ist beendet. Viorel hat keine Ahnung, worüber sich die beiden ausgetauscht haben. Oder worüber der Grenzbeamte ausgetauscht wurde. Ganz egal. Im nächsten Moment steht der Mann wieder neben ihm.

»Du weiterfahren.«

Keine Passkontrolle. Kein Schmiergeld. Kein fremder Ausweis als Faustpfand für die unerwartet genehmigte Einreise. Über die eben ihm zuteilgewordene Hilfe will er sich jetzt keine Gedanken machen. Viorel holt tief Luft, dreht den Zündschlüssel nach rechts und tritt auf das Gaspedal. Der Motor heult auf, er lässt die Kupplung kommen. Langsam, bis die Reifen quietschen. Alles geht glatt, und er fährt zügig los. Dann schnell, schneller. Und drin ist er. Innerlich schlägt er drei Kreuze.

Rumänien erwartet ihn hinter der Grenze. Ein grau gestreifter Grenzstreifen. Wilder Osten. Null Uhr fünf. Ein neuer Tag hat bereits begonnen, obwohl der alte ein paar Meter weiter westlich noch gar nicht geendet hat. Ein Zeitzonensprung. Jede Stunde, die hier beginnt, braucht 60 Minuten, um in Ungarn anzukommen. Rumänien. Statt Jahrzehnte zurück immer eine Stunde voraus. Doch was kommt als Nächstes? Kein roter Teppich. Kein Staatsempfang mit Nationalhymnen, militärischen Ehren und Bruderküssen, so wie es das Protokoll eigentlich vorsieht. Stattdessen kann Viorel beobachten, wie der Wagen nach ihm gleichfalls die Grenze passiert und überholt. Der Schatten zweier Männer in einem alten Dacia 1310, dem ehemaligen Volkswagen Rumäniens. So wie ihn Renault damals gebaut hat. Und wie er heute vermutlich noch tausendfach über die Straßen donnert.

Viorel kennt sich nicht aus mit Automarken, nicht wirklich. Seine Mutter hatte ihm aber davon erzählt, von ihrem ersten und bis dahin einzigen Wagen, den sie damals in ihrer Heimat gefahren hatte. Und mit dem sie dann bis nach Deutschland gekommen ist. Kurz überlegt er, den beiden Männern zuzuwinken. Aus Dank für ihre Unterstützung. Doch noch bevor er es überhaupt schafft, die Hand zum Gruß zu heben, ist der Wagen außer Sichtweite. Die Männer sind auf einer Mission. Oder auf der Flucht. Viorel kann nur müde hinterherschauen. Sein Tankanzeiger ist längst wieder im roten Bereich. Und erneut ist er gezwungen, eine Pause einzulegen.

Kurz hinter der Grenze das Konglomerat gleicher und gleichzeitig unterschiedlicher Tankstellen. Gazprom. Petrom. Lukoil. 24 Stunden geöffnet, an Feiertagen länger. Bis hierhin hat der Russe also sein Ölimperium ausgedehnt, stellt Viorel fest und steuert eine Zapfsäule an. *Einmal voll, bitte.* Der Genosse Tankwart wartet lieber im beheizten, mit flackernder Leuchtreklame verkleideten Kassengebäude. Besser so. Besser, wenn niemand einen Blick ins Wageninnere wirft. Außer ihm hält kein Fahrzeug weit und breit. Ein paar Schwertransporter stehen verlassen im wetterfesten Grenzgrau. Ein halbes Dutzend rumänischer Pkw. Zwei Motorräder, sonst nichts. Auch auf der Durchgangsstraße kann Viorel kaum Bewegung feststellen. Weder Autos nach Ungarn noch nach Rumänien. In keine der beiden Richtungen. Für heute hat der Schmuggel Feierabend. Dennoch schließt Viorel den Wagen ab, bevor er den Kassenraum betritt. Sicher ist nicht sicher, nur das Gefühl ist ein besseres.

200 Euro. 900 Lei. Viorel wechselt seine Euro-Scheine zu einem Kurs, den nicht er bestimmt, sondern der etwas ältere, schon weißhaarige Mann an der Kasse. Warum gibt es keinen rumänischen Euro? Damit man ihn im Unklaren lassen kann, im Zwielicht der gastfreundlichen Ehrlichkeit. Schon hier, direkt hinter der Grenze.

Zudem meldet sich sein über Stunden vernachlässigter Körper. Aus seinem Magen dringt ein nur allzu vertrautes Geräusch, dass der hagere Alte hinter dem Tresen aufschaut und meint, ihm ein breites Lächeln schenken zu müssen. Mit mehr Zahnlücken als Zähnen. *Der fette Deutsche, so gefräßig wie sein Westauto.* Auch wenn es nur ein alter Corsa ist. Tatsächlich scheint es eine Ewigkeit her, seitdem Viorel etwas gegessen hat. Und weder von den Chips noch von der Cola-Flasche ist mehr übrig als die Verpackung. Höchste Zeit also für ein Dutzend Schokoriegel. Mars. Snickers. Bounty. Meuterei in der Tankstellenkolchose. Viorel macht keine Gefangenen. Dazu drei Flaschen Limonadă. Die Königin der Erfrischungsgetränke zwischen Tschernobyl und dem Kosovo. Außerdem würde er gern einen Kaffee trinken. Oder gleich mehrere Tassen, bevor er weiterfährt. Doch der in der Ecke stehende Automat ist außer Betrieb. *Stricat.* Der Alte hinter dem Tresen bedeutet ihm, kurz zu warten.

»Cafea?«

Einen Draculatte, bitte. Und einen doppelten Espresso. Viorel ist nur noch in der Lage, laut zu denken. Der Mann ihm gegenüber dreht sich nach hinten und ist Sekunden später mit einem übergroßen Pappbecher zurück.

»Serviți, vă rog!«

Viorel füllt den Becher bis zum Rand mit Zucker und leert ihn, ohne abzusetzen. Gleich ein wenig wacher, fragt er nach der Toilette.

»Entschuldigen Sie … das WC?«

»Toaleta?«

»Ja, die Toilette.«

»La dreapta!«

Der Tankwart deutet auf einen Gang, der rechts hinter ihm um die Ecke führt und von großen Kisten zugestellt ist, die hier zwischengelagert wurden, um morgen in Westeuropa einen neuen Abnehmer zu finden. Mit Pornofilmen oder Spielkonsolen, so Viorels Vorstellung.

Ungelenk steigt er über zwei Kartons. An der Wand eine großformatige Landkarte. Das rumänische Fernfahrernetz.

Rumänien für russische Langstreckenfahrer. Ein Durchfahrerland, wie Deutschland für Holländer. Wo ist Bistritz? Auch nach längerem Suchen kann er es nirgends entdecken. Bukarest. Timişoara. Sibiu. Cluj. Braşov. Constanţa. Alle größeren Städte sind verzeichnet. Sogar die ihm bekannte Donau schlängelt sich quer über die Karte. Nur Bistritz hat man verschluckt, ausradiert. Dem Erdboden gleichgemacht. Um ihn zu verunsichern, um ihn in die Irre zu führen. Vielleicht war der Ort aber auch einfach nur zu klein für den grobmaschigen Maßstab.

Einen Schritt weiter die *Toaleta.* Am Ende des Gangs zwängt er sich in einen engen Raum. Damen- oder Herrentoilette. Spätestens im Abfluss wird alles eins. Die Toilette ist weder beleuchtet noch beheizt und im Gegensatz zu dem akkurat erscheinenden Kassenraum nicht mehr ganz so sauber, wie er im von außen einfallenden Halblicht erkennen kann. Ein Geruch aus Treibstoff, Fäkalien und Leergutautomat. Er beeilt sich. Wie soll er Bistritz finden, wenn es nicht mehr existiert? Wenn es vor Jahren aufgegeben wurde, weil sich keiner mehr dafür zuständig fühlte oder die Mühe nicht mehr lohnte? Er kann nicht die ganze Nacht über in einem Land herumstochern, das er nicht kennt und das größer ist als der Teil Europas, den er bislang durchfahren hat. Hätte er nur ein Navi. Oder ein Smartphone mit GPS. Kurz entschlossen geht er zurück zum Tresen und kauft sich einen Straßenatlas für unterwegs. 40 Lei, zusätzlich zu den Schokoriegeln und der Limonade. Der Tankwart macht eine abwehrende Handbewegung und legt ihm das Geld für die Karte zurück auf den Tresen.

»Gratuit.«

Kostenlos, gratis. Oder vollkommen umsonst. Ein Willkommensgeschenk für ausländische Gäste und Besucher. *Treten Sie frei und aus eigenem Entschluss ein!* Viorel freut sich über die freundliche Geste und verabschiedet sich von dem ihm hinterhernickenden Alten. *Drum bun!* Eine angenehme Reise noch.

Rumänien im Verhältnis 1:800 000. Einem Zentimeter auf der Karte entsprechen 800 000 in echt. Bistrița. Nach kurzem Suchen entdeckt er den Ort im nördlichen Teil des Landes. Es existiert doch. Nur wie weit wird es bis dorthin sein? 20 Millionen Zentimeter. Viorel breitet die Straßenkarte über dem Lenkrad aus. Die Welt ist ein Viereck, denkt er. Jeder Raum mit vier Ecken. Jedes Fenster. Jedes Bett. Jeder Fernseher. Jeder Geldschein. Jede Fahrkarte. Viereckengemütlichkeit in einer Viereckengesellschaft. Und das Runde muss ins Eckige. Ein Teller, eine Münze, ein Ei. Alles wird in behagliche Viereckenschränke, -hüllen und -kartons gepackt, nur damit nichts mehr rollt, rausfällt oder rumkullert. Selbst den Globus hat man entlang von Längen- und Breitengraden quadratisch parzelliert. Viorel dagegen ist das Runde sympathisch. Man sollte nur noch kreisförmige Bilderrahmen herstellen, überlegt er. Und nichts würde mehr schief hängen. Oder Särge. Runde Särge. Wie Töpfe. Sargtöpfe. Mit zusammengerollten Toten. Raumwunder, platzsparend und effizient. Und wären ihm Bestattungsformen nicht prinzipiell gleichgültig, könnte er sich durchaus mit dem Gedanken anfreunden, später in einen Sarg gesteckt zu werden, der passgenau seiner Körperform entspricht.

Halbwegs optimistisch, Bistritz in wenigen Stunden erreichen zu können, faltet er Rumänien wieder zusammen und lässt den Motor an. *La revedere!* Zurück auf die E60, auf die Europastraße, die die Autobahn in Ungarn abgelöst hat und sogar bis nach Kirgisien führt. Aber ohne ihn. Viorel hat auf seinem Weg hierher schon genug gesehen. Und auf den asiatischen Teil Europas würde er bis auf Weiteres gern verzichten.

Hinter der Grenze bekommt die Farbe Grau eine ganz neue Bedeutung. Der Straßenlauf ist kaum beleuchtet, nur mithilfe seiner Scheinwerfer kann er sich durch das Dunkel vorwärtstasten. Durch dieses Schattenland, in dem sogar die Schatten Schatten werfen. Tempo 50 in jeder verfluchten Ortschaft. Wie soll er da vorankommen? Viorel macht das Radio wieder an. Englische Chartmusik, die ihm am Morgen schon auf die Nerven ging. Oder rumänischer Folklorepop. Er stellt auf laut. Nicht, dass es ihm gefiele, doch es wird ihn wach halten. Während sich ein Musiktitel in einer Endlosschleife wiederholt, passiert er einen bulgarischen Kleinbus, dem es ähnlich dringlich scheint, hier so schnell wie möglich durchzukommen. Verkehrsschilder sind rar, Ampeln fehl am Platz. Ein Dorf, eine Kleinstadt. Ein Schrottplatz. Ein Kasten aus bunt angeleuchteten Glasbausteinen voller Plastikmöbel, ehemaliger Schachgroßmeister und Olympiasieger im Turmspringen oder Kunstturnen. Dann wieder nichts. Schwarzgraue Nacht über grauschwarzen Äckern. Von der Fahrt schnell wieder müde werdend, schaltet er um auf einen anderen Sender mit gleicher Musik und fährt ohne weitere Unterbrechung an Oradea vorbei in Richtung Cluj. Ihn schmerzt der Hintern.

Autofahren ist wie Radfahren, denkt er. Oder Pferdereiten. Wer zu lange im Sattel sitzt, scheuert sich den Riemen, hieß es über die, die noch mit dem Fahrrad zur Schule kamen. Zum Glück blieb Viorel das erspart. Fahrrad fahren war für ihn schon immer ein Balanceakt. Als würde man einen Kühlschrank auf einem Drahtgestell durch die Stadt bewegen. Dennoch. Seit heute Morgen sitzt er über 17 Stunden hinter dem Steuer. Auf lange Sicht kann das nicht gesund sein.

Eigentlich könnte es ihm egal sein. Mit 13 oder 14 bestand vielleicht noch Hoffnung. Als er noch nicht ganz so fett war. Als er noch Normalgewicht hatte. Normales Übergewicht, unter hundert Kilo. Oder knapp darüber. Seitdem hat er sich beim täglichen Zunehmen zusehen können. Und längst sieht er so aus wie Leute, die sich im Karneval Kissen unter die Kostüme stopfen, um mal so auszusehen, wie sie auf keinen Fall aussehen möchten.

Dabei gab es in seiner Klasse dieses Mädchen, Melina Kleinschmidt. Keine Schönheit, doch was konnte er erwarten? Im letzten Sommer erschien sie ihm erreichbar. Lange dunkle Haare, runde Hüften, ein tolles Lächeln. Zudem besaß sie die gleichen Vorlieben für Frittiertes und Fettgebackenes wie er. Vielleicht war ihr Viorel deshalb sympathisch, hatte er damals gedacht. Eine Art Beziehung, auf Gabelhöhe.

Dann kam Großmüller. Gregor Großmüller aus der Parallelklasse. Sie hatten zusammen Englisch. Zu Viorel war der andere der unvereinbare Gegenentwurf. Schmalwüchsiger Körper mit knochiger Brust. Was an Viorel rund war, war an Großmüller eckig. Der Bauch, die Schultern. Und der Kopf. Ein Gesicht voller Stufen. Fliehendes Kinn, fliehende Stirn. Ein Typ zum Davonlaufen. Charakterlich galt Großmüller als unterste Liga, unabsteigbar. Aber plötzlich saß er direkt neben Melina.

Vielen Männern bleibt aufgrund ihres Aussehens keine andere Möglichkeit, als Karriere zu machen. Das hatte Großmüller von seinem Vater. *Lieber schrecklich reich als schön arm.* Und dann klappt das auch mit den Mädchen, mit Melina. Erst ein paar Muffins in der Pause, dann die Einladung ins Kino, in die Ferienwohnung seiner Eltern. In zehn Jahren Reihenhaus in der Vorstadt. Zwei, drei Kinder. Großmüller-Kleinschmidt.

In schlechter Erinnerung an die letzten Monate erreicht er Cluj-Napoca, Klausenburg. Die zweitgrößte Metropole Rumäniens. Das einstige Nokia-Village. Vor Jahren wurden Tausende Arbeitsplätze aus dem Ruhrpott hierher verlagert, um kurz darauf weiter nach Asien zu wandern. Seine Mutter musste sich damals einen neuen Job suchen, von heute auf morgen, als die Werksschließung beschlossene Sache war.

Viorel hat wenig Lust, sich die im Sog der Globalisierung gefangene Stadt genauer anzuschauen, in der Dunkelheit.

Er ist nur auf der Durchreise, und bis Bistritz will er weiterfahren. Unaufgeregt steuert er den Corsa durch das Zentrum. Nur wenige Menschen lassen sich auf der Straße blicken, trotz beleuchteter Innenstadt. Oder vielleicht deswegen. Die historische Altstadt. Ein riesiger, mit Lichtern behängter Weihnachtsbaum vor der Kathedrale. Siebenbürgische Pracht, zumindest auf den ersten Blick. Die Perle Transsilvaniens, denkt er. Wäre es nicht Rumänien, käme es ihm fast schöner vor als zu Hause.

Laut Straßenkarte ist Cluj die letzte größere Stadt auf seiner Reise. Nach wenigen Biegungen führt die Straße wieder aus dem Zentrum. Raus aus der urbanen Peripherie, aus dem Bannkreis der zum Teil schon abgeschalteten oder niemals in Betrieb genommenen Straßenlaternen. Am Flughafen vorbei weiter in nördliche Richtung, bis Dej. Langsam kommt sein alter Opel wieder ins Rollen. Doch über dem flachen Land schlägt Viorel ein stürmischer Wind entgegen. Eisige Böen aus der russischen Taiga. Die sibirische Kälte, die es zu Hause nicht mehr aushält und die es in den warmen Süden zieht. Eine Zugkälte. Der Wind gibt schon mal einen Vorgeschmack auf das, was Rumänien in den nächsten Monaten umklammern wird.

Die Straßen erscheinen erstaunlich gut ausgebaut. Kaum Schlaglöcher oder maroder Asphalt. Dann aber ein Bahnübergang. Ungebremst springt Viorel über die wie Bodenwellen im Dunkeln liegenden Gleise. Ein einziger Rüttelstreifen. Eine Gefahr für Mensch und Maschine. Der Corsa wird über ein quadratmetergroßes Loch katapultiert. Geröll hämmert gegen das Bodenblech. Eine Motocross-Strecke. Reaktionsschnell bekommt er den Wagen wieder in den

Griff, geht vom Gas und schaltet runter. Vierter Gang, dritter, zweiter. Anschließend erneut teilsanierte Abschnitte zum Wieder-schneller-Fahren, ein Wechselbad der Gefühle. Glücklicherweise schwächen sich die Windböen etwas ab. Viorel kann es sich gemütlich machen.

Müde schiebt er den Fahrersitz zurück, die Lehne nach hinten. Mit dem Bauch unter dem Steuer lässt er die nächtliche Einöde an sich vorbeiziehen. Keine Autos weit und breit. Das letzte Fahrzeug, das ihm entgegengekommen ist, scheint Lichtjahre her. Über ihm rückt die sternenklare Nacht in Position. Kalt und klar. Kristallschwarzer Himmel, matt erleuchtet durch den halbrunden Mond. Zunehmend, abnehmend. Wieder zunehmend. Der Jojo-Effekt, der ihm nur allzu bekannt vorkommt. Dazwischen Sterne, Kometen, Meteoriten, intergalaktische Lichtblitze. Letzte Schallwellen des Urknalls. Dann ein Raumschiff. Das russische Weltraumtransportsystem Sojus unterwegs zur Internationalen Raumstation. Viorel stellt sich vor, wie er den Opel durch einen dichten und nicht ganz ungefährlichen Asteroidenhagel manövriert. Vor ihm ein Astronaut. Herausgeschleudert aus der ISS, weil mal wieder jemand das Fenster offen gelassen hat. Was auch sonst sollte auf einer Raumstation passieren, die keinen weiter interessiert? Der Astronaut rudert mit ausladenden Bewegungen durch die Schwerelosigkeit. Juri Gagarins Enkel, auf der Suche nach einer neuen Umlaufbahn. Der Astronaut. Oder Kosmonaut. Viorel befindet sich bereits in der vormals sowjetischen Hemisphäre. Da heißt es Kosmonaut, weiß er. Oder Taikonaut, in China. Aber bis dahin geht es ja nicht. Nicht einmal auf einer dieser verfluchten Europastraßen.

Seine Reise endet in Bistritz. Und bis dorthin ist es noch eine Stunde, schätzt er. Eineinhalb. Bei diesen Witterungsverhältnissen. Was geschieht dann mit seiner Mutter, was mit dem verunglückten Anhalter? Glücklicherweise hat sich der Geruch der Toten fast vollständig verflüchtigt. In Anbetracht der frostigen Außentemperaturen müsste die Mutter mittlerweile vereist sein, tiefgefroren im Kofferraum. In der Heckkühltruhe. Und der Anhalter ist offenbar noch nicht lange genug verstorben, dass er zu riechen beginnt.

»Na, noch immer unterwegs?«

Viorel fährt aus dem Fahrersitz hoch. Hinter ihm nimmt ein sehr übergewichtiger Mann Platz, der eine gewisse Ähnlichkeit mit ihm selbst zu besitzen scheint. Gleiche Brille, gleiches Doppelkinn. Schütteres Haar. Viorel in alt, denkt Viorel. So weit wird es also mit ihm kommen.

»Nun, so weit oder so nah, das hängt ganz von dir ab, mein Lieber«, hört er den Fremden hinter sich sagen. Viorel schluckt. Der Mann wischt sich mit dem Handrücken über die voluminöse Unterlippe, um gleich darauf von einem übergroßen Schokoladen-Donut abzubeißen.

»Auch einen?«

Wie Viorel erst jetzt erkennt, balanciert der Alte in der linken Hand ein ganzes Tablett mit mindestens einem Dutzend Donuts, Streuselschnecken und Marzipangebäck. Ihm knurrt der Magen.

»Nur keine falsche Bescheidenheit. Einen Tod sterben wir alle. Da ist mir die Völlerei doch der liebste.«

Der Fremde reicht ihm das Tablett nach vorn. Viorel weiß nicht recht, wie er reagieren soll.

»Apropos Tod«, fährt sein anderes Ich fort. »Vorausgesetzt, du schaffst es wirklich irgendwann – das mit dem Sterben. Wie möchtest du dann begraben werden? Schon einmal darüber nachgedacht?«

Der Mann hinter ihm stellt das Tablett ab, schiebt die Beine des Anhalters elegant zur Seite. Anschließend lehnt er sich auf dem Rücksitz entspannt zurück, stößt kurz auf und zündet sich eine Zigarette an.

»Na, eine Idee?«

Viorel erinnert sich an das Gespräch, das er vorhin mit sich selbst über passgenaue Sargformen geführt hat. Eine Feuerbestattung seiner Mutter wäre durchaus denkbar gewesen, bei 900 Grad im Muffelofen.

»Interessant«, erwidert sein anderes Ich. »Damit liegst du voll im Trend, wenn ich das mal so salopp formulieren darf. Die Erdbestattung verliert ja deutlich an Boden.«

Im Rückspiegel schenkt ihm der Alte ein breites Lächeln, das Viorel nicht wirklich deuten kann. Oder will.

»Nun, selbst in der rumänisch-orthodoxen Kirche sind Leichenverbrennungen nicht erwünscht, explizit verboten sind sie aber auch nicht. Das hätte dir doch entgegenkommen müssen, oder?«

Viorel muss sich selbst recht geben. Tatsächlich hätte es ihm einigen Ärger erspart. Eine Urne wäre sehr viel leichter über die Grenze zu bringen gewesen als eine komplette Leiche.

»Vielleicht hätte ich sie sogar per Post verschicken können, in einem Paket«, entfährt es ihm.

»Mit der Post? Mit einem Zustelldienst an deine rumänische Kontaktadresse? Du erstaunst mich!«, lobt ihn der Alte. »Dabei frage ich mich, ob selbst ein solcher Aufwand überhaupt gelohnt hätte. Korrigiere mich, aber hast du nicht unlängst geäußert, dass es den Toten gleich sein müsste, was mit ihnen geschieht?«

Viorel muss kurz schlucken. Im Prinzip ist das seine Meinung. Wer tot ist, ist tot. Und hat keine Wünsche mehr. Oder Vorlieben.

»Lieber Viorel, der Widerspruch ist offensichtlich. Dennoch maßt man sich bereits zu Lebzeiten an zu wissen, wo es einem tot am besten gefällt. Wie auch immer: Deine beziehungsweise unsere Mutter äußerte einen klaren Wunsch, wohin die Reise gehen soll. Und du bist gerade dabei, diesen Wunsch, übrigens ihren letzten, zu erfüllen. Warum nur?«

»Weil es den Hinterbliebenen eben nicht gleichgültig ist«, antwortet er dem Fremden. Weil die Hinterbliebenen noch am Leben sind. Weil sie sich verantwortlich zeigen. Und weil sie es nicht ertragen können, ein einmal gegebenes Versprechen nicht einzulösen. *Wenn ich irgendwann sterbe, versprich mir, mich in meiner Heimat zu beerdigen.* Deswegen dieser Aufwand, diese Tortur.

»Durchaus richtig«, pflichtet ihm sein gealterter Doppelgänger bei. »Wir behandeln unsere Verstorbenen, als wären sie noch mitten unter uns, als wären wir ihnen auch über den Tod hinaus Rechenschaft schuldig. Vielleicht ist es das, was den Menschen vom Tier unterscheidet. Vielleicht ist es aber auch nur eine riesengroße Gefühlsduselei.«

Vielleicht. Vielleicht aber ganz einfach eine Art, Abschied zu nehmen. Wenn es das ist, ist Viorel gern gefühlsduselig.

Selbst gegenüber dem Anhalter verhält er sich nicht achtlos. Allerdings hat er jetzt gleich zwei Probleme. Das mit seiner Mutter wird sich klären, das wird er seinem Onkel überlassen. Doch was macht er mit dem Anhalter? Wohin soll er ihn bringen, ohne die Adresse eines Angehörigen zu kennen? Er kann ihn schlecht in Bistritz beisetzen lassen. Selbst ein Grab ausheben erscheint ihm unmöglich. Nicht bei dem zu dieser Jahreszeit hart gefrorenen Boden. Soll er ihn nicht doch in die Büsche werfen? Oder in einen Fluss? Was soll er tun, jetzt, wo er bald dort sein wird? Er weiß keine Lösung.

Sein älteres Ich bläst einen letzten donutförmigen Kringel in die Luft. Dann drückt er die Zigarette auf einer der Fußmatten aus und rutscht auf seinem Sitz ein Stück nach hinten. Auf derartige Fragen habe selbst er keine Antwort, beendet er das Gespräch und löst sich in blaugrauem Dunst wieder auf. Nachts um kurz nach vier, mitten in Rumänien.

Ist es noch spät in der Nacht oder schon früh am Morgen? Die Landstraße nach Bistritz wird von der Dunkelheit nur meterweise preisgegeben. Statt hell wird es immer finsterer. Tiefschlafphase. Wolfsstunde. Von Dämmerung keine Spur. Noch lange nicht. Im frühen Vogel ist der Wurm. Immer müder werdend, durchfährt Viorel ein Dutzend kleinerer Ortschaften. Dörfer. Siebenbürgische oder transsilvanische Käffer in der siebenbürgisch-transsilvanischen Provinz. Verschlafen, ausgestorben zu der Uhrzeit. Vielleicht auch tagsüber. Wie soll Viorel das beurteilen? Nirgends ein Licht.

Hinter einem Pferdestall zwei Katzen. Oder eine mit acht Beinen. Ein streunender Hund, eine Hundertschaft Fledermäuse.

Bistritz in Reichweite. Noch 20, 30 Kilometer, schätzt er. Nur noch wenige Millionen Zentimeter. Doch kurz hinter Beclean verpasst er eine Abfahrt – die Erschöpfung. Unversehens befindet sich Viorel auf einer noch weniger befahrenen Landstraße, in einer noch dunkleren Ecke dieser Gegend. Mit einem Mal grelles Licht. Ein Scheinwerferkegel taucht hinter ihm auf. Fernlicht, das aussieht wie Tieraugen. Ein anderes Auto, das sich aber noch weit weg befindet. In sicherer Entfernung. Weder eine Besonderheit noch ein Grund zur Besorgnis. Dennoch wächst in ihm das Unbehagen, die Nervosität. Woran das liegt, weiß er selbst nicht. Der Elefanteninstinkt. Oder der Mangel an Schlaf, der verfluchte Schlafmangel. Anspannung statt Entspannung. Die Fahrt ist fast vorbei und nimmt doch kein Ende. Noch immer muss er hoch konzentriert bleiben. Auch auf den letzten Metern, auf der Zielgeraden. Die Scheinwerferlichter kommen näher. Im Rückspiegel der Umriss eines Wagens. Ungenau kann er den sich anschleichenden Schatten eines anderen Autos erkennen. Kurz. Dann wieder nichts. Viorel biegt um eine Kurve. Die Straße führt über eine kleine Brücke, anschließend erneut geradeaus über das flache Land. Nichts mehr zu sehen von dem Einheimischen, der vermutlich eben noch auf dem Weg nach Hause war. Stockbesoffen. Abgefüllt mit reichlich Ţuică. Mit hochprozentigem Gesöff aus vergärten Pflaumen, aus eigener Herstellung, wie ihn seine Mutter manchmal angeboten hat, wenn Besuch da war.

Den Rückspiegel nicht aus den Augen lassend, versucht Viorel wieder ruhiger zu werden, sich zu entspannen. Gleich ist er am Ziel. Noch ein paar Biegungen, dann wird er seinen Auftrag erfüllt haben. Dann hat er das Ende seiner Reise erreicht, und er kann in Bistritz gleich morgen früh alles Notwendige zur Bestattung seiner Mutter in die Wege leiten.

Urplötzlich ist der fremde Wagen direkt hinter ihm. Wie aus dem Nichts. Wie vom Blitz getroffen, fährt Viorel aus dem Halbschlaf hoch. Ist er eingenickt? Nein. Er ist hellwach, immer gewesen. Was um Himmels willen? Der Wagen blendet ihn von hinten. Das Fernlicht. Ist das erlaubt? Die Polizei ist es nicht, so viel kann er im Rückspiegel erkennen. Vielleicht die Securitate. Der wieder auferstandene rumänische Geheimdienst. Kann das sein? Sie sind hinter ihm her. Interpol hat ihnen einen Tipp gegeben. Aktenzeichen XY für immer ungelöst. *Seit den frühen Morgenstunden wird eine 48-jährige Rumäniendeutsche aus Essen-Vogelheim vermisst. Der Täter flüchtete in einem einstmals weißen Opel Corsa in Richtung Osteuropa. Sachdienliche Hinweise bitte an unser Sendestudio oder direkt an die Kollegen vom* CIA.

Nach seiner Mutter wird gesucht – oder nach dem Anhalter. Und jetzt stellen sie ihn. Eine Ringfahndung. Straßensperren. Hubschrauber. Scharfschützen. Ausgehungerte Hundemeuten. Viorel beschleicht ein ungutes Gefühl. Was kann er tun? Soll er rechts ranfahren, den Wagen passieren lassen? Das wäre das Vernünftigste. Doch er zögert. Einen Moment lang, einen Augenblick zu lang. Plötzlich erschüttert ihn ein heftiger Schlag. Der Wagen hinter ihm fährt auf, touchiert seine Stoßstange. Die Securitate rast ohne

Vorwarnung in sein Heck. In den Kofferraum, in dem seine tote Mutter liegt. Nur mit Mühe kann er den Corsa auf der Straße halten. Wenige Sekunden später erneut, diesmal stärker. Diesmal mit noch größerer Wucht. Zitternd vor Angst, tritt er auf das Gaspedal. Schweißperlen auf der Stirn, Flucht nach vorn. Der Wagen hinter ihm scheint überrascht. Schnell gewinnt Viorel zehn Meter Vorsprung. Zwölf. Aber nur für kurz. Die Securitate beschleunigt, holt wieder auf und verkürzt den Abstand. Fünf Meter. Drei. Zwei. Eins. Rums. Der Corsa schlingert. In unverminderter Geschwindigkeit kommt er von der Fahrbahn ab, rutscht über den vereisten Seitenstreifen. Grasbüschel. Schotter. Büsche. Pack. Pack. Pack. Schnelles Gegenlenken. Der Corsa springt über einen Felsbrocken. Und mit einem Ruck richtet sich der tote Anhalter auf dem Rücksitz auf. Der Kopf knallt gegen die hintere Scheibe, auf der linken Seite. Viorel erschrickt, wirft einen kurzen Blick in den Rückspiegel. Der Oberkörper steckt noch immer unter dem Seesack, sodass er das Gesicht des Anhalters nicht erkennen kann. Dennoch überkommt ihn ein Gefühl, als würden ihn die toten Augen seines Fahrgasts anstarren. Durch die schwarze Hülle hindurch.

Ihm bleibt keine Zeit, länger darüber nachzudenken. Die Securitate lässt sich nicht abschütteln, verschärft das Tempo. Angriff ist die beste Verteidigung, denkt er, schießt zurück auf die Straße und schiebt sich entschlossen neben den Geheimdienstwagen. Opel rechts, Securitate links. Ein alter Dacia, wie er erkennen kann. Der alte Dacia. Zwei Männer. Zwei Folterknechte des damals korrupten Regimes. Die beiden Männer, die hinter ihm am Grenzübergang standen, kein Zweifel. Sie sind ihm gefolgt! Dafür haben sie den Zollbeamten bestochen. Um ihn hier totschlagen zu können.

Hilflos hämmert Viorel auf das Lenkrad. Der Beifahrer, der ihn jetzt bei geöffneten Scheiben mit ausgestrecktem Arm packen und zum Anhalten zwingen könnte, trägt einen Schnurrbart. Lange schwarze Haare. Goldkette. Goldringe. *Ţigan!* Viorel ist sich sicher. Er hat es mit einer Art Straßenpiraten zu tun, die ihn jetzt in die Enge treiben. Keine Zeugen, keine Spuren. Niemand, der nach ihm fragen wird.

Der Fahrer reißt das Steuer nach rechts, um ihn wieder von der Fahrbahn zu drängen. Doch er hält dagegen. Kotflügel an Kotflügel. Das bezahlt keine Versicherung. Zwei enge Kurven, eine kurze Gerade. Und wieder eine Kurve. Die Landstraße ist schmal, schlecht ausgebaut. Der Corsa rast durch ein Schlagloch. Der im Seesack verstaute Kopf des Anhalters schlägt kurz auf die Kopflehne vor ihm. Dann wieder zurück. Wäre der Fremde nicht schon tot, hätte er sich jetzt das Genick gebrochen. Viorel wird das Lenkrad aus der Hand gerissen. Für eine Millisekunde. Zu allem entschlossen, kurbelt der Beifahrer die Scheibe runter und schreit ihm etwas zu. Irgendetwas.

»Opreşte-te!«

Als ob Viorel Rumänisch verstünde. Was fällt diesen Leuten ein? Fehlt nur noch, dass sie ihm auf die Reifen schießen. Und tatsächlich. Der Mann auf dem Beifahrersitz fuchtelt plötzlich mit einer Pistole herum. Eine russische

Makarow aus dem Zweiten Weltkrieg. Nein, er irrt sich. Viorel schaut kurz zur Seite. Die Pistole ist eine Zwille. Archaisch, aber eindrucksvoll. Der Mann bedroht ihn mit einer Spatzenschleuder. Was für Methoden! Entschlossen spannt der Beifahrer die Zwille und zielt direkt auf seinen Kopf, aus nächster Nähe. Viorel gerät in Panik. Erschlagen von einem Stein. Kurz vor vier Uhr morgens, mitten im Nirgendwo. Intuitiv presst er seinen Fuß auf das Gaspedal. Schneller. In nackter Verzweiflung zündet er den Turbo, die letzte Stufe seines Triebwerks. Der Corsa schnellt noch einmal nach vorn. Mit letztem Schub. Das Geschoss schlägt knapp neben Viorel ein. Die hintere Seitenscheibe zersplittert mit einem ohrenbetäubenden Knall. Glasscherben fliegen durch den gesamten Innenraum. Tausendfach. Splitter. Auf den Rücksitz, auf den toten Anhalter. Auf die Heckablage. Der Stein hätte seinen Kopf durchschlagen, ganz bestimmt. Blick nach links. Der Verrückte in dem Wagen neben ihm hat die Zwille erneut gespannt. Der nächste Schuss sitzt. Der Beifahrer brüllt noch einmal. Erneut.

»Stop! Stop the car!«

Englisch. Rumänisch. Russisch. Oder irgendeine andere tote Sprache. Ein Kauderwelsch aus allem. Was auch immer Viorel versteht, es ist egal. Alles ist jetzt egal. Mit ganzer Kraft tritt er auf die Bremse, dass die Reifen quietschen. Der andere Fahrer ist überrascht und rast weiter. Für eine Sekunde. Eine Sekunde Vorsprung, die er durch sein Manöver gewinnt. Zwei Sekunden. Fünf. Nichts wie raus. Der Daciafahrer legt den Rückwärtsgang ein. Viorel springt aus dem Wagen. Tür auf. Hinein ins Nichts, in die frostige Dunkelheit. Wütende Rufe hinter ihm. Bloß weg. Er flieht über den Straßengraben, rennt um sein Leben. Panisch. Durch die Büsche hindurch. Feld. Acker. Wiese. Von Schnee bedeckt. Eine dünne Eisschicht über der darunter knochenharten Erde. Viorel läuft, so schnell er kann. Nach wenigen Metern außer Atem, atemlos. Weiter. Jetzt nicht stehen bleiben. Hilferufe sind zwecklos. Wer soll ihn hier schon hören? Eine Senke. Ein Erdloch. Er kommt ins Stolpern, verliert das Gleichgewicht. Ein Dornbusch. Gestrüpp. Er rafft sich wieder hoch. Verflucht, der Knöchel schmerzt. Wenn sie ihn jetzt kriegen, ist er tot, denkt er und wirft einen kurzen Blick zurück in die Finsternis. Keiner, der ihn verfolgt. Nichts. Niemand. Wo ist sein Auto? Es ist dunkel, hinter einer Buschreihe glaubt er die Straße erkennen zu können, im kaum vorhandenen Mondschein. Was ist mit seinem Corsa? Nichts zu sehen. Weg. Er ist nicht mehr da. Viorel versteht die Welt nicht mehr. So weit ist er nicht gelaufen, konnte er gar nicht. 100 Meter vielleicht. 150, keine 200. Aber der Corsa ist verschwunden. In der lichtlosen Nacht. Auch der Dacia ist fort. Spurlos. Einfach weg. Keine Scheinwerfer, kein Geräusch. Es kommt ihm vor, als hätte die Verfolgung gar nicht stattgefunden, als hätte er sie nur geträumt. Seine rechte Hand blutet.

Kilometer 1799

Gefühlte Kälte. Nicht mehr fühlbare Kälte. Wo hört Wärme auf, wo fängt die Kälte an? Sind null Grad noch warm oder schon eisig kalt? Oder minus fünf Grad. Unter-null-Grade sind definitiv kalt, denkt er. Minusgrade. Minushitze. Hitze im Sollbereich. Saukalt. Zumindest für Europäer. Inuit haben ein sehr viel entspannteres Kälteempfinden. Bei minus 20 Grad genießen sie den Hochsommer und stellen sich Kühlschränke ins Iglu, damit das Dosenbier nicht gefriert.

Viorel empfindet sich schon jetzt als steif gefroren. Dabei ist es gerade mal ein paar Grad unter dem verfluchten Gefrierpunkt. Nein. Wahrscheinlich ist es schon zwei- oder dreistellig kalt, so wie es sich anfühlt. Es ist ja nicht mal Tag. Noch lange nicht. Doch das wird auch dauern, an einem 21. Dezember. Die lange Nacht der Finsternis. *Tauchen Sie ein in eine Nacht, die nicht zu Ende gehen will. Erleben Sie, wie der Mond eine Extrarunde dreht. Wie eine Nacht zum Albtraum wird. Und gleich im Anschluss: Der kürzeste Tag des Jahres. Voilà!* Sendepause. Im Winter ist es selbst der Sonne zu kalt, um früh aufzustehen. Vielleicht ist es jetzt halb fünf. Oder sechs. Viorel hat keine Uhr. Aber was macht das aus? Die Schlacht ist geschlagen. Und der Corsa ist verschwunden. Geklaut. Entführt. Das Gleiche mit seiner Mutter und dem Leichnam des Anhalters. Mitten in der Nacht, mitten in Siebenbürgen. Oder Transsilvanien, vollkommen egal. Überfälle wie dieser finden hier täglich statt, stellt er sich vor, gelten längst als Kavaliersdelikt. Er ist selbst schuld. Schließlich hätte er damit rechnen müssen, mit dem Schlimmsten, so wie ihn der Anhalter gewarnt hatte. Rumänische Schlepperbanden. Männer mit schwarzen Haaren, Schnurrbärten und Schlapphüten. Räuber Hotzenplotz in echt, denkt er. Nur mit Zwille statt Pfefferpistole.

Viorel haben die Ereignisse der letzten Stunde sichtlich zugesetzt. Seine Hand blutet. Der Handrücken. Eine beißende Wunde macht sich in seinem Bewusstsein breit. Aufgerissen an dem verfluchten Dornbusch. Ein Gestrüpp aus Stacheldraht. Wäre er weniger wehleidig, könnte er sich selbst verarzten. Wie Vietnam-Veteranen oder Spezialagenten in amerikanischen Kinofilmen, die sich halb besoffen das Messer ins eigene Fleisch stoßen. In vager Hoffnung, irgendwo das Geschoss zu finden. Doch Viorel hat weder innere Verletzungen, noch besitzt er einen Erste-Hilfe-Kasten oder Hochprozentiges, um seine Schmerzen zu betäuben. Aber er muss weiter. Trotz blutiger Hand, trotz Erschöpfung. Hier holt er sich den Tod – oder der Tod ihn. Die Eisschicht unter seinen Füßen knirscht im Rhythmus seiner Schritte. Der Boden darunter knochenhart gefroren. Zurück auf die schwarz gebogene Landstraße, die sich im Dunkel von den gräulich weißen, mit Schnee bedeckten Feldern abhebt. Wenigstens bis ins nächste Dorf muss er es schaffen. Und anschließend kann er sich immer noch überlegen, wie es weitergeht. Wie er wieder zurück nach Deutschland kommt. Dorthin, wo er sicher ist. Was kann ihm schon passieren? Er wird das gleichzeitige Verschwinden seiner Mutter und ihres Autos melden. Dass sich all das erst in Rumänien ereignet hat, muss er nicht erwähnen. Zwar erscheint ihm vieles lückenhaft, nicht wirklich plausibel, und er kann selbst noch kaum glauben, was sich hier ereignet hat, aber eine andere Geschichte fällt ihm nicht ein. Weil ihm nie etwas einfällt. Doch niemand hat ihn gesehen, niemand kann ihn belangen – bis auf den Anhalter. Und auch der ist tot. Unglücklicherweise, zum Glück.

Viorel ist schlecht bekleidet. Da war sein Fahrgast besser angezogen. In den Schuhen sitzt ihm die vorweihnachtliche Kälte. In seinen Halbschuhen. Halb Schuh, halb Frost. Mit den Socken hätte er sparsamer umgehen sollen, überlegt er. Viorel läuft, nur um nicht zu frieren. Geht man lieber zurück? Dorthin, wo man hergekommen ist? Oder läuft man die Straße weiter, ins Unbekannte? Wer nichts mehr zu verlieren hat, hat nicht automatisch etwas zu gewinnen. Trotzdem. Obwohl er gewöhnlich jegliches Risiko scheut, entscheidet er sich für den Weg nach vorn. Weniger aus wachsendem Mut als vielmehr aus Bequemlichkeit. Aus der Hoffnung heraus, nicht allzu weit laufen zu müssen. Die letzte Häusersiedlung liegt etliche Kilometer zurück, kann er sich erinnern. Und bis dorthin will er sich auf keinen Fall schleppen. Nicht bei diesen Temperaturen.

Schon auf den ersten Metern beschlägt ihm die Brille, gefriert von innen. Normalerweise nimmt er sie ab, vor dem Zubettgehen. Heute Nacht nicht. Natürlich nicht, er musste ja fahren. Musste ja die Augen offen halten. Musste. Musste. Zudem drückt ihm das Brillengestell auf den Nasenrücken. Thermoplastischer Kunststoff, der auf der Haut zwei für ihn noch nicht sichtbare Druckstellen hinterlässt. Es ist nur ein kleiner Schmerz im Vergleich zu seiner Hand und dem Knöchel. Dennoch spürt er ihn. Ein Sekundärschmerz. Unangenehm und störend. Gerade jetzt, wo er immer müder wird, die Anspannung nachlässt und er sich kaum mehr wach halten kann. Er zieht die Brille aus, steckt sie in seine Brusttasche. 4,5 Dioptrien auf dem rechten Auge. Links mehr. Damit kann er keine Häuserlänge weit blicken. Aber es reicht. In dieser Finsternis ist es ohnehin kaum möglich, etwas zu erkennen, selbst wenn er wollte. Und von der Straße wird er schon nicht abkommen.

Intuitiv schlägt er den falschen Weg ein, in Richtung Bistritz. Ein fataler Irrtum, wie er schon nach wenigen Hundert Metern feststellen muss. Die Landstraße ist endlos. Wahrscheinlich führt sie direkt bis ans Schwarze Meer. Nirgends ein Licht oder die Spur einer Ortschaft, eines Bauernhofs. Das erkennt er selbst ohne Brille, halb blind. Die Gegend ist ausgestorben. Im 15. Jahrhundert von den Türken durchquert. Einmal mit dem Krummsäbel durch, und seitdem hat sich keine Menschenseele mehr hierher verirrt. Verfluchtes Transsilvanien. Land hinter den Wäldern. Von Wald sieht er nicht viel. Schemenhaft einzelne Bäume. Sträucher. Mehr nicht. Das finstere Drumherum ist flach. Hügelig, auf keinen Fall bergig. Nicht hier. Der eigentliche Karpatenbogen muss weiter östlich liegen. 50 Kilometer. Fünf Millionen Zentimeter, schätzt er, ohne genau zu wissen, wo er sich überhaupt befindet.

Am Himmel eine Sternschnuppe. Juri Gagarin junior, der in der Atmosphäre verglüht. Viorel darf sich etwas wünschen. Nur was? Dass er alles rückgängig machen könnte. Dass seine Mutter noch am Leben ist. Dass er den Anhalter nie mitgenommen hätte. Dass er jetzt zu Hause im Bett liegt, im Warmen, und nichts von dem mitbekommt, was hier gerade mit ihm geschieht. Nein, er hätte diese Reise niemals unternehmen dürfen. Ein Leichentransport. Auf eigene Rechnung, auf eigenes Risiko. Jetzt kommt er nicht einmal mehr von der Stelle. Was werden die Wegelagerer mit seiner Mutter anstellen? Mit ihr und dem Anhalter? Je länger er darüber nachdenkt, umso lächerlicher kommt es ihm vor, einen eigenen Entschluss gefasst und in die Tat umgesetzt zu haben, um so kläglich zu scheitern. Überwältigt und vorgeführt von ein paar Bauerntölpeln mit einer Spatzenschleuder. Wenn er nur etwas mehr Übung mit dem Fahren hätte, schneller hätte beschleunigen können. Sein Knöchel schmerzt. Und die Wunde auf dem Handrücken pocht immer stärker. Er presst die Hand gegen seinen Anorak. Eine Art Druckverband. Stoßweise suppt das Blut durch die synthetischen Kunstfasern, läuft von innen über seinen Körper. Durch die Hose, in die Schuhe, auf den eisigen Asphalt. Hoffentlich lockt er keine Vampire an. Unwillkürlich muss er bei dem Gedanken lachen. Untote anlocken, wie Haifische im Meer. Vielleicht ist die Gefahr gar nicht so unwirklich. Hier in Transsilvanien, wenngleich er nicht an Vampire glauben mag. Aber er hat auch nicht an die Straßenpiraten geglaubt, die ihn nachts überfallen, um ihm sein Auto zu stehlen.

Die Landstraße windet sich in weiten Schleifen einen

Hügel hoch. Einen Berghang aufwärts. Viorel ist bereits bei der Vorstellung schwindlig, den vor ihm liegenden Anstieg bewältigen zu müssen. Vermutlich doch schon die Ausläufer der hohen Karpaten, befürchtet er. Das schroffe, in weiten Teilen noch unberührte Gebirge voller Wölfe und wilder Bären. Und Bärenfallen von rumänischen Fallenstellern. Scharfkantige Tellereisen, die jedem das Bein durchtrennen, der versehentlich hineintappt. Beim Sonntagsspaziergang. Erst stolpert man unversehens mit dem Bein in die Falle, stellt er sich vor, und dann ist es ein Leichtes für den Bären. Ein gefundenes Fressen, nach fünf Monaten Winterschlaf. Die Zeitungen hier sind voll von derartigen Meldungen.

Viorel kommt ins Schwitzen. Trotz der kalten Luft, die ihm trocken im Rachen hängt, die er aushustet, die sich nicht zu Ende atmen lässt. Er keucht. Der Schweiß tritt ihm auf die Stirn, läuft über die Haut und vermischt sich mit dem Blut unter seinem Shirt. Warum muss man am ganzen Körper schwitzen, wenn sich nur die Beine bewegen? Schwer atmend wischt er sich mit einem Ärmel über das Gesicht und wirft einen Blick in die verschwommen vor und hinter ihm liegende Dunkelheit. Schwarz sieht mit Brille genauso aus wie ohne. Er fühlt sich elend und dazu verdammt, durch die Kälte blind bergauf laufen zu müssen. Wie in einem lichtlosen Kühlhaus, in dem es nur Treppen gibt, die nach oben führen. Ohne Ziel, ohne ein Ende zu finden. Er wälzt seinen massigen Körper noch mehrere Dutzend Stufen hoch, ohne dass sich etwas ändert und ihn darin bestätigt, hier richtig zu sein. Auswege sehen anders aus. Noch zehn Schritte. Fünf. Drei. Dann ist er am Ende.

Im Leerlauf. Er taumelt, kann sich selbst kaum mehr spüren. Müdigkeit in den Knochen, Gefrierbrand an den Knöcheln. Das Einzige, was noch beschleunigt, ist sein Herz, das unkontrolliert rast, dass er innerlich vibriert. Er braucht dringend eine Pause, muss sich ausruhen. Sonst kollabiert er.

Manche Menschen sind leicht, denkt Viorel. So leicht, dass sie schweben, federleicht der Gravitation entfliehen. Keine Schwerkraft. Schwerelos. Filigran. Grazil. Getragen von der Luft. Sie müssen sich an Straßenlaternen festhalten, um nicht wegzufliegen. Viorel ist das Gegenteil. Er wird von der Erde angezogen wie Schwermetall von einem Magneten. Jeder Schritt ist beschwerlich, jede Bewegung eine Beschwerde. Mit zentnerschweren Füßen kriecht er über die Erdoberfläche. Eine Hand, die sich nicht heben, nur stemmen lässt. Ein Schädel wie eine Abrissbirne. Kein normaler Halswirbel ist dieser Last gewachsen. Vielleicht ist Viorel der stärkste Mensch der Welt, so wie er gegen sich und die Erdanziehung ankämpft. Tagtäglich. Sein Muskelapparat hat sich zu einem komplizierten Geflecht aus Stahlseilen entwickelt, die ineinandergreifen und übereinanderlaufen. Festgehakt an den Knochen-Enden. Zum Zerreißen gespannt unter der täglichen Last. Noch funktionsfähig. Aber wie lange noch? Reißt eines der Stahlseile, sackt der Fleischberg in sich zusammen. Ohne Halt. Ohne Chance, bewegt zu werden.

Dicker werden ist nicht schwer – dicker sein dagegen

sehr!, stand in der Schule an der Tafel. Schon als Kind hatte er sich gewünscht, jemand anderes sein zu können, einen anderen Körper zu besitzen oder einfach nur aus der Haut zu fahren. Ja, aus der Haut. Alles raus. Gedärme, Schleimhäute, Fettgewebe. Einmal auf links drehen. Alles raus, bis auf das Knochengerüst und die Hülle drum herum, die man hätte gründlich ausschaben und anschließend mehrfach einschlagen müssen, damit nichts mehr schlackert und hässliche Falten wirft. Als würde es auch nur irgendetwas besser machen. Aber man bleibt, was man ist. Festgeklebt am Boden. Eine Schnecke bleibt eine Schnecke, hatte er sich immer gesagt. Da wachsen keine Flügel. Oder Beine zum In-die-Luft-Springen. Verdammtes Schneckenschicksal. Da kann die Schnecke noch so schnell sein, da kann sie die schnellste der Welt sein. Eine Rennschnecke, ein Champion. Von null auf hundert Meter in weniger als drei Stunden. Schneller ist keine. Die schnellste Schnecke der Welt. Austrainiert. Antrittsschnell und ausdauernd zugleich. Exzellente Technik, perfekte Körperbeherrschung. Selbst das Haus windschnittig, aerodynamisch. Immer eine Fassadenlänge voraus. Und trotzdem erwischt sie jeder Fußgänger. Jedes kleine Kind zerquetscht sie mit seinem Dreirad. Ein 90-Jähriger im Rollstuhl. Knacks. Da ist es aus mit der Rennschnecke. Viorel ist nicht mal eine Rennschnecke. Er ist eine unter vielen Milliarden Schnecken. Eine Elefantenschnecke. Nichts, was ihn auszeichnet. Und das eigene Haus immer dabei. Schwer wie ein Klotz am Bein. Oder vielmehr vor dem eigenen Körper. Drei bis vier Zentner. Je nach Tagesform. Bei 1,75 Metern Körpergröße. Tendenz steigend, zumindest was das Gewicht betrifft. Das Gesicht wächst ihm aus der Brille. Statt jeden Tag eine einzige Mahlzeit ist jeder Tag eine einzige Mahlzeit. Das Essen vor dem Essen. Das Essen während des Essens. Und das Essen danach. Morgens. Mittags. Abends. Und manchmal nachts. Zwischenmahlzeiten nicht eingerechnet.

Orientierungslos starrt er in die gefrorene Dunkelheit. Sein Atem kondensiert. Weiße Luft, die aus seinem Mund quillt. Wie Qualm eines zu heiß gelaufenen Motors. Am besten, er lässt das Atmen ganz. So wie das Laufen. Die Erde dreht sich mit weit über tausend Stundenkilometern, haben sie in Physik gelernt. Wie soll er da Schritt halten, zu Fuß? Mit seinem Auto könnte er die gleiche Strecke in einem Bruchteil der Zeit zurücklegen, hätte er es bloß noch. Doch er muss weiter. Weiterkriechen, sonst erfriert er. Und stirbt. Erfrieren ist sicherlich kein schöner Tod, aber vielleicht auch nicht der schlechteste. Er ist jetzt schon unterkühlt. Durchgefroren und müde. Kraftlos. Erschöpft. Zittert am ganzen Leib. Ob aus Müdigkeit oder aufgrund der beißenden Kälte, weiß er nicht. Ein Übel spielt dem anderen in die Karten. Am liebsten würde er sich einfach hinsetzen. Hinsetzen und einschlafen. Einschlafen und erfrieren. Wie Scott am Südpol. Ein paar Hundert Meilen über das Packeis. Bei 50 Grad unter null, um dann zehn Meter vor dem lebensrettenden Nahrungsdepot aufzugeben, während Amundsen bereits auf dem Weg war in sein verfluchtes Norwegen. Die glitschige Ölsardine.

In der Regel ist es ein Unterschied, ob man hier nichts zu

verlieren oder nichts verloren hat, denkt Viorel. Bei ihm trifft längst beides zu. Er kann nicht mehr, kapituliert. Es hat keinen Sinn mehr. Warum weiterlaufen, für was? Unwillkürlich muss er an die Parabel der beiden Frösche im Milcheimer denken. Der erste ertrinkt sofort. Der zweite strampelt so lange, bis die Milch dick wird und der Frosch in der Butter erstickt. Jeder Kampf ist aussichtslos, jede Anstrengung von vornherein zum Scheitern verurteilt. Entkräftet setzt er sich mitten auf die Fahrbahn. Erst in die Hocke, dann auf den Hosenboden. Dann der Länge nach. Trotz oder wegen der eisigen Kälte legt er sich auf den Rücken. Quer. Eine menschliche Bodenwelle, so wie er daliegt. Der erste Lastwagen wird es noch schwerhaben, ihn zu überrollen. Doch schon nach dem fünften oder zehnten Fahrzeug wird sich sein Körper über der gesamten Straße verteilt haben, sodass man ihn problemlos einebnen kann. Als wäre er ein Berg Kies, den man so lange mit einer Planierraupe über dem brüchigen Asphalt hin und her schiebt, bis alle Löcher gestopft sind und die Straße wieder ihre optimale Form gefunden hat für den nachfolgenden Verkehr. Beinahe findet er Gefallen an der Idee, wenigstens für den rumänischen Straßenbau nützlich werden zu können. Doch auf ein Auto wird er vergebens warten müssen, zu dieser Uhrzeit.

In die nächtliche Stille hinein spürt er, wie sich sein Puls beruhigt und wieder normal schlägt. Langsam. Langsam langsamer. Es liegt sich gut auf dem harten Asphalt. Blick nach oben, in die noch immer sternenklare, wenngleich schwarzdunkle Nacht. Bis zum Rand des Weltalls. Bis dorthin, wo die Gegenwart Milliarden Lichtjahre entfernt ist.

Und wo ab und an ein Rädchen ausgetauscht werden muss, um den Abstand zwischen hier, dort, jetzt und gleich nicht allzu groß werden zu lassen.

Es ist die Stunde null. Er kann es fühlen. Parallelschaltung im Universum, für wenige Sekunden. Nicht lange. Es dauert so kurz, dass es kaum jemand registrieren kann. Die meisten schlafen ohnehin, selbst wenn sie wach sind. Nur Viorel merkt, was gerade geschieht. Für den Bruchteil eines Moments schieben sich alle Zeiger der Weltgeschichte auf null. Ganz plötzlich. Weltweit. In allen Galaxien. Eine Sternstunde der Menschheit. Eine Sekunde. Für einen Augenblick ist die Welt mit sich im Reinen. Ein Systemfehler. Ein Totalausfall sämtlicher Rechenmaschinen, Atomuhren und Geigerzähler. Null. Null. Null. Vor und hinter dem Komma. Alles, was positiv ist, rutscht auf null. Alles im Negativbereich plötzlich nach unten, oben, rechts, links. Vor oder zurück.

Irgendjemand muss den Stecker gezogen haben. Blackout. Reset. Ein gigantisches Zahlenwerk gerät schlagartig in den Sog einer ovalen Null. Wie das Wasser in einer entstöpselten Badewanne. Höchstleistungen werden annulliert, Erinnerungen gelöscht. Sünden sind vergessen, Urinstinkte gereinigt von Zivilisationskrankheiten. Vermögen, groß wie Wolkenkratzer, werden plötzlich wertlos. Sämtliche Schulden getilgt. Amerika ist so arm oder reich wie die 3., 4. und 128. Welt. Von jetzt auf gleich. Es herrscht physikalische Anarchie. Alle Naturgesetze sind ausgehebelt, rund um den

Erdball. Alles im Lot, alles außer Kontrolle. Auch die Temperatur fällt oder steigt zeitgleich auf null. Auf den Gefrierpunkt. Überall ist es gleich warm oder kalt. Hitze und Kälte heben sich gegenseitig auf. Am Nordpol wie am Äquator. So warm war es in der Arktis noch nie, trotz Klimawandel. Nicht zu dieser Jahreszeit. Und Frost kennt man in den Tropen schon gar nicht. Kein Wind ist zu spüren, nicht einmal ein laues Lüftchen. Ein Hauch. Tag und Nacht vermischen sich zu einem diffusen Grau. Auch die Geräusche. Alles Hörbare verstummt. Kein Rauschen, kein Rascheln. Nicht einmal seinen eigenen Atem kann Viorel in der Stille hören. Kein Mucks. Es ist beängstigend und befreiend zugleich.

Noch Jahrzehnte danach wird man über diesen seltsamen Moment rätseln. Vielleicht war es ein kurzer Infarkt, wird man später denken. Vielleicht nur eine einzelne globale Schrecksekunde. Es lässt sich im Nachhinein nicht mehr feststellen. Im Prinzip braucht es auch niemanden weiter zu interessieren. Dann nicht mehr. Denn nichts ist damals passiert. Nichts Tatsächliches. Nichts Messbares, was die Welt verändert hätte. Ein Nullsummenspiel. Keiner hat etwas gewonnen, keiner verloren. Niemand kam zu Schaden. Im Gegenteil. Für den Wimpernschlag der Zeitgeschichte waren alle Schmerzen weg. Der gesamte verfluchte Weltschmerz, der sich über die letzten Jahrtausende angesammelt hatte und sich endlich, zum ersten Mal überhaupt, Luft machen konnte.

Durchatmen. Viorel schlägt die Augen auf und spürt, dass ihm nicht mehr ganz so kalt ist. Nicht einmal mehr am Rücken, mit dem er doch auf der Straße liegt. Auf dem maroden Asphalt. Er fühlt, wie es keine Trennlinie mehr zwischen Schwerkraft und Leichtigkeit gibt. Wie er sich selbst aufrichten kann. Wie er sich wieder hochrafft. Wie er einem inneren Impuls folgt, der ihn antreibt. Obwohl er sich noch immer leblos fühlt. Nicht tot, aber auch nicht lebendig. Untot. Ja, vielleicht fühlt es sich so an. Langsam. Doch es geht. Er kommt zu sich. So wie die Welt allmählich wieder das Bewusstsein und ihr Ungleichgewicht zurückerlangt. Auch die Sinne funktionieren wieder. Er hört seinen Körper, das Pochen seines Herzschlags. Der kalte Wind bläst ihm ins Gesicht. Kalt, aber nicht mehr so eisig wie zuvor. Er friert wieder. So wie er jetzt da steht, noch halb benommen. Viorel muss sich zusammenreißen, muss weiterlaufen. Nur wohin? Wo ist das nächste Dorf, in dem er vielleicht Hilfe erwarten kann? Soll er nicht doch besser umkehren, den Weg zurückgehen? Nein, die Richtung stimmt. Das kann er fühlen, glaubt er zumindest.

Wieder etwas zu Kräften kommend, setzt er seine Brille auf und müht sich die Anhöhe hinauf. Es dauert eine halbe Ewigkeit, bis er die Bergkuppe erreicht. Morgendämmerung, eine leichte. Oder bildet er sich das nur ein? Doch. Es wird langsam hell. Der Tag erwacht, Rumänien nicht. Er ist noch immer allein. Ein einzelner wirklicher Mensch in einer unwirklichen Umgebung. Vor einer hermetisch vereisten Kulisse. Die Zeit vergeht. Jede Minute verliert die Nacht eine weitere Schattierung ihres lichtarmen Schwarz. Viorel ist oben auf dem Hügel angelangt, so gut wie. Der Himmel weitet sich bei jedem Schritt. Er keucht die letzten Meter bergauf, um eine Biegung. Tatsächlich, von hier oben kann er etwas erkennen, trotz morgendlicher Unschärfe. Die Konturen eines Autos, am Straßenrand. Dahinter vielleicht ein Bauernhof, eine Ortschaft. 800 Meter weiter, ein halber Kilometer. Hinter einer Böschung, einem Gebüsch. Die Lichter brennen. Vielleicht ist dort irgendjemand, der ihn mitnehmen kann. Er merkt, wie die Straße wieder leicht abfällt. Viorel beschleunigt seinen Schritt, wird schneller. Es ist kein Dacia. Das sieht er schon von Weitem. Kein alter Dacia 1310. Keine Bande, die auf ihn wartet, um ihn zu erschlagen. Um das nachzuholen, was sie vorhin versäumt haben. Nicht auszudenken, was in ihnen wohl vorgegangen ist! Erst überfallen sie ein deutsches Auto, und dann ist nichts drin. Kein Gepäck. Keine Wertsachen. Die beiden Straßenpiraten außer sich vor Wut. Dem werden wir es zeigen. Warten, bis er sich hergeschleppt hat, die fette Sau. Und dann brechen wir ihm die Beine, mehrfach.

Nein, er täuscht sich nicht. Definitiv. Um nicht doch wieder in einen Hinterhalt zu geraten, schaut er sich noch einmal um. Nirgends eine Spur der beiden Männer. Keiner, der ihn beobachtet. Keiner, der ihm auflauert. Hoffentlich. Er ist bis auf 50 Meter heran. 40.30. Der Wagen scheint immer näher zu kommen. Viorel traut seinen Augen nicht. Er halluziniert, kann es kaum fassen. Zehn Meter noch. Er atmet wieder schneller. Das ist kein Zufall, kein Zweifel. Das ist ein Corsa. Sein alter Corsa, der von wem auch immer ausgeschlachtet und zurückgelassen wurde, so seine Befürchtung.

Die Fahrertür steht auf, sperrangelweit. Und die Scheinwerfer werfen lange Schatten auf die umliegenden Büsche. Wenigstens ist die Batterie nicht leer. Viorel schleicht einmal um den Wagen. Besser zweimal. Nichts. Keine Schäden. Zumindest nicht auf den ersten Blick, auch nicht auf den zweiten. Die Reifen sind in Ordnung, nicht zerstochen. Die Karosserie fast unverbeult. Nicht mehr als vorher. Der linke Kotflügel hat einiges abbekommen, auch die hintere Stoßstange und der Kofferraum. Die linke Seitenscheibe ist zersplittert, durch das Geschoss. Doch nichts deutet darauf hin, dass die Männer den Wagen in Stücke zerlegt hätten. Nachträglich, aus Rache. Keine aufgeschlitzten Sitze, kein brennender Tank. Der Corsa scheint fahrbereit zu sein. Intakt. Keine Frage. Aber warum? Wieso haben sie ihn zurückgelassen? Warum haben sie ihn nicht mitgenommen und verkauft? In die Ukraine oder nach Weißrussland? Nicht einmal das Autoradio haben sie mitgehen lassen. Unprofessionell, denkt Viorel. Irgendetwas muss sie gestört haben, und sie mussten den Wagen schnellstens loswerden. Fluchtartig, Hals über Kopf. Ein Bandenkrieg. Stammesfehden. Jahrhundertealte Familienclans im Kampf um die Vorherrschaft auf den rumänischen Highways. Vielleicht waren sie auch nur zu Tode erschrocken, als sie die beiden Leichen gefunden haben. Zwei Tote in einem alten Corsa. Seine Mutter und der Anhalter.

Viorel begreift blitzartig, was passiert ist. Natürlich. Das ist es. Vielleicht hat er es eben schon gesehen und nicht verstanden. Jetzt wird es ihm bewusst. Er wirft noch einmal einen Blick auf den Rücksitz. Leer. Nichts fehlt. Nichts, außer der Leiche des Anhalters und dessen Seesack.

Kilometer 1814

Rund um das Einschlagloch der zertrümmerten Scheibe hat sich eine dichte Eisflora aus unkontrollierbarer Begleitvegetation gebildet. Eisblumen. Wildwuchs aus verschachtelten Trieben und eng verzweigten, nadelnden Auswüchsen. Kristalle, die sich geschwürartig ineinanderkrallen, die nicht mehr loslassen, die tief eingegraben in dem gesplitterten Randglas ausharren wollen, bis zum Frühjahr. Viorel fehlt jeglicher Sinn für die botanische Schönheit der am und im Auto gefrorenen Feuchtigkeit. Er durchsucht seinen Wagen. Der Corsa ist da, der Anhalter nicht. Und auch der verfluchte Schlüssel fehlt, ist unauffindbar. Vom rumänischen Erdboden verschluckt. Viorel ist zu erschöpft, um einen klaren Gedanken fassen zu können. Seinen Körper kann er kaum mehr fühlen. Die eine Hälfte ist tiefgekühlt, die andere blutet. Und jetzt das. Wie soll er von hier fortkommen? Es ist Morgen. Spätnacht. Vormorgen. Irgendetwas dazwischen. Die Sonne wälzt sich widerwillig, träge in den Tag. Mit 30 Watt. Ein trüber Fleck, der langsam über die schneeverklebten Hügel klettert, dem Himmel entgegen. Raureif. Vereiste Bäume. Sträucher. Ein leichter Wind bläst durch den Frühnebel, der sich über den abgemähten Feldern noch schlafend stellt.

Kraftlos tastet sich Viorel durch den alten Wagen. Nichts

außer Müll und Glassplittern. Tausende. Das Steingeschoss der Straßenbande, groß wie eine Kinderfaust. Zwei Kaffeebecher. Servietten. Die Verpackungen von Mars, Snickers, Bounty. Popcorn. Die Chipstüten. Die Straßenkarte Rumäniens. Ein Wurstende. Dazu ein Pappteller mit Senfresten. Ein Kugelschreiber. Kein Schlüssel. Noch immer nichts. Wie schließt man ein Auto kurz? In Rumänien kommen Kinder mit Schraubenzieher zur Welt, stellt er sich vor. Viorel hat davon keine Ahnung. Er muss weitersuchen. Vielleicht befindet sich der Schlüssel auf dem Rücksitz. Vielleicht dort, wo vorhin der tote Anhalter gelegen hat und jetzt nichts mehr zu sehen ist. Wieso haben sie ihn nur mitgenommen? Er wird aus der Sache nicht schlau. Warum zum Teufel lassen sie alles stehen und liegen und nehmen bloß den Leichnam dieses unbekannten Fremden mit?

Sergiu, denkt Viorel. Natürlich. Der Knecht aus dem rumänischen Märchen, über das er vor ein paar Stunden noch laut nachgedacht hat. Der, der den Pfaffen auf dem Gewissen hatte. Das erscheint ihm logisch. Das Steingeschoss hat nicht nur die Scheibe zerschlagen, es hat auch den Kopf seines Fahrgastes getroffen. Ein blutiger Riss über der Schläfe, ein Loch im Schädel. Und die beiden Männer mussten denken, dass sie seinen Fahrgast umgebracht haben. Mit ihrer Zwille. Das ist die einzig plausible Erklärung. Und jetzt? Vermutlich lassen sie ihn verschwinden, den Anhalter. Sie legen ihn einem Bauern auf die Pferdekutsche oder werfen ihn vor einen Lastwagen, in einer unübersichtlichen Kurve. Hauptsache, es sieht so aus, als wäre es ein anderer gewesen. Und Hauptsache, der andere denkt, er habe es getan.

Viorel kann es recht sein, sich wieder nur um die Beerdigung seiner Mutter kümmern zu müssen. Zum Glück lag sie nicht auch auf der Rückbank. Seine Mutter! Ihm stockt der Atem. Daran hat er überhaupt nicht gedacht. Die beiden Männer haben die Leiche des Anhalters mitgenommen, doch was ist mit ihr? Abrupt beendet er die ihm aussichtslos scheinende Schlüsselsuche und steigt aus. Die Heckklappe ist stark verbeult, aber unverschlossen. Wenigstens das. Ein blauer Schlafsack. Darin der Körper, den er gestern Morgen in aller Eile fortschaffen musste. Durch und durch steif. Totenstarre oder hart gefroren. Oder beides. Seine Mutter haben sie nicht gefunden, vielleicht auch nie gesucht. Wer weiß, was sie jetzt mit ihr machen würden, hätten sie sie gefunden. Wahrscheinlich wäre sie längst auf dem gleichen Weg unterwegs wie der Anhalter. Irgendwie ist er erleichtert, auch wenn er nach wie vor keine Ahnung hat, wie es weitergehen wird und was aus ihr werden soll.

Auf der Heckablage eine Cola, eine letzte Flasche. Entkräftet setzt er sich auf den Fahrersitz und wartet. Was soll er anderes tun? Die Cola ist eiskalt, so wie alles hier, wie der Innenraum des Corsas. Und wie die Zeit um ihn herum. Eingefroren, einfach stehen geblieben. Die Sekunden verstreichen im Minutentakt. Viorel kennt sich mit Warten aus. Die Lebenszeit der Machtlosen, der Ohnmächtigen, denkt er. Warten auf den Bus, auf einen Arzttermin, auf ein Freilos, auf einen Zufallstreffer. Im Kreis der Großmüllers heißt es nicht warten, sondern erwarten. Vorfreude auf einen tollen Abschluss, später auf ein sorgenfreies Leben, auf den zuteilungsreifen Bausparvertrag, auf den Nachwuchs, auf steigende Kurse. Für Viorel wäre Vorfreude Selbstbetrug. Er hängt schon jetzt in der Warteschleife. Zwar hat er seinen Corsa wieder, ist aber genauso wenig mobil wie zuvor. Ironie des Schicksals. Oder einfach nur dem dilettantischen Vorgehen zweier Autoschieber geschuldet. Er ist zu müde, um sich aufzuregen oder haltlos vor sich hin zu fluchen.

Irgendwann ein anderer Wagen, kaum zu glauben. Das erste Fahrzeug seit Stunden. Vielleicht seit Tagen, so kommt es ihm vor. Erneut ein Dacia, aber neueren Baujahrs. Ein Dacia Logan – und somit kaum derselbe wie der in der Nacht. In unbestimmter Hoffnung, Hilfe zu bekommen, winkt Viorel mit der unversehrten Hand. Tatsächlich wird der Daciafahrer langsamer und hält an. Ein fast freundlich aussehender Mann. Mittleres Alter. Mittelscheitel. Mit hochgekrempelten Ärmeln und Dreck unter den Nägeln. Hoffentlich nicht der Einzige in dieser Gegend, der kein Auto kurzschließen kann. *Bună ziua!* Seien Sie gegrüßt. Freundlichkeit wird hier großgeschrieben. Und man hilft, wo es etwas zu holen gibt. Gebrochenes Deutsch, immerhin.

»Auto kaputt? Ich helfen.«

»Nix kaputt. Der Schlüssel ist verschwunden.«

Wie soll Viorel das erklären? Mit der Hand macht er Drehbewegungen. *Der Schlüssel. Weg! Key. Ach so, der Schlüssel.* Kein Problem, der Daciafahrer kennt sich glücklicherweise aus. Zündschloss freilegen. Stecker ab vom Zündanlassschalter. Klemme, eins, zwei, drei. Und zack. Der Wagen läuft. Ein Kinderspiel. Das Spiel des Jahres, geeignet für Kinder ab fünf Jahren. Viorel staunt, wie schnell alles geht, und will sich bedanken. 20 Lei. Oder reichen zehn? Der Rumäne ziert sich, wartet auf ein verbessertes Angebot. *30 Lei, 35?*

»Nein. Nix. Ich nix gemacht.«

Soll er ihn wenigstens auf eine Cola einladen, auf einen Schluck? Doch der Rumäne ist längst zurück an seinem Dacia, schenkt ihm zum Abschied noch ein freundliches Lachen. Oder ein mitleidiges Lächeln. Schon sitzt er hinter dem Steuer und lässt den Motor aufheulen. Hat ihn sein Äußeres so abgeschreckt, dass er schnell das Weite sucht? Oder war sein Helfer einfach nur in Eile? Viorel hat keinen Blick mehr für Details, winkt ihm aber dankbar nach. Bei Tag sieht das Land schon heller aus. Kalt ist es trotzdem, denkt er, steckt den Geldschein wieder ein und setzt sich zurück in den komplett ausgekühlten Wagen. Er fröstelt am ganzen Körper. Doch es wird schnell wärmer. Die Wunde der rechten Hand ist zwar noch feucht, blutet aber nicht mehr. Trotzdem braucht er eine ganze Weile, um den ersten Gang einzulegen. Minuten. Irgendwann geht es weiter, und er folgt dem Rumänen, der wohl in gleicher Richtung unterwegs war wie er.

Bis Bistritz sind es nur wenige Kilometer. Ein Steinschleuderwurf. Ein paar Kurven durch die vom Nebel verschleierten Hügel. Bereits nach zehn Minuten Fahrt tauchen die ersten Häuser hinter einer Böschung auf. Bistrița. Endlich. Knapp 24 Stunden von zu Hause entfernt, erreicht er das Nest im nordöstlichen Siebenbürgen. Gegründet von den

Zipser Sachsen. Willkommen im Deutschland des Mittelalters. Der Ort scheint nicht sonderlich groß zu sein. Sozialismusgraue Gebäude. Wohnblocks mit an den Ecken abgerundeten Balkonen. Eine Petrom-Tankstelle. Die Straße flankiert von zahllosen Bäumen. Ein etwas vertrauensvolleres Gesicht in Zentrumsnähe. Altbauten mit maroden Fassaden und außen angebrachten Satellitenschüsseln. Eine zur Fußgängerzone deklarierte Durchgangsstraße. Viorel wird rechts um den historischen Stadtkern geleitet. Wie kann er sich orientieren? Er muss zu seinem Onkel, wer auch immer das ist. Ihm wird klar, dass es wenig Sinn hat, auf gut Glück umherzuirren. Umständlich kramt er einen Zettel aus der Jackentasche. Der Name einer Straße. Der Name des unbekannten Verwandten, Dorinel Omgras. Er kann nur hoffen, dass die Adresse stimmt und er nicht allzu lange suchen muss. In der Stadtmitte hält er an einer Ampel. Ein paar Fußgänger hasten durch die morgendliche Kälte. Auf dem Weg zur Arbeit. Oder nur eingesetzt als Staffage, um den Ankommenden zu signalisieren, dass die Stadt über die Jahrhunderte nicht ausgestorben ist. Er kurbelt die Scheibe runter.

»Hallo. Excuse me … Hey, du, warte mal. Kennst du dich hier aus?«

Ein kleiner Junge wirft einen schnellen Blick auf das Stück Papier mit der Adresse und zeigt in die Richtung hinter ihm. Kurz entschlossen legt Viorel den Rückwärtsgang ein und wendet, mitten auf der Kreuzung. Doch noch bevor er den Corsa auf die Gegenfahrbahn manövrieren kann, öffnet der vielleicht Zehn- oder Zwölfjährige die Beifahrertür und setzt sich neben ihn.

»Window broken?«

»Accident … on the road. Last night. Understand?«

»Fuck roads. Ce ghinion!«

Viorel wischt ein paar Glassplitter von der Kopfstütze. Der Junge stört sich nicht weiter an der Unordnung in seinem Wagen und lotst ihn durch den morgendlichen Verkehr. Zweimal rechts. Einmal links. Fünf Minuten geradeaus. Dann eine Seitenstraße. Und noch eine. Die Straße wird enger und führt um eine Wohnsiedlung. Ein Planquadrat mit eingeschossigen Hexenhäuschen. Kleine Gärten davor, daneben, dahinter. In einem Fenster eine Katze, in einem anderen eine gesprungene Scheibe. Sie erreichen das Ziel, sein neuer Fahrgast steigt aus. *Thank you. Good bye. And good luck!* Der junge Rumäne verabschiedet sich höflich und ist schneller hinter der nächsten Häuserecke verschwunden, als Viorel den Corsa parken kann. Die Rumänen, denkt er. So ganz weiß er nicht, wie er ihre freundliche Zurückhaltung, ihre zurückhaltende Freundlichkeit einordnen soll. Dann würgt er den Wagen ab, fast gekonnt ohne Schlüssel. Der Corsa macht einen kurzen Satz nach vorn und bleibt stehen.

Wie soll er sich vorstellen, was sagen? Kann er sich überhaupt verständigen? Wie sieht er überhaupt aus? Verschwitzt. Dicke Augenränder unter dem Kassengestell. Dreitageflaum. Über dem Riss auf dem Handrücken hat sich eine dunkle Kruste gebildet, eine Blutkruste. Seine Jacke ist dreckig, verschmiert. Er hat das Aussehen eines Landstreichers, eines mittellosen Tagediebs, so kommt er sich vor. Unentschlossen läuft er über die Straße, in der vagen Hoffnung, von niemandem gesehen zu werden.

Als er, vor dem Haus stehend, einen Blick auf das angerostete Briefkastenschild wirft, scheinen ihm alle Vorsichtsmaßnahmen plötzlich unwichtig. *Omgras.* Die Adresse stimmt. Er atmet erleichtert auf. Hier also wohnen seine Verwandten. Nur sein Onkel oder weitere, ihm unbekannte Mitglieder der Familie? Was macht er, wenn sie ihn gleich wieder zurückschicken? Wenn sie mit der Sache nichts zu tun haben wollen oder sogar die Polizei verständigen? Er hat keine Wahl. Entweder kann ihm der Onkel weiterhelfen, oder die ganze Fahrt war vergebens. Eine Klingel existiert nicht. Das Haus wirkt verschlossen und wenig einladend. Ein ungepflegter Garten, bröckelnder Putz. Das Dach ist bemoost, ein halbes Dutzend Ziegel fehlt. Zudem sind die mit Spinnweben überzogenen Fensterläden geschlossen. Bis auf einen, der sich mit letzter Kraft an ein Scharnier klammert. Hier hängt nicht nur der Haussegen schief, denkt er und stößt das eingerostete, sich nur schwer öffnende Gartentor auf, geht die wenigen Schritte durch den Vorgarten bis zur Haustür und klopft. In unbestimmtem Gefühl, wer oder was ihn erwarten wird, erst leise. Dann lauter. Niemand zu Hause. Was kann er tun? Viorel hat nicht einmal eine Telefonnummer. Unsicher riskiert er einen Blick durch das Fenster mit dem kaputten Fensterladen. Innen ist es dunkel, unbewohnt. Eine Vampirwohnung bei Tag. Ein Wohnraum, ein angrenzender Schlafraum. Eine winzige Küche, mit einer Gefriertruhe voller Blutkanister. Hamsterkäufe für schlechte Zeiten. Die Heizungsrohre verlaufen vermutlich oben entlang der Decke. Damit die Fledermäuse im Winter warme Füße haben, wenn sie tagsüber von der Decke hängen. Eine alte Kommode, ein Tisch, zwei Stühle. Fingerdick mit Staub bedeckt.

»Ce faci?«

Viorel erschrickt, dreht sich um. Die Polizei. *Poliţia.* Jetzt ist er geliefert. Der nur vordergründig hilfsbereite Rumänenjunge hat ihn erkannt und die Behörden informiert. Das Grundstück ist umstellt, der Fluchtweg abgeschnitten. *Gib auf, Viorel!* Dieser kleine Bastard, der ihn erst hierhergelockt hat, um ihn anschließend ans Messer zu liefern.

»Nu e nimeni acasă.«

Eine alte Frau lauert am Gartenzaun, mit einer Gartenschere in der Hand. Als würde es in dem Gestrüpp etwas zu tun geben, mitten im Winter. Die Blutgräfin, von der ihm der Anhalter in Ungarn erzählt hat. Viorel weiß nicht, warum er gerade jetzt an die vermeintliche Vampirin denken muss. Dabei hat die alte Frau außer ihrer Schere wenig Bedrohliches an sich. Kopftuch. Graue Haare. Falten im Gesicht. Über ihrem dunklen Rock trägt sie eine schmutzfarbene Schürze. Darunter Hausschuhe und Stützstrümpfe. Oder Stützstrumpfhosen. Viorel versteht kein Wort und muss sich erneut klarmachen, wo er sich überhaupt befindet. Erklärungsversuche. *Ich komme aus Deutschland und suche meinen Onkel. Wo kann ich ihn finden?*

»Können Sie mich verstehen? English?«

Die Alte ist misstrauisch. Schiefes Beäugen. Graue Miene zum grauenvollen Morgen.

»Da ist niemand.«

Erzsébet Báthory spricht jetzt Deutsch, wie er beim zweiten Hinhören feststellen kann. Kein Deutsch, aber etwas Ähnliches. Deutsch für Ausländer, für Osteuropäer. Da sprach der rumänische Autoschieber besser. *Ich nix gemacht, ich nix verstehen.* Die Alte spricht wie eine Untote. Als hätte man die Sprache ein paar Unendlichkeiten lang eingemottet. Oder zusammen mit der Báthory eingemauert.

»Du bist zu spät, Dorinel ist tot. Gott hab ihn selig!«

»Tot? Sie meinen …?«

Viorel ist perplex, starrt sie ungläubig an. Wie? Warum? Wann? Damit hat er nicht gerechnet, konnte er gar nicht. So wenig wie mit all dem anderen, das auf ihn einbricht. Davon hat ihm niemand erzählt. Die Alte bekreuzigt sich, schaut etwas weniger unfreundlich. Was soll er jetzt machen?

»Kennst du Dorinel? Bist du mit ihm verwandt?«

Dorinel war Teil der Familie. Sein Onkel, den er nie kennengelernt hat. Er hatte noch keine Gelegenheit. Er ist das erste Mal in Rumänien. Jetzt wolle er ihn besuchen, sagt er, aufgrund besonderer Umstände.

»Dann … bist du der Sohn von Leana?«

»Von Leana, ja! Woher wissen Sie …?«

Die Alte lacht, jedenfalls ihre Augen. Ihre Mundwinkel schieben sich in die Breite. Die Gesichtszüge entspannen sich. Leicht. So, als würde sie ihn wiedererkennen, was natürlich kaum möglich sein kann, denkt er. Doch das spielt jetzt keine Rolle. Wichtig ist nur, dass Viorel richtig zu sein scheint, nicht ganz falsch. Die Alte kannte nicht nur seinen Onkel, sondern offensichtlich auch seine Mutter. Erleichtert gibt er ihr die Hand und stellt sich vor.

»Das ist aber eine Überraschung!«, ruft sie ihm entgegen. »Freut mich, dich kennenzulernen.«

Viorel ist kalt. Man sieht ihm sein Elend an. Die alte Frau hat dafür ein trübes Auge und bittet ihn zu sich rüber, in ihr Haus. Erstaunt über das plötzliche Entgegenkommen, nimmt er ihr Angebot gerne an. Um es eine Sekunde darauf zu bereuen.

Vor dem Hexenhäuschen der Alten bleibt Viorel kurz stehen. Auf den ersten Blick erscheint ihm das Anwesen weniger ungepflegt als das seines Onkels, zumindest von außen. Gemüsebeete im Vorgarten. Im Sommer wachsen hier wahrscheinlich Blumen, Maulbeeren oder Blutorangen. Er folgt der Nachbarin durch den schmalen Korridor in die enge Stube. Staubige Luft schlägt ihm entgegen. Doch es ist warm, gut beheizt. Ein gusseiserner Ofen in der Ecke. Daneben auf dem von Holzwürmern durchfressenen Dielenboden ein Eimer mit Kohle. Der Geruch von Essen hängt über dem Küchentisch, unter der Deckenlampe. Essen. Er hat seit Stunden nichts zu sich genommen, und sein Bauch fühlt sich so vernachlässigt an, wie sein Äußeres aussieht. Der letzte Schluck Cola heute Morgen hat an diesem Zustand wenig geändert. Die Alte scheint Gedanken lesen zu können, fragt, ob er etwas essen möchte. Eine Hellseherin. In Aussicht auf eine warme Mahlzeit verschwendet Viorel keinen Gedanken mehr an seinen Onkel, den er bis vor wenigen Minuten noch gesucht hat. Für den Moment.

»Ciorbă de burtă.«

Es ist Suppentag. Die Alte kommt mit einer bis oben gefüllten Schüssel aus der Küche, als hätte sie nur auf ihn gewartet und schon mal vorgekocht. Mit einer riesigen Kelle schöpft sie eine milchig dampfende Brühe auf seinen Teller. Kuttelsuppe mit schwimmendem Gemüse und essbar gekochten Fleischlappen. Pansen. In Streifen geschnittener Vormagen. Kuh. Oder Hund. Ihm läuft die Magensäure im Mund zusammen. Doch längst ist ihm alles recht, und er hält den Kopf so gierig dicht über den Teller, dass ihm die Brille beschlägt. Dazu Weißbrot, Peperoni, Zwirnwürste. Und Ţuică. Der selbst gebrannte Pflaumenschnaps, den er von seiner Mutter zu Hause kennt. Die Alte zaubert unter ihrer Schürze eine alte Pepsi-Flasche hervor, in die sie das Zeug gefüllt hat, und schenkt ihm ein Glas ein. Dann sich selbst.

»Noroc!«

»Ihnen auch … Zum Wohl!«

Viorel hat keine Erfahrung, nicht einmal mit Bier. Jetzt der Schnaps. Er nickt der Alten zu und kippt das hochprozentige Gesöff in einem Zug hinunter. 60 Prozent mindestens, überlegt er. Ein scharfer Geschmack, aber nicht unangenehm, wenn er sich erst einmal daran gewöhnt haben wird. Die Ţuică wärmt von innen. Ein gutes Gefühl nach allem, was letzte Nacht passiert ist.

»Geheimrezept.«

Die Alte lacht, strahlt über das ausgefranste Gesicht. Ein Geheimrezept. Natürlich. Er ist ihr auf den Leim gegangen. Eine Falle. Suppe und Schnaps, eine tödliche Mischung. Erzsébet Báthory nimmt Rache für ihr fatales Ende. Und wenn nicht sie, dann eine ihrer zahlreichen Nachfahrinnen, die laut der Erzählungen des Anhalters über halb Europa verstreut leben. Warum also nicht hier? Viorel fühlt, wie sich bei diesem Gedanken sein Körper schlagartig verkrampft. Arsen. Strychnin. Botulinumtoxin aus verdorbenen Fleisch- und Fischkonserven. Alles zusammen. Ein letztes Zucken. Dann kippt er kopfüber nach vorn und reißt die Suppenschüssel mit zu Boden. Rumänische Gastfreundschaft der besonderen Art. Sein Leichnam wird sorgsam tranchiert und kommt in den nächsten Eintopf. Teilweise zumindest. So viel auf einmal kann ja kein Mensch essen. Den restlichen Körper friert die Alte ein und hängt ihn wie Schweinehälften in die ganzjährig unter null Grad kalten Fleischkatakomben unter dem Haus. Für die nächsten 120 Winter.

»Noch eine Portion?«, reißt ihn die Frau aus seinen Gedanken.

Eine doppelte, bitte. Das Auge isst schließlich mit. Bei ihm sogar beide. Und dazu noch ein Glas Ţuică. Die PET-Flasche mit dem Gegengift ist halb leer, bis er begreift, dass sie es halbwegs gut mit ihm meint. Viorel nutzt die Gunst der Stunde.

»Was ist mit meinem Onkel passiert, mit Dorinel?«

Erst jetzt kann er sich wieder auf das Eigentliche konzentrieren.

»Schrecklich, ganz schrecklich«, entgegnet ihm die Alte. »Es war ein tragischer Unfall. Beim Brand der evangelischen Kirche in einem der letzten Sommer.«

Viorel hört sich das Drama an. Die Stadtpfarrkirche, ein historisches Bauwerk aus dem 16. Jahrhundert. Der Turm sollte renoviert werden. Dann brach der Brand am Gerüst aus, vermutlich Brandstiftung. Nationalisten. Deutschenhasser. Rechtsradikale. Oder der Pfarrer selbst. Abends, kurz nach acht. Der Brandherd unten am Sockel. In wenigen Minuten stand der gesamte Kirchturm in Flammen. Das Gerüst. Und das Turminnere. Die Feuerwehr war schnell zur Stelle, aber nicht schnell genug. Zwei Löschzüge. Dorinel befand sich mitten unter ihnen, ein erfahrener Feuerwehrmann. Das Feuer griff auf das Schiffsdach über, und ein Teil des neu gedeckten Kupferdachs stürzte hinab. Sein Onkel war sofort tot. Erschlagen, nicht erstickt. Der einzige Tote. Der Einzige, den es erwischt hat. Nach drei Stunden war der Brand gelöscht. Der Schaden ging in die Millionenhöhe.

»Ein furchtbares Unglück. Gott hab ihn selig.«

Viorel ist erschüttert. Ratlos, leer. Sein Onkel. Wenn er ihn gekannt hätte, würde er jetzt womöglich trauern. Doch auch um seine Mutter hat er nicht getrauert, nicht genügend. Und selbst das Unglück des Anhalters hat ihn zwar schockiert, aber nicht in Tränen ausbrechen lassen. Vielleicht kommt das noch, wenn er erst einmal alles hinter sich hat.

»Tränen helfen den Toten nicht, sagen die Leute hier.«

Nicht einmal den Lebenden, denkt Viorel und nickt der Báthory zu. Nichts hilft. Außer man hilft sich selbst. Die Alte schenkt ihm erneut ein Glas Ţuică ein. Und anschließend sich selbst. *Noroc!* Trinken. Schweigen. Trinken. Hoffentlich hilft wenigstens das Gesöff. Wieso hat er nichts davon gewusst, von Dorinels Unglück? Keiner hat etwas gewusst. Nicht einmal seine Mutter. Der Kontakt war schon länger eingeschlafen. Keine Grußkarte zu Weihnachten, keine zum Geburtstag. Kein Anruf, kein Besuch.

»Was wolltest du von Dorinel?«

»Was ich von ihm wollte?«

Jetzt wird es heikel. Auf diese Frage ist er wenig vorbereitet. Eigentlich gar nicht, Dritten gegenüber. Was soll er antworten, was überhaupt tun? Nur langsam realisiert er das Dilemma, in dem er steckt. Dorinel ist seine einzige Adresse. Er war die einzige Person, an die er sich wenden konnte. Jetzt ist er tot. Alternativen hat er nicht. Was macht man in einem fremden Land, in dem man sich nicht auskennt? Wem kann er sich anvertrauen? Der Alten? Sie macht keinen unfreundlichen Eindruck. Jetzt nicht mehr, nach dem Essen und dem vielen Schnaps. Viorel spürt, wie die Ţuică seine immer schlechter werdende Ausgangssituation weichzeichnet. Warum nicht reden?

Um nicht gleich alles ausplaudern zu müssen, entscheidet er sich für ein Bündel Halbwahrheiten. Er erzählt von seiner Mutter. Wie er sie morgens zu Hause gefunden hat. Wie er aufgebrochen ist, um mit seinem Onkel Dorinel die Beerdigung zu organisieren. Die Bestattung, die hier in Bistritz stattfinden sollte. So wie sie es sich gewünscht hatte. Dass seine Mutter bereits im Kofferraum liegt, eingepackt in seinem Schlafsack, braucht er nicht zu erwähnen. Nicht gleich. Nur wenn er danach gefragt wird.

»Wo ist deine Mutter jetzt?«

Natürlich. Sie hat ihn durchschaut. Die Báthory kann Gedanken lesen. Das hatte er ganz vergessen.

»Sie ist unterwegs, bereits auf dem Weg nach Rumänien«, gibt er vor.

»Lange wird es nicht mehr dauern, bis ihr Leichnam hier ist.«

»Gut, das ist gut.«

»Ja, das ist es … gut. Ich meine …, ich hatte nur gehofft, dass …«

»Dass sich dein Onkel darum kümmert, natürlich. Das ist nur verständlich, schließlich kommst du nicht von hier. Leider war Dorinel der Einzige hier aus deiner Familie. Er war ganz allein, hatte keine Frau. Keine Frau und keine Kinder. Es war ihm leider nicht vergönnt. Aber wenn du willst, bringe ich dich zu seinem Grab.«

Keine Kinder, keine weiteren Verwandten. Seine Mutter hat niemanden sonst erwähnt. Abgesehen davon, dass selbst über Dorinel nicht gesprochen wurde. Nicht bis vor Kurzem. Bis sie ihm gesagt hat, dass sie in ihrer Heimat begraben werden möchte. Als hätte sie es geahnt. Hätte dieses Gespräch nur niemals stattgefunden. Warum wollte sie nicht in Deutschland begraben werden? In Essen gibt es Dutzende Friedhöfe. Gestorben wird auch dort – seit Jahrhunderten. Und Erde sieht von unten überall gleich aus.

»Leana mochte Deutschland nicht besonders. Das erzählte mir Dorinel einmal.«

Die Alte gießt noch einmal nach. Viorel wird es langsam warm, von innen wie von außen. Er zieht den blutverschmierten Anorak aus, dann seinen Pullover. Er stinkt. Und er schwitzt wieder. Unter seinen Achseln nähern sich die feuchten Stellen den Schweißrändern von gestern. Die Alte scheint das nicht zu bemerken. Sie selbst sieht nicht so aus, als würde heute etwas Festliches anstehen. Und stickig war es in der Stube schon vorher. Außerdem ist sie genauso betrunken wie er selbst. Dabei ist es nicht einmal Mittag.

»Warum versuchst du es nicht in ihrer Heimat?«

»In ihrer Heimat? Das hier ist doch ihre Heimat!«, antwortet er reflexartig. Deswegen ist er ja bis hierher gefahren. Nach Bistritz. Wo sonst sollte er sie begraben?

»Leana war nicht aus Bistrița. Das weiß ich genau. Sie hat Emilian erst hier kennengelernt. Daran kann ich mich noch gut erinnern.«

»Emilian Omgras?«

»Deinen Vater, ja!«

Ihn überkommt ein unangenehmes Gefühl. Gern hätte er etwas Gutes über diesen Vater gesagt. Aber es gab ihn nicht mehr. Verstorben, schon lange. Über zehn Jahre. Und zu ihm fällt ihm weder etwas Gutes noch etwas Schlechtes ein. Gar nichts. Viorel war damals noch ein Kind, als Emilian seine Mutter verlassen hat. Warum, das wollte seine Mutter nie erzählen. Auch über den Vater hat sie wenig gesprochen. Als Fernfahrer für ein deutsches Speditionsunternehmen war er selten da. Und irgendwann blieb er dann ganz weg. Ohne dass es Viorel gleich aufgefallen wäre. Doch was heißt, seine Mutter sei nicht aus Bistritz?

»Ist sie nicht hier geboren? Und Onkel Dorinel, ihr Bruder?«

»Ihr Bruder? Nein, da irrst du dich. Er war nicht ihr Bruder, sondern der deines Vaters. Dorinel und Emilian waren Brüder. Ich weiß es noch genau, deine Mutter kam als junges Mädchen hierher. Woher sie kam, daran kann ich mich nicht mehr erinnern. Dann haben sie sich kennengelernt, und wenig später wurde geheiratet. Zwei oder drei Jahre haben sie hier gewohnt, ein paar Straßen weiter. Kurz darauf sind sie nach Deutschland gezogen. Ausgewandert, trotz aller Schwierigkeiten. Damals musste man noch die richtigen Leute kennen. Heute ist alles viel einfacher. Nach all dem, was wir in der Zwischenzeit durchmachen mussten, hätten wir das auch tun sollen. Doch dafür ist es jetzt zu spät.«

Viorel ist verwirrt. Natürlich war sein Onkel Dorinel immer der Bruder seiner Mutter. Oder nicht? So genau hat er die tatsächlichen Verwandtschaftsverhältnisse nie hinterfragt.

»Seitdem sie in Deutschland waren, habe ich nicht mehr viel gehört«, berichtet die Alte weiter. »Auch von Dorinel habe ich nichts mehr erfahren. Nur, dass Leana immer zurückwollte.«

Zurück nach Rumänien. Ja, davon hatte seine Mutter erzählt. Als er ein Kind war, sehr viel. Irgendwann nicht mehr so viel. Je länger die Zeit für sie in Deutschland wurde. Und je weiter sich Rumänien und das Schwarze Meer und die Donau und irgendwelche Dörfer entfernten. Viorel hatte davon nie eine Vorstellung und später auch kein Interesse. Fotos existierten nicht. Und im Urlaub zurück in die Heimat war finanziell nicht möglich.

»Was hast du jetzt vor?«

»Hm?«

»Ich meine, was willst du unternehmen, ohne Dorinel?«

Gedanklich ist er noch immer zu nichts fähig. Hier in Bistritz kommt er nicht weiter. Er kann unmöglich zu einem Bestatter laufen und ihm seine Mutter überlassen. Tot und steif gefroren. Auf keinen Fall. Und die Alte kann er auch nicht um mehr bitten, als sie ohnehin schon für ihn getan hat. Was bleibt ihm übrig? Soll er mit seiner Mutter wieder zurück nach Deutschland fahren? Den ganzen Weg, mit zerbrochener Scheibe? Er könnte sie wieder an den Küchentisch setzen und einen Arzt verständigen, zwecks Ausstellung einer Sterbeurkunde. Vorausgesetzt, sie taut bis dahin wieder auf.

»Weißt du denn, woher Leana kommt? Wo sie hier in Rumänien geboren ist?«

»Woher? Keine Ahnung. Ich …«

Gar nichts weiß er. Viorel ist sprachlos. Angetrunken, müde und ohne Ideen. Bis vor wenigen Minuten hat er noch gedacht, dass sie von hier stammt, aus Bistritz.

»Hast du jemanden, den du fragen kannst? Einen Verwandten, der weiß, woher deine Mutter kommt? Vielleicht kann er nachsehen, in ihrer Geburtsurkunde oder ihrem Pass.«

Ihr Pass, das ist es! Den hat Viorel doch gestern noch eingesteckt. Natürlich. Dort muss es stehen, wo sie geboren ist. Der Geburtsort. Der Ort, in dem sie ihre Kindheit verbracht hat und wo sich heute noch jemand an sie erinnern wird. Dort, wo ihre Eltern begraben wurden, seine Großeltern. Wo hat er den verfluchten Pass nur versteckt? Viorel durchwühlt seine Tasche. Nichts. Sämtliche Jackentaschen sind leer. Das Auto! Hat er den Pass nicht in seinen Wagen gelegt, ins Handschuhfach?

Überhastet, ohne Gleichgewichtsgefühl springt er auf, stößt mit dem Kopf an die Deckenlampe. Staub, eine Sternenhimmeldusche aus Schmutzpartikeln der letzten Jahrhunderte. Viorel muss raus. Er lässt den Anorak über dem Stuhl hängen, läuft zu seinem Auto. Der Pass. Da hätte er selbst draufkommen können. Der Corsa ist nicht abgeschlossen, ohne Schlüssel. Er reißt die Tür auf, öffnet das

Handschuhfach. Unter der rumänischen Straßenkarte findet er den Reisepass. Ein grüner Ausweis, mit dem seine Mutter nie verreist ist, obwohl sie es immer vorhatte. Die Schlepperbande hat sich nicht dafür interessiert, hat ihn nicht mitgehen lassen. Viorel schlägt ihn auf. Das mittlerweile alte Bild einer damals noch jungen Frau. Seine Mutter vor rund 25 Jahren. Dabei wurde der Ausweis erst 1992 ausgestellt, in Essen, nach der Wiedervereinigung, ist aber längst abgelaufen. Es ist der Pass seiner Mutter. Mit Geburtsdatum und dem Ort, in dem sie geboren wurde. *Mahmudia.* Wo zum Teufel mag das liegen?

»Im Donaudelta. Direkt am Schwarzen Meer, wenn ich mich recht entsinne.«

Die Báthory steht direkt neben ihm auf der Straße, wie aus dem Nichts. Sie schaut ihm über die Schulter und klopft sich den Staub aus dem Haar.

Kilometer 1815

Alles wird grau. Die Haut, die Haare, die Augen, die Kleidung. Alte Menschen bestehen aus Staub, noch bevor sie überhaupt gestorben sind. Wann ist es bei ihm so weit? Schon mit 17 scheint seine Lebensführung klar auf den körperlichen Verfall gepolt. Die Metamorphose von Fleisch und Blut hin zu Fett und muskelfreiem Weichgewebe ist längst abgeschlossen. Wann wird Viorel anfangen, sich in Staub zu verwandeln? Wann werden sich organische und anorganische Mikropartikel von außen an seinen Körper heften? Auf den Kopf, auf die Zunge. In alle Poren. Ein Staubgeschwür, das nach innen wuchert. Millimeter für Millimeter, um nacheinander jedes Organ einzeln zu zersetzen. Ein schleichender Prozess, den man systematisch mit der Überdosierung von Koffein und Alkohol beschleunigen kann, so seine Einschätzung. Bei der Báthory zeigt sich das genaue Gegenteil. Die Alte wird nur durch ihren Zaubertrank zusammengehalten. Ţuică. Der Schnaps, der den gesamten Zellapparat feucht hält. Permanent. Ohne den der Körper innerhalb von Minuten austrocknen und in sich zerfallen würde. Viorel sitzt wieder am Tisch, in ihrer Stube. Es ist warm. Die Ofenhitze klebt unter der niedrigen Decke. Vorhänge mit Blümchenmustern, an der Wand Teppiche. Eine Ikone der Jungfrau Maria prangt holzgerahmt auf einem kleinen Schränkchen neben der Tür. Eigentlich erscheint es ihm ganz gemütlich, trotz allem, was ihm hier befremdlich vorkommt. Die Alte holt eine weitere Plastikflasche aus der Küche und setzt sich zu ihm. Auf dem Tisch der Ausweis seiner Mutter. Daneben die Straßenkarte, Vierecken-Rumänien im Verhältnis 1:800 000.

»Mahmudia. Dort liegt es – an der Donau!«

Die Báthory taucht ihren knochigen Zeigefinger direkt ins Delta. Mahmudia. Das Dorf liegt im riesigen Fächer des Schwarzen Flusses, seiner Bekannten, neben der er bereits in Deutschland hergefahren ist. Am Sfântu Gheorghe, dem südlichen Mündungsarm der Donau.

»Dort kommt meine Mutter her?«

»Ja, ich erinnere mich. Das hatte sie einmal gesagt, dass sie aus einem kleinen Ort in der Nähe von Tulcea stammt. Ich erinnere mich deshalb so gut, weil wir dort Verwandte haben, eine meiner Töchter lebt dort mit ihrer Familie.«

Die Alte schließt die Augen und sagt keinen Ton mehr. Für einen Moment hat Viorel die Befürchtung, dass sie eingeschlafen sein könnte und er sie jetzt ins Bett tragen muss. Doch sie träumt nur von damals, von schlechteren Zeiten.

»Früher war ich oft am Schwarzen Meer. Es ist wunderschön dort im Sommer. Alles blüht, und es ist so heiß, dass man es tagsüber nur im Wasser aushält. Im Süßwasser. Du musst wissen, direkt an der Mündung breitet sich die Donau so weit aus, dass man kilometerweit keinen Tropfen Salzwasser schmeckt, wenn man im Meer badet. Es ist wirklich so. Man schwimmt im offenen Meer und kann aus ihm trinken. Liebend gern würde ich wieder hinfahren. Aber es ist sehr, sehr weit weg.«

Vom Meer hat Viorel keine Ahnung. Womöglich ist es ja ganz schön, und er sollte es sich einmal anschauen, vom Auto aus. Wenn er wirklich bis dorthin muss. In den letzten 24 Stunden ist Viorel fast 2000 Kilometer gereist. Und jetzt befindet er sich bereits im Herzen Rumäniens, in der Mitte der Landkarte. Da liegt das Schwarze Meer näher als die Nordsee. Und vielleicht bietet sich in Mahmudia die einzige Chance, irgendjemanden zu finden, der sich an seine Mutter erinnert. Ein Cousin oder ein ehemaliger Nachbar, der sich um die verfluchte Beerdigung kümmern kann, auf dem Friedhof, wo vermutlich auch seine Großeltern begraben liegen.

»Ich zeige dir ein Foto«, schlägt die Alte vor. »Möchtest du es sehen?«

Ein Foto. So weit sind wir schon, denkt er. Eine Flasche Ţuică. Und schon werden Familienalben hervorgekramt. Vom letzten Urlaub in Transnistrien oder Nordsibirien. Die Alte holt einen an den Ecken eingebeulten Schuhkarton aus einer Schublade. Auf dem Deckel Staub, innendrin ein paar Dutzend Fotos. Viele in Schwarz-Weiß von damals. Und ein paar Farbfotos aus diesem Jahrtausend. Viorel wirft einen flüchtigen Blick auf die Ahnengalerie der Báthory.

»Das ist am Schwarzen Meer. Mein Mann Costel und ich. 1955. Damals hatten wir noch kein eigenes Auto, aber wir sind mit dem Bus bis ans Meer gefahren.«

Das Foto ist gräulich gelb, und die Menschen darauf sind schlecht erkennbar. Das Meer im Hintergrund, davor ein junges Paar. Costel und sie. Je älter die Fotos, umso jünger die Menschen darauf, denkt Viorel. Der Mann mit schwarzem Schnauzer, dickem Bauch und schlecht sitzendem Anzug. Die Frau trägt ein Baby auf ihrem Arm.

»Ist das Ihre Tochter? Die, die am Schwarzen Meer …?«

»Nein, das ist meine Jüngste. Sie lebt noch hier.«

»Hier?«

Viorel kennt beengte Verhältnisse von zu Hause. Aber die Zweizimmerwohnung seiner Mutter war gegen dieses Hexenhäuschen ein echtes Wohnparadies. Sein Kinder- und Jugendzimmer. Und das Wohnzimmer mit dem Schlafsofa seiner Mutter. Die schmale Küche mit kleiner Sitzecke. Das zu keiner Zeit moderne Badezimmer, rotzgrün gefliest bis zur Decke. Seine Mutter hat sich nie daran gestört, und die Miete war billig. Aber irgendwann wurde alles immer enger, und er ist aus der Wohnung einfach herausgewachsen wie aus einem zu klein gewordenen Pullover. Die Wohnung schrumpfte, je größer und breiter er wurde. Als er 13 war, konnten sie kaum mehr zu zweit am Küchentisch sitzen. Nicht gleichzeitig. Doch Viorel hatte dann meistens schon gegessen, wenn seine Mutter abends nach Hause kam. Dann sie. Und danach wieder er. Schichtessen. Vielleicht hat ihn das so fett gemacht.

»Nein, sie wohnt aber ganz in der Nähe, auch in Bistrița«, erklärt die Alte weiter. »Hier habe ich nur mit Costel gewohnt, bis er vor vier Jahren gestorben ist. Mit 92. Gott hab ihn selig. Er hatte es mit dem Kreislauf.«

Ein schwaches Herz. Dagegen war selbst die Țuică machtlos. Die Alte wirft noch einmal einen Blick auf den Mann mit dem Schwarzmeerschnurrbart. Dann zaubert sie ein weiteres Foto aus der Pappschachtel, auch mit drei Personen darauf. Diesmal aber drei Männer mit Gläsern in der Hand, die lachend um einen Gartentisch sitzen und sich zuprosten. In der Tischmitte eine dieser wiederverwerteten

Plastikflaschen. Einer der Männer, der ältere der drei mit schwarzem Schnurrbart, ist wieder der Mann der Báthory, erkennt Viorel. Der zweite Mann wirkt eher schmächtig. Und der dritte so beleibt wie der erste.

»Du siehst deinem Vater sehr ähnlich. Dorinel war sehr klein und dünn. Aber dein Vater und du – ihr macht dem Namen eurer Familie alle Ehre.«

Omgras. Seine Mutter hatte es ihm übersetzt. Dicker Mann, Fettsack. Die Alte meint es allerdings weniger spöttisch als anerkennend, zumal ihr verstorbener Gatte eine ähnliche Statur hatte wie er jetzt. In Deutschland war das anders. Zwar wusste niemand, was sein Name bedeutete, übersetzen konnte es trotzdem jeder. Dickerchen. Kloß. Adipöses Schwein. Da hätte es auch nichts geholfen, sich einen neuen Namen zuzulegen. Meier, Müller, Schmidt. Vollkommen egal. Es hätte nichts geändert. Viorel nimmt das Foto und wirft einen Blick auf seinen Vater. Emilian. Wahrscheinlich hat er dem kleinen Dorinel alles weggefressen, so verschieden, wie die beiden aussehen. Fast kommt es ihm komisch vor, ihn hier wiederzusehen. Auch wenn es nur ein altes Foto ist.

»Deine Mutter war sehr zierlich. Und sehr hübsch. Leider habe ich kein Bild von ihr. Ich mochte Leana immer sehr. Auch wenn sie mit deinem Vater nicht lange hier wohnte. Damals kamen sie manchmal zu Besuch. Und sie schrieb mir einmal eine Postkarte aus Deutschland. Ich kann mich gut daran erinnern.«

»Aus Essen?«

»Mag sein, wenn ihr dort gewohnt habt.«

Viorel freut es, dass jemand seine Mutter in Erinnerung

behalten hat. Hier, so weit entfernt von zu Hause. Ja, klein und zierlich war sie, keine Frage. Und ein Glück für ihn. Wäre sie genauso breit und schwer wie er, hätte er sie niemals im Kofferraum transportieren können. Nicht in dem Corsa. Die Alte legt die Fotos zurück in den Karton und schiebt ihren Stuhl zur Seite. In einer Ecke steht verdeckt ein Vogelkäfig. Viorel hatte ihn noch gar nicht bemerkt, obwohl die Stube winzig ist. Die Alte nimmt das Tuch darüber ab. Zwei Vögel hängen leblos mit dem Kopf nach unten an einer Stange. Grünes Gefieder. Blauer Schnabel. Die Viecher sind offenbar tot und nur mit einer Schnur an der Stange befestigt. »Sind die echt?«

»Natürlich, das sind Fledermauspapageien. Ich habe sie geschenkt bekommen, von deinem Onkel. Eigentlich leben sie in Südostasien, hat er mir erzählt. Und sie ernähren sich von Blüten und Pollen. Hier in unserer Gegend ist das schwer zu bekommen. Gerade zu dieser Jahreszeit. Mittlerweile fressen sie aber auch normale Körner, wenn man sie vorher einweicht.«

In Ţuică eingeweichte Vogelnahrung. Wie auf Kommando erwachen die beiden Papageien gleichzeitig aus ihrem Vollrausch und bemühen sich um eine halbwegs aufrechte Körperhaltung. Hier in Transsilvanien müssen sich die Tiere ja wie zu Hause fühlen, stellt sich Viorel vor. Was erwartet ihn noch? Schafe oder Kühe, die nachts von der Decke hängen? Die Alte füttert die beiden Vögel mit ein paar Krumen aus ihrer Giftküche. Dann setzt sie sich wieder zu ihm und kramt unter der Schürze ein Handy hervor. Ein nagelneues Smartphone, staub- und wasserdicht mit Game Launcher und Always-on-Funktion. Viorel kennt sich aus.

»Canta cucu-n Bucovina!«

Die Báthory flüstert in ihre Wunderkiste wie in eine Glaskugel. Hexerei. Plötzlich ertönt Musik. Manele. Nein, *Muzică populară,* die ihm durch seine Mutter bekannte Volksmusik Rumäniens.

Hoffentlich will sie jetzt nicht auch noch tanzen. Die Alte lacht zufrieden, wippt im Takt und tippt mit geschlossenen Augen eine SMS oder WhatsApp in ihre multimediale Allzweckwaffe. Dann greift sie nach der Pepsi-Flasche und schenkt beide Gläser noch einmal voll. *Noroc!* Viorel kann nicht mehr. Er ist müde, betrunken und unfähig, einen klaren Gedanken zu fassen. Was zum Teufel soll er jetzt tun? Er hat kaum noch Bargeld, doch er muss weiter. Hier kann er nicht bleiben. Geholfen hat sie ihm schon genug. Er müsste längst schon wieder unterwegs sein. Nur wohin, zum Schwarzen Meer? 20 Millionen Zentimeter weiter nach rechts. Und wenn er das wirklich vorhat, sollte er aufbrechen. Schnellstmöglich. Es ist zwar noch mitten am Tag, doch in wenigen Stunden wird es wieder dunkel sein. Stockduster – wie in der letzten Nacht.

Genug geredet, jetzt wird gefeiert. Die Alte leert ihr Glas in einem Zug und dreht die Musik lauter. Viorel muss dringend auf Toilette. *Wo? Hier? Nein, draußen, hinter dem Haus.* Er stolpert durch die Küche, öffnet rückseitig die Tür und steht im Garten. Das trübe Tageslicht bricht durch das tote Geäst eines abgestorbenen Baums. Über ihm ein hellgrüngelbes Wellblechdach, auf dem das zu ewigem Eis gefrorene Laub versucht, vor sich hin zu faulen. Links daneben das Klo. Ein Toilettenhäuschen. Kein Plumpsklo. Aber eine Keramikschüssel ohne Wasseranschluss und Toilettenpapier. Ihm bleibt keine Wahl. Eilig schließt er die Tür und setzt sich auf den nackten Schüsselrand. Ein mit abgestandenem Regenwasser halb gefüllter Kanister steht in der Ecke. Wenigstens das. So dehydriert, wie er ist, muss Viorel erst einmal ein paar Schlucke trinken. An seinem Durstgefühl hat auch der Pflaumenschnaps nichts geändert. Anschließend schüttet er ein paar Wassertropfen über die linke Hand, um sich notdürftig zu reinigen. Willkommen in Zentralasien. Dann die Hände. Und zuletzt die Toilette. Viorel fühlt sich leichter. Erleichtert. Der Kanister ist leer, und das Hexenhäuschen nebenan vibriert im Takt der mobilen Jukebox.

Soll er wieder reingehen oder sich nicht lieber gleich aus dem Staub machen? Wie so oft kann er sich nicht entscheiden. Seine Jacke hängt noch über dem Stuhl, und er muss die Straßenkarte und den Pass seiner Mutter mitnehmen. Er wird reingehen und sich verabschieden. Bedanken und Lebewohl sagen. So leid es ihm tut. Und so gern er sich irgendwo einfach aufs Ohr legen würde. Wenigstens für ein paar Stunden. Doch daraus wird nichts werden.

Er schwankt, öffnet die Hintertür. Taumelt leicht. Der verfluchte Schnaps betäubt sein Wahrnehmungsvermögen und macht sich stärker bemerkbar, als ihm lieb sein kann. Beim Eintreten muss er kurz blinzeln, die Augen zusammenkneifen. Die Leuchte unter der niedrigen Decke. Tanzende Staubflocken im Lichtkegel der dicken, aufgeheizten Luft. Und auf dem Tisch steht ein drittes Glas. Wozu das?

Zum Verkosten einer neuen Schnapssorte? Täuscht er sich, oder sitzt da nicht jemand neben der Alten? Jetzt bloß keinen unnötigen Ärger, keine weiteren Zeugen. Doch es ist zu spät, um sich unbemerkt davonzuschleichen. Eine junge Frau, höchstens 20, eher jünger, kaum älter als er, hat an dem Tisch Platz genommen. Viorel tritt von der Küche in den Wohnraum. Die Tochter der Báthory. Nein, dafür ist sie zu jung. Und die Alte zu alt.

»Das ist Dana, meine Urenkelin.«

Die Alte stellt die beiden vor. Die Tochter der Tochter der Tochter. Eine der unzähligen Nachfahren der eingemauerten Blutgräfin. Dana starrt ihn an. Nein, sie starrt nicht, sie schaut. Viorel starrt. Schulterlange dunkle Haare, lackierte Fingernägel. Dezenter Lippenstift. Unter ihrem für diese Jahreszeit doch recht kurzen Rock trägt sie schwarze Nylonstrümpfe, dazu rote Stiefeletten. Für einen Moment wird ihm schwindlig, dass er sich am Türrahmen festhalten muss. Er fühlt sich überrumpelt. Unvorbereitet. Was soll er sagen, wie sich vorstellen?

Hello, I'm Mister Omgras.

I know, but what's your name?

Unsicher wischt er sich die linke Hand an seinem Hosenbein ab.

»Freut mich, dich kennenzulernen«, hört er sie sagen.

Dana lächelt. Er versucht zurückzulächeln, kommt sich dabei aber ziemlich ungelenk vor. Ertappt. Ihren Blicken ausgeliefert. Damit hat er nicht gerechnet, nicht mit ihr. Sein Shirt hängt halb aus der Hose. Er ist verschwitzt, ungewaschen, angetrunken. Und er stinkt. Warum hat ihn die Alte nicht gewarnt?

»Und du bist den ganzen Weg von Deutschland aus bis hierher gefahren?«

Sie duzt ihn. Und sie spricht Deutsch. Nicht so verstaubt wie die Báthory. Ganz normales Deutsch, nahezu akzentfrei. Und er kann sie deutlich besser verstehen als die Alte, die mittlerweile angefangen hat aufzuräumen. Die eben erst angebrochene Pepsi-Flasche verschwindet in der Küche. Auch die drei Schnapsgläser nimmt sie wieder mit.

Ja, gefahren sei er, stammelt Viorel unsicher. »Den ganzen Weg, war ja nicht so weit.«

»Einmal bis ans Ende der Welt«, lacht Dana. »Und gleich dahinter liegt Rumänien. So kommt es einem vor, oder?«

»Hm.«

Viorel hat keine Ahnung, wie weit es auf dem Globus tatsächlich geht. Viel weiter als bis hierher kann es aber kaum mehr sein, denkt er.

»Mir kommt es auch immer wie eine Weltreise vor«, entgegnet ihm Dana. »Zum Glück muss ich die Strecke nicht allzu oft fahren. Das letzte Mal war ich vor drei Jahren hier. Und jetzt über Weihnachten. Diesmal bin ich aber mit dem Bus gefahren, von Frankfurt aus fast dreißig Stunden.«

»Frankfurt?«

»Ja, ich arbeite dort.«

Viorel kennt die Mainmetropole nur aus den Erzählungen eines Klassenkameraden, aber er weiß Bescheid. Kaiser-Mosel-Elbestraße, voller Nataschas aus dem Osten. Frankfurt, ein einziges Rotlichtviertel. Mit ein paar Banken und Apfelweinkneipen drum herum. Jetzt wird ihm alles klar.

»Ich mache gerade eine Ausbildung als Krankenschwester«, sagt Dana. »In der Uni-Klinik. Meine Eltern müssen über die Feiertage leider arbeiten, deshalb sind sie nicht mitgekommen.«

»Du bist Krankenschwester? In Frankfurt … in einer Klinik?«

»Ja, und? Was hast denn du gedacht?«

Ja, an was hat er gedacht? Was soll er vor allem von sich denken? Irgendwie ist Viorel froh, dass sie das ist, was sie ist. Und nicht das, wofür er sie eben beinahe gehalten hätte. Hoffentlich kann sie keine Gedanken lesen, so wie ihre Urgroßmutter.

»Wein? Möchte jemand ein Glas Wein trinken?«

Die Báthory kommt aus der Küche zurück. In einer Hand drei große Gläser, in der anderen ein offenes Glasgefäß mit süßem Rotwein. Aus der hauseigenen Kelterei. Viorel lehnt dankend ab.

»Du glaubst bestimmt, dass die Rumänen den ganzen Tag über trinken, wenn du meine Străbunică so siehst, oder?«, wechselt Dana das Thema.

»Nein, nicht … das glaube ich nicht«, lügt Viorel.

»Wenn überhaupt, dann tun das hier die Männer. Und die Frauen passen darauf auf, dass es nicht zu viel wird. Aber heute ist ein besonderer Tag. Außerdem macht sie alles selbst. Die Ţuică, die du schon probiert hast. Das ist die beste in ganz Siebenbürgen. Und auch den Wein. Einfach alles. So etwas können nur Mütter, Großmütter oder eben Urgroßmütter. Ich selbst hab das nicht mehr gemacht, seit ich ein Kind war. Und seitdem wir drüben in Deutschland wohnen. Und dort geht man einfach in den Supermarkt und kauft sich, was man braucht.«

Viorel hat keine Ahnung vom Weinkeltern. Auch nicht

vom häuslichen Schnapsbrennen, von Schlachtritualen, Einmachgläsern, Kochrezepten, ehemals staatseigenen Tante-Emma-Läden und tageszeitbedingten Stromausfällen in der Ceaușescu-Ära, von denen Dana zu erzählen beginnt.

»Zum Glück hat sich auch hier einiges geändert, und es gibt überall Lidl, Kaufmarkt und Penny. Aber wie du vielleicht weißt, war das mal anders. Und bis vor rund dreißig Jahren hatten die Leute hier noch Lebensmittelmarken. Selbst heute leben viele Menschen von dem, was sie bei sich zu Hause anpflanzen und ernten können.«

Versorgungsengpässe sind Viorel fremd. Das sieht man ihm an. Auch wenn sie zu Hause nicht viel Platz hatten, zu essen war immer da. Reichlich. Und mit dem Kühlschrank verbindet ihn schon immer ein mehr als freundschaftliches Verhältnis. Schinken. Salami. Mett-, Blut-, Leber-, Fleisch-, Teewurst. Ein Pfund Butter. Ein Laib Brot. Dazu Joghurt-Drinks. Oder Cola. Für warme Mahlzeiten zwischendurch gab es Backofen, Mikrowelle, Lieferservice. Oder die Reste, die seine Mutter aus der Kantine mitbrachte. Hunger kennt er nur aus den Nachrichten. Oder von seiner Mutter, als sie noch in Rumänien lebte.

»Das Leben hier ist dir ziemlich fremd, oder?«

»Ich war vorher noch nie in Rumänien«, will er sich rechtfertigen.

»Das meine ich nicht als Vorwurf«, beschwichtigt Dana, »bitte verstehe mich nicht falsch. Es ist nur, dass …«

In anderen Ländern bangt man um sein Leben, in Deutschland um seinen Lebensstandard. Das ist Viorel nicht erst bewusst, seitdem er so weit gereist ist. Aber das ist nicht das, was Dana ihm sagen will.

»Du meinst, wir glauben, dass ihr noch vollkommen rückständig seid?«, versucht er ihren Gedanken zu Ende zu führen.

»Ja, genau. Für euch ist Rumänien so modern wie das Mittelalter. Das stimmt natürlich nicht. Mag schon sein, dass die Leute hier den Westen für vieles beneidet haben. Doch das holen sie jetzt alles nach. Und wenn du dich mal umguckst, wirst du sehen, dass ihnen das schon ganz gut gelungen ist.«

Die dort, wir hier. Vielleicht hat sie ja recht, und er sollte versuchen, keine allzu großen Unterschiede mehr zu machen. Schließlich ist er selbst Rumäne. Halbrumäne. Und halb Deutschrumäne, wie er vorhin feststellen musste. Nur hatte er mit Rumänien nichts zu tun, bis jetzt. Und längst weiß er nicht mehr, in welchem Land er mit größeren Problemen zu kämpfen hat. Er muss etwas unternehmen. Wenn es ihm heute nicht mehr gelingt aufzubrechen, wird er es überhaupt nicht mehr schaffen.

»Was ist mit deinem Auto passiert? Das da draußen auf der Straße ist doch deins, oder?«

»Du meinst … den Corsa?«

»Es sieht aus, als hättest du einen Unfall gehabt. Auf dem Weg hierher?«

»Unfall trifft es ziemlich gut«, antwortet er verlegen.

Überfall oder Attentat träfe es allerdings deutlich besser. Doch das kann er Dana schlecht erzählen. Die Alte hat ihn vorhin gar nicht darauf angesprochen. Aber es muss natürlich jedem auffallen, der daran vorüberläuft. Nur, was sagt er jetzt schon wieder? Das mit dem Anhalter darf er auf keinen Fall erwähnen, niemandem gegenüber. Und die Geschichte mit den beiden Straßenpiraten klingt unglaubwürdig, im Nachhinein. Auch wenn es wahr ist und er Todesängste ausgestanden hat. Die nächtliche Verfolgungsjagd. Das Steingeschoss. Der gestohlene und dann wiedergefundene Wagen. Wer soll ihm das nur glauben?

»Unfälle passieren schnell in Rumänien«, meint Dana weiter. »Wie du gesehen hast, fahren die Leute, als seien sie verrückt. Hier sagt man: Die Straßen sind längst viel besser als die Fahrer, die darauf unterwegs sind. Beim letzten Mal hatten wir auf der Fahrt hierher auch einen Unfall. Ein Lastwagen hat uns geschnitten, mein Vater hatte überhaupt keine Möglichkeit auszuweichen. Zum Glück ist uns nichts passiert. Nur der Wagen hatte einen Totalschaden. Da war nichts mehr zu machen, nicht einmal für Improvisationskünstler, wie es die Menschen hier sind.«

Ja, Unfälle ereignen sich selbst nachts bei wenig Verkehr, erinnert sich Viorel, wenn man sich zum falschen Zeitpunkt am falschen Ort befindet.

»Ganz so schlimm war es ja nicht«, will er den Zwischenfall herunterspielen.

»Mag sein. Doch bevor du weiterfährst, solltest du die Scheibe reparieren lassen. Ich kenne einen Mechaniker hier in der Nähe, ein Bekannter. Der macht das im Handumdrehen. Und auch ganz billig.«

Eine Werkstatt. Daran hatte er auch schon gedacht. Und wahrscheinlich könnten die ihm sogar mit dem Schlüssel helfen. Was nur, wenn jemand in den Kofferraum schaut und in dem Schlafsack den Leichnam einer Toten findet? Nein, ein Mechaniker kommt nicht infrage. Zu riskant. Er muss die Scheibe notdürftig verschließen, provisorisch.

»Vielleicht geht es auch mit einem Stück Pappe. Oder einer Plastikfolie«, schlägt Viorel vor.

»Ich habe ein paar Einkaufstüten, die kannst du haben«, fällt der Báthory ein. »Und Klebeband müsste auch irgendwo sein.«

Die Alte bückt sich und wühlt in der unteren Schublade des kleinen Schränkchens, auf dem die Jungfrau Maria thront. Viorel geht zum Fenster, wirft einen Blick nach draußen. Der Corsa parkt unverändert vor der Tür. Wie spät mag es sein? Zwei Uhr? Drei? Die Sonne hängt trüb hinter einer dichten Wolkendecke, aus der erste Schneeflocken rieseln.

»So kannst du aber auf keine Beerdigung gehen.«

Danas Blick wandert über seinen unförmigen Körper. Ein verschwitztes Shirt. Dreckige Hose. Schmutzige Schuhe. Keine Socken. Und der verkrustete Riss über seinem Handrücken, der aussieht wie eine ansteckende Krankheit, die ihm einen schnellen Tod in Aussicht stellt. Viorel ist sein Äußeres äußerst unangenehm. Und er muss zugeben, dass er nichts anderes dabeihat. Kein Gepäck, nichts zum Wechseln.

»Vielen Dank, aber ich brauche nichts.«

»Papperlapapp«, mischt sich die Alte wieder ein. »Dana hat recht. Zuerst müssen wir deine Hand verbinden. Das sieht schrecklich aus. Und dann ziehst du dir etwas Sauberes an. Ich habe noch ein paar Sachen von Costel im Schrank. Er hatte eine stattliche Figur, genau wie du, wie du auf dem Foto gesehen hast. Du kannst sie gerne anprobieren.«

Die Alte legt ein Klebeband und eine etwas größere Plastiktüte auf den Tisch. Einen Erste-Hilfe-Kasten kramt sie auch irgendwo hervor. Zauberei. Verwundert über die scheinbar grenzenlosen Vorräte der Báthory setzt er sich wieder auf seinen Stuhl, und Dana macht sich daran, ihm die Hand zu verbinden. Mit einer Mullbinde, in die vor wenigen Tagen vermutlich noch Kutteln oder andere Essensreste eingewickelt waren. Trotzdem tut es gut, umsorgt zu werden, denkt Viorel, nach allem, was ihm bisher zugestoßen ist.

»So, und jetzt ziehst du was Frisches an«, lässt die Alte nicht locker.

Etwas Sauberes zum Anziehen. Für eine Beerdigung, die noch gar nicht in die Wege geleitet wurde, für die es noch viel zu früh ist, um sich entsprechend zu kleiden. Viel lieber würde er noch eine Weile bei Dana sitzen bleiben und sich verarzten lassen. Aber die Krankenschwester ist schnell fertig mit dem Verband. Zu schnell. Die Alte springt schon wieder auf, als hätte sie gar nichts getrunken, und rennt ins Nebenzimmer. Zögernd folgt ihr Viorel in das Schlafzimmer der Báthorys. Eins fünfzig mal zwei Meter. Der Raum wurde um das Bett herumgebaut, das ganze Haus. Die Matratze reicht von einem Ende bis zum anderen. Lang wie breit. Ein nicht mehr ganz moderner Kleiderschrank quetscht sich rechts zwischen Wand und Bett. Ohne sie ganz öffnen zu können, zerrt die Alte an der Schranktür. Die Garderobe des Blutgrafen. Seit Jahren unberührt, in stiller Hoffnung auf seine Wiederkehr. Viorel darf sich etwas aussuchen. Ein Hemd, eine Hose. Ein passendes, aber unpassendes Jackett dazu. Schuhe, leider keine Socken. Unterwäsche auch? Die Alte wirft ihm eine Unterhose hin, die aussieht wie eine

Tragetasche für Melonen. Oder Medizinbälle. Hoffentlich sieht ihn Dana nicht in diesem Aufzug. Niemals. An der Wand ein kleiner Spiegel. Die Báthory lässt ihn allein, und er hat Zeit, sich in Ruhe umzukleiden.

Worauf hat er sich nur eingelassen? Im Bewusstsein, keine andere Wahl mehr zu haben, zieht sich Viorel aus, wirft seine dreckigen Kleider auf die Matratze. Irgendwie ist es ihm peinlich. Unangenehm. Alles ist ihm heute unangenehm. Doch eigentlich kann es ihm egal sein. Und er ist dankbar, sich frische Sachen ausborgen zu dürfen. Leihweise, versteht sich. Er wird die Kleidung natürlich zurückbringen. Oder schicken. Wenn er wieder in Deutschland ist.

Erst die Unterwäsche, dann den Rest. Das Hemd riecht etwas streng, scheint aber sauber zu sein. Auf die Krawatte verzichtet er. Dann das braune Jackett. Ein Zweireiher mit silbernen Knöpfen, auch in Übergröße. XXXXL. Die Hose spannt ein wenig in der Leistengegend. Aber es wird gehen. Costel war tatsächlich ähnlich fett wie er. So breit wie tief. Und nicht erst in seinen letzten Jahren. Kaum vorstellbar, wie er mit der Alten das enge Bett geteilt hat. An der Wand ein Kruzifix. Und noch ein Foto, in vergilbtem Bunt. Ein letztes gemeinsames Bild der Báthorys, aufgenommen wenige Wochen vor dessen Tod. Es kommt ihm so vor, als trüge Costel an diesem Tag genau den gleichen Anzug, den er selbst gerade angezogen hat. Ein Sonntagsanzug. Wenigstens ist er nicht in diesem beerdigt worden. Nur in was dann? Viorel hat keine Zeit, sich weiter Gedanken zu machen, knäuelt seine dreckigen Sachen zusammen und geht wieder zurück in die Stube. Dana sitzt noch immer auf ihrem Stuhl. Sie lächelt wieder, als sie ihn kommen sieht. Lächeln oder lachen? Wie so oft ist er sich nicht sicher.

Die Straßenkarte liegt offen ausgebreitet auf dem Tisch, der Pass seiner Mutter daneben. Vom Rotwein hat noch keiner getrunken. Die Alte kommt aus der Küche und wirft ebenfalls einen Blick auf seine Gestalt. Wie der junge Costel, mit dem sie im Bus bis ans Schwarze Meer gefahren ist, muss sie denken. Zum Verwechseln ähnlich.

»Ce bărbat!«

Was für ein Mann! Die Báthory scheint mit dem Ergebnis zufrieden. Auch Dana nickt. Dann zeigt sie auf die Karte. Auf einen Ort weiter östlich, jenseits der Karpaten. Viorel ist nicht gleich klar, worum es geht und was die beiden Frauen in seiner kurzen Abwesenheit miteinander besprochen haben. Dana blickt ihn an, dann die Alte. Und am Ende wieder ihn.

»Buni und ich, wir würden gerne mitkommen. Ein Stück zumindest.«

Viorel hört das Schmatzen der beiden Papageien.

Kilometer 1886

Böen donnern über den Karpatenbogen. Mit 120 Stundenkilometern oder mehr. Auf- und Abwinde. Rücken-, Gegen-, Front- und Heckwinde, die ein bedrohliches Wolkenfeld über das rumänische Kernland treiben. Es wird ungemütlich. Das Tiefdruckgebiet Jonathan hat sich weiter in Richtung Osten verlagert. Und Sauwetterfrosch Pflüger steht neben seinem in sich verdrechselten und Unheil verheißenden Isobaren-Geschütz. Sein Namensvetter bringt neues Sauwetter. Diesmal von der Ostsee bis zum Balkan. Zur Feier des Tages gestikuliert Pflüger nicht vor der Landkarte Deutschlands, sondern Rumäniens. *Da, liebe Fernsehzuschauer, dort liegt er – der Wilde Osten!* Und darüber wälzt sich Jonathan. Jonathan über Rumänien. Jonathan mit neuen Sauwetterwolken über Transsilvanien. Sein Tiefdruckgebiet über dem Land der Blutsauger! *Da bleibt die Fledermaus daheim im Flatterhaus.* Pflüger klopft sich vor Lachen auf den Froschschenkel. Doch es kommt noch besser. Streckenweise Glätte durch gefrierende Nässe. Später vielerorts Schneeregen und gegen Abend fängt es in größerem Kaliber an zu schneien. Paff. Paff. Paff.

Viorel ist sich nicht sicher, wie lange seine Scheibenwischer diesem Unwetter standhalten werden. Der Corsa ist schon in die Jahre gekommen. Und neben der zerborstenen Seitenscheibe und den Blechschäden gibt es zahlreiche weitere Verschleißerscheinungen, die seine Mutter über die Jahre stillschweigend zu akzeptieren gelernt hat. Kaum hundert Meter kann er blicken. Schneeregen. Regen, der schneit. Oder andersrum. Die verbundene Hand schmerzt noch leicht, wenngleich nicht mehr ganz so stark wie anfangs. Vor ihm werden die Schneeflocken dichter. Eine dünne weiße Schicht bleibt bereits liegen, bedeckt die Hexenhäuschen entlang der Hauptstraße. Die Petrom-Tankstelle am Ortsausgang. Die umliegenden Felder, die Anhöhen. Er lässt Bistrița hinter sich und fährt geradewegs in Richtung Norden. Nordnordost. Nach wenigen Kilometern steigt das Gefälle an. Es geht bergauf, in die Karpaten. Neben ihm Dana, mit rotem Schal und den roten Schuhen, vergraben in einen dicken Wintermantel. Auf dem Rücksitz die Alte mit den beiden Fledermauspapageien. An ihrer Seite stehen drei Taschen. Rechts zwei kleinere mit normalen Reiseutensilien und links von ihr eine größere, voller Pepsi-Flaschen mit selbst gebranntem Pflaumenschnaps.

»Alles Geschenke, für Verwandte«, hört er sie von hinten sagen.

Weihnachten, Fest der Unersättlichkeit. Die große Tasche mit der Țuică ist mehrere Hundert Euro wert, schätzt Viorel. Warum hat er sich nur überreden lassen? Wenn sie ihn jetzt erwischen, steckt er noch tiefer in der Bredouille. Schnapshehlerei und Leichenschmuggel. Doch was blieb ihm anderes übrig? Die Báthorys haben ihm so lange zugesetzt, bis er eingewilligt hat. Allerdings hat es nicht allzu lange gedauert, um ihn weichzuklopfen, wie er zugeben muss. Mit zwei Kabelenden hat er den Corsa wieder kurzgeschlossen, so wie es ihm der hilfsbereite Rumäne am Morgen gezeigt hatte. Dann waren sie auch schon unterwegs. Und irgendwie ist er jetzt heilfroh, dass Dana neben ihm sitzt und ihn durch das Bergland lotst. Über den Borgo-Pass, rüber in die Bukowina.

»Und von dort geht es ins rumänische Moldawien.«

»Wieso rumänisch?«, entfährt es Viorel. »Gibt es auch ein anderes ... ein deutsches?«

»Nein, natürlich nicht, kein deutsches«, korrigiert ihn Dana. »Allerdings gibt es einmal die Provinz, die liegt in Rumänien. Und dann gibt es das Land Moldawien, das befindet sich dagegen weiter nördlich zwischen Rumänien und der Ukraine. Früher war alles eins. Aber die Russen haben uns Moldawien weggenommen. Als Vergeltung dafür, dass wir mit den Deutschen gekämpft haben.«

Der Zweite Weltkrieg. An der Seite Hitlers bis nach Stalingrad, nur nicht mehr zurück. Großrumänien auf der Suche nach Lebensraum im Osten. Doch erstens kommt es anders. Und zweitens, wenn man trinkt. Die Rumänen, besoffen von dem Gedanken an neue Pflaumenplantagen in Bessarabien und auf der Krim. Dann das Desaster der 6. Armee. Gefangen im Kessel. Oder sonst wo an der Ostfront. Und zu guter Letzt der Rückzug über den Kaukasus bis ins Heimatland. Im monotonen Trommelfeuer der Stalinorgeln. In Geschichte hat Viorel versucht aufzupassen.

»Du wirst es gleich sehen«, fährt Dana fort. »Auf der anderen Seite gibt es einen großen Soldatenfriedhof. Der Borgo-Pass war hart umkämpft. Und Deutsche, Rumänen und Sowjets sind hier gleichermaßen umgekommen.«

Ganz Europa ein multikulturelles Massengrab. Deutsche unter russischer Erde. Russen unter rumänischer. Engländer unter französischer. Welchen Sinn machen da noch Grenzen, wenn unter der Erde doch alles wieder eins wird? Viorel kann sich nur schwer vorstellen, warum Menschen für ein Stück Vaterland in den Krieg ziehen. Abgesehen davon, dass er es überhaupt nicht könnte, sollte er es jemals müssen. Nicht in seinem körperlichen Zustand. Warum gleich ein ganzes Land verteidigen, wenn er sich nicht mal selbst zur Wehr setzen kann? Und was sollte eine Armee mit einem Rekruten anfangen, der kaum die Grundmotorik einfachster Körperübungen beherrscht? Ganz abgesehen von seinem Blutdruck, seiner Sehschwäche und der Uniform, die es in seiner Größe noch gar nicht gibt.

»Und heute?«, hakt Viorel nach. »Habt ihr noch immer Angst, dass euch die Russen überfallen und euch auch das andere Moldawien wegnehmen?«

»Angst nicht. Unser Verhältnis hat sich einigermaßen entspannt«, antwortet ihm Dana. »Zumindest von unserer Seite. Aber ganz wohl fühlen wir uns nicht. Wir schauen immer stärker nach Westen. Nach Europa und Amerika. Ich glaube, das ärgert sie ein bisschen.«

»Deshalb diese Kälte?«

»Genau, die schicken sie uns jedes Jahr aus Sibirien.« Dana lacht.

Viorel dreht am Gebläse. Trotz Heizung scheint die Innenraumtemperatur stetig abzufallen. Es wird nicht warm, und durch die notdürftig abgeklebte Scheibe pfeift schon jetzt die Taiga. Die Alte hat sich eine topfförmige Pelzmütze auf den Kopf gesetzt und den Vogelkäfig mit einer dicken Wolldecke umhüllt. Das Smartphone auf dem Schoß, die beiden Papageien schaukeln kopfüber an ihrer Stange im Takt der Musik.

»Warum hat sie denn die beiden mitgenommen?«, fragt Viorel. »Irgendein Nachbar hätte sie doch bestimmt versorgen können.«

»Buni hängt sehr an Costel und Dorinel. Sie verreist nie ohne sie. Abgesehen davon, dass sie sowieso fast nie verreist.«

»Costel und Dorinel?«

Viorel glaubt nicht richtig zu hören.

»Ja, hat sie dir das nicht erzählt? Die Vögel waren ein Geschenk deines Onkels. Dorinel und mein Urgroßvater waren schließlich Nachbarn und sehr gut befreundet. Und da es zwei Männchen sind, hat sie meine Buni Costel und Dorinel getauft. Die beiden Papageien erinnern sie immer an ihre Freundschaft. Eigentlich gehören sie ja zu den Vögeln und nicht zu den Fledermäusen. Durch ihr lustiges Schlafverhalten sind sie ihnen aber ziemlich ähnlich. Und manche Leute meinen deshalb, dass sie ihnen Schutz bieten würden, vor Flüchen, vor dem Tod, vor Vampiren.«

»Und das funktioniert?«

»Reiner Aberglaube, wenn du mich fragst. Aber lass sie das bloß nicht hören!«

Costel und Dorinel. Zwei Fledermauspapageien, eingesperrt im Käfig wie einst die Blutgräfin in ihrem Gemäuer. Als Talisman gegen einen Angriff von Untoten und Wiedergängern. *Herzlich willkommen auf der Fahrt über den Karpatenbogen.* Viorel hat nichts weiter dagegen, solange sich die Vögel im Käfig befinden und nicht durchs Auto fliegen. Die beiden nehmen keinen Platz weg und machen kaum Lärm. Nicht mehr als die Alte mit ihrem Handy.

Es geht weiter bergauf. Schneefall. Eingeschränkte Sicht. Und so langsam, wie es hell geworden ist, so schnell wird es wieder dunkel. Die Sonne knipst sich selbst wieder aus. In dem diffusen Halblicht kann er kaum ausmachen, hinter welcher Bergkuppe sie verschwindet. Vor ihm ein Zementmischer und noch zwei, drei andere Autos. Immer weniger Verkehr, je weiter sie die Stadt hinter sich lassen und je näher die Berge kommen. Rechts und links ein paar Dörfer. Einzelne Häuser, die hier versehentlich abgestellt und nie wieder abgeholt wurden. Und dann Wald. Die Straße zieht sich in langen Kurven das Bârgău-Gebirge hinauf. Hochgewachsene Nadelbäume verengen die Sicht. Der Himmel verschwindet in einem Astloch, der Schnee nicht. Vor ihm nur noch der Laster. Nach zwei Kilometern biegt auch er ab, hinein in eine Stichstraße. An einer Abzweigung. Ein Waldweg ins Nichts, an dessen Ende kürzlich eine Baugrube ausgehoben wurde, stellt sich Viorel vor. Und wo die Familie jetzt darauf wartet, das Fundament auszugießen.

»Das ist hier leider noch immer üblich«, erklärt ihm Dana. »Alles läuft über Beziehungen. Und vieles geht einfach schneller, wenn man die richtigen Leute kennt. Ganz gleich, ob es um den Bau einer Fabrik geht oder man einen neuen Ausweis beantragen muss.«

»Eine Hand schmiert die andere«, fällt ihm ein. »Wer hat, der hat und nimmt sich immer mehr. Bei uns im Westen läuft es bestimmt genauso, vielleicht sogar in noch größerem Stil.«

Viorel hat weder Beziehungen noch irgendwelche Ambitionen, sich etwas auf welchem Weg auch immer zu beschaffen. Antriebslos, adipös, wie er ist. Und ohne Ahnung, wie es nach seiner Rückkehr weitergehen soll.

»Das mit der Korruption ist hier wie überall ein riesiges Problem«, meint Dana. »Da hast du schon recht. Aber wenn es die Großen machen, müssen es die Kleinen zwangsläufig auch tun. Sonst bleibt man auf der Strecke.«

»Ist das so? Ich meine …«

Viorel ist sich nicht sicher, ob Dana das hören will.

»Sich für eine Dienstleistung schmieren zu lassen ist vielleicht noch etwas anderes, als etwas zu veruntreuen«, fährt er fort. »Aber eine ganze Fuhre Zement zu unterschlagen ist doch Diebstahl, oder?«

»Nenn es, wie du willst. Aber du hast keine Ahnung von dem Leben hier. Für viele gibt es kaum eine andere Möglichkeit. Als Krankenschwester verdient man ein paar Hundert Euro im Monat. Doch für jede Spritze oder jeden Verband bekommt man von seinen Patienten ein bisschen Geld zugesteckt. Zwanzig, dreißig Lei. Oder Lebensmittel. Jeder bezahlt, was er kann. Und so schaffen es auch die kleinen Leute, irgendwie über die Runden zu kommen.«

Sein Verband war kostenlos. Und auch Costels Anzug, der ein wenig unter den Achseln spannt. Zumindest hat Viorel nichts dafür bezahlt. Vielleicht sollte er Dana etwas zustecken. Mehr als die wenigen Lei, die er an der rumänischen Grenze gewechselt hat, ist allerdings nicht übrig.

»Was bekommst du denn von mir … für das Verarzten?«

Viorel winkt mit der verbundenen Hand.

»Nein, nein. Du brauchst mir nichts zu geben«, regt sich Dana wieder ab und lacht. »Das hab ich doch gern getan. Außerdem nimmst du uns in deinem Auto mit. Dafür könnte ich dir noch hundert Spritzen geben.«

Seine Beifahrerin lächelt ihm zu. Und Viorel ist beinahe froh, jetzt hier sein zu dürfen. Auch wenn er keine Ahnung hat, was ihn am Schwarzen Meer erwarten wird. Sofern er es überhaupt bis dorthin schafft, bei diesem Wetter.

»Mach dir über das da draußen keine Gedanken«, beruhigt sie ihn, als der Corsa durch eine Schneewehe pflügt. »Mit meinen Eltern bin ich im Winter schon öfter über den Pass gefahren. Manchmal schneit es, und er ist vereist. Es ist aber eher selten, dass man ihn nicht passieren kann. Wir hatten noch nie Probleme.«

Das Schneetreiben wird immer stärker. Und bis zum Borgo-Pass sind es nur noch wenige Kilometer. Hinter ihm Bistritz, vor ihm die Nacht. Die Straße schlängelt sich am Bergrücken entlang in die Höhe. Viorel hat keine Winterreifen, dessen ist er sich sicher. Kein Profil, das sich in die frischen Schneemassen frisst, die jetzt fallgrubenartig mögliche Schlaglöcher verdecken. An manchen Stellen drehen die Vorderräder bereits durch. Und er kommt kurz ins Rutschen, bis sich der Wagen einen Moment später wieder fängt. Aber es gibt ihm einen Vorgeschmack auf das, was ihn ein- oder zweihundert Höhenmeter weiter erwarten wird. Langsam. Viorel drosselt die Geschwindigkeit. Neben ihm wird Dana unruhig, auch wenn sie es nicht zugeben will.

»Soll ich fahren?«, schlägt sie vor.

»Nein, es wird schon gehen.«

Wird. Wird nicht. Wird glatt. Wieder Schlittern. Schlingern. Bloß nicht stehen bleiben.

»Wenn wir es über den Pass geschafft haben, haben wir das Gröbste hinter uns«, hört er Dana neben sich sagen. »Dann geht es wieder bergab, ins Tal. Und auf der anderen Seite sind die Straßen größtenteils in Ordnung.«

»Größtenteils? Ich wünschte bloß, wir wären schon da.«

So einfach könnte alles sein. Er muss nur konzentriert bleiben. Doch die Dunkelheit hängt sich mit ihrem ganzen Gewicht an seine Augenlider. Er hat seit 40 Stunden nicht geschlafen. Irgendwann kommt der tote Punkt, der sich in konzentrischen Kreisen ausweitet. Der sich aus den Augenhöhlen hervorpresst. Ein riesiger Kreis, der seinen Kopf umhüllt und sich zum Kissen formt, auf den er nur allzu gern seinen minütlich schwerer werdenden Schädel legen würde. Die Alte reicht ihm von hinten die Pepsi-Flasche. Vielleicht hilft ein Schluck von dem Teufelszeug gegen die ihn immer stärker überkommende Müdigkeit.

»Noroc!«

Sofort erfüllt ihn die Wärme, die durch seine Adern strömt. Auch weil Dana ihm dabei zulächelt. Ja, tatsächlich. Er bildet sich das nicht ein. Zwar kennt er sie erst wenige Stunden. Aber irgendwie gibt sie ihm das gute Gefühl, kein allzu schlechter Mensch zu sein, ein halbwegs normaler sogar.

Das letzte Mal, dass er so etwas spüren durfte, liegt Ewigkeiten zurück. Im letzten Sommer, mit Melina. Einmal, als ihre Eltern nicht zu Hause waren, hat sie ihn nach der Schule mit zu sich genommen. Darauf war er nicht vorbereitet. Erst konnte er sein Glied nicht finden, dann nicht spüren. Leblos hing es an ihm, zwischen Oberschenkel und Unterbauch. Irgendwo, bis sie ihn in den Arm genommen hat und trösten wollte. In der nächsten Woche wusste es die ganze Klasse. *Der schlaffe Omgras – zusammen mit sweet Melina.* Er saß an seinem Tisch, mit hochrotem Kopf. Und Melina neben Großmüller, von jetzt auf gleich. Niemand hat sich eingemischt, nicht einmal die Lehrerin. Kein Wort mehr. Funkstille. Ende der Durchsage.

In schlechter Erinnerung an damals schaltet Viorel einen Gang zurück. Im gleichen Moment wird es laut hinter ihm. Costel und Dorinel erwachen aus ihrer Totenstarre und schlagen mit den Flügeln gegen den Käfig. Von wegen Müdigkeit. Plötzlich ist auch Viorel wieder hellwach. Die Báthory greift erschrocken zu ihrem Kruzifix, das ihr um den Hals hängt, und fängt an zu beten. *Ave Marias* und *Vaterunser*. In einer Endlosschleife. Leise. Doch Viorel kann ihr Gemurmel gut verstehen, zumal die Musik aus ist. Wahrscheinlich ist der Akku leer, hofft er, und das Gerät hat vorübergehend den Geist aufgegeben. *Ogottogott.* Ein Stoßgebet nach dem anderen. Dazwischen bekreuzigt sie sich mit zitternden Händen. Gütiger Himmel. Als würde das den Schneefall stoppen und die Straßen freiräumen. Wenige Minuten später erreichen sie den Pass. Der Wald schiebt sich zur Seite, gibt ein Stück Himmel frei. Gräuliches Licht. Die dichten Schneewolken hängen noch immer eingekeilt über dem von Dunkelheit ummantelten Gebirge.

Vor ihnen ein Schatten. Auf dem gegenüberliegenden Hügel erkennt Viorel ein monumentales Gebäude. Riesengroß. Eine Burg oder etwas Ähnliches, das sich von den schneebedeckten Feldern abhebt.

»Schloss Dracula«, flüstert ihm Dana leise zu und schaut ihn an. Nicht verstört wie die Alte, eher erfreut. Belustigt. *Dort, schau, das Schloss! Nicht ein Schloss, sondern* das *Schloss. Seine Winterresidenz.* Die Báthory dagegen kauert neben ihrem Vogelkäfig. Ängstlich, fast panisch. So, als würden die Geschichten des Anhalters stimmen und sie müsste tatsächlich Angst haben vor seiner leibhaftigen Existenz. Doch Viorel lässt sich nicht beirren. Diese ganzen Spinnereien machen ihn noch verrückt. Wer glaubt an derartigen Quatsch, noch heute? Der seltsame Fremde vielleicht, den er an der Raststätte mitgenommen hat. Aber nicht er.

»Ich … ich versteh nicht«, fängt er an, »wie man an so was glauben kann. Gerade ihr müsstet doch genug davon haben, oder?«

»Unterschätz das mal nicht«, entgegnet ihm Dana. »Dracula ist für uns wie Mickey Mouse für Amerika. Fluch und Segen zugleich. Natürlich glaubt hier keiner an diese Geschichten, an Vampire. Natürlich nicht. Das ist etwas für Märchenbücher, wenn du mich fragst. Und Touristen.«

»Also für Leute wie mich?«

Viorel ist Tourist im weitesten Sinn, wenngleich er nicht vorhat, auf Schloss Dracula haltzumachen. Nicht in dieser Nacht. Und schon gar nicht mit einer Leiche im Gepäck.

»So in etwa. Für euch sind wir das Land der Blutsauger. Was muss ich mir da manchmal in Deutschland anhören, als Krankenschwester aus Transsilvanien! Aber im Großen und Ganzen können wir darüber lachen. Und was wäre Rumänien ohne Vampire? Wenigstens haben wir Dracula. Schau dir doch die ganzen anderen Länder um uns herum an. Bulgarien, Moldawien, Serbien, Ukraine. Was haben die denn? Die haben gar nichts. Oder fällt dir irgendetwas ein?«

»Nichts. Und wenn, nichts Gutes.«

Viorel musste schon bei Ungarn passen. Bei den anderen Nachbarstaaten sieht es kaum besser aus. Ostblock. Graue Betonwüsten. Mord und Totschlag. Osteuropa war für ihn immer wie ein schlimmer Traum, den man nach dem Aufwachen besser schnell vergisst.

»Bevor wir nach Deutschland gezogen sind«, fährt Dana fort, »wusste ich überhaupt nichts von diesen Vorurteilen. Dracula war für uns immer ein Volksheld. Vlad III. Drăculea. So stand es in unseren Schulbüchern. Schließlich hat er Rumänien vereint und ein ganzes Heer von Türken pfählen lassen. Darauf sind die Menschen hier noch heute stolz.«

Volksheld Dracula, Volkssport Pfählen. Ihm ist die grausame Hinrichtungsmethode bekannt. Die Verurteilten wurden auf einen glatten Pfahl gesetzt, der sich langsam an den Organen vorbei durch den ganzen Körper geschoben hat. Bis der Tod eintrat, dauerte es oftmals Tage.

»Wie kann man auf so etwas nur stolz sein?«, fragt Viorel.

Fast kommt es ihm verlogen vor, ihr gegenüber derartige Bedenken zu äußern, zumal ihm ja Ähnliches mit dem Anhalter passiert ist.

»Jede Art des Tötens ist grausam, vor allem in früheren

Zeiten«, antwortet Dana. »Denk nur an die Kreuzigungen oder Hexenverbrennungen. Kein Land ist stolz auf die Grausamkeiten seiner Hinrichtungsmethoden. Dafür aber umso mehr auf seine damit verbundene Geschichte. Und ein gewisses Maß an Grausamkeit war manchmal nötig, um seine Feinde abzuschrecken.«

»Und das hat geholfen?«, will Viorel wissen.

»Im Fall von Vlad nicht allzu viel. Er hat nur kurz regiert. Dann wurde er von seinem Halbbruder verraten und am Ende von den Türken enthauptet. Vielleicht spukt er deshalb noch heute durch unsere Köpfe, sozusagen als Rache.«

Dana beugt sich zu ihm und zeigt auf den kolossalen Schatten auf der jetzt näher kommenden Bergseite. Unbeleuchtet. Kein Licht. Das Schloss hebt sich nur durch seinen noch dunkleren Umriss von der ohnehin schon schwarzen Nacht ab. Viorel fährt durch eine Senke, entlang eines kurzen Waldstücks. Und sie verlieren das Schloss wieder aus den Augen. Eine Biegung. Zwei. Plötzlich wird es stockfinster. So finster, als wäre die Luft hier dichter, undurchdringlicher, sodass selbst seine Scheinwerferlichter nur noch in der Lage sind, graue Schatten zu werfen. Ein kalter Atemzug. Dann thront das riesige Schloss direkt neben ihnen. Die Straße führt unterhalb des Gemäuers vorbei, über den Pass hinüber ins andere Tal.

»Nichts wisst ihr!«, krächzt plötzlich die Báthory von hinten. »Es gibt ihn. Und jene, die nicht an ihn glauben, die ihn verspotten oder ihm Leid zufügen, die lässt er nicht in

Ruhe. Sie verfolgt er bis an ihr Lebensende, bis ins Grab und darüber hinaus. So wie sein Fluch ganze Familien verfolgt, bis zum heutigen Tag. Nichts vergisst er.«

Die Alte richtet sich auf, bekreuzigt sich erneut. Die Hand auf Danas Schulter. Sie spricht leise, fast beschwörend. Doch das erste Mal ohne Akzent, ohne ihren siebenbürgischen Dialekt. Oder bildet sich Viorel das nur ein?

»Die Gegend ist verflucht. Hier wohnt er. Dracul, der Teufel. Hier in den Bergen treibt er noch immer sein Unwesen. Seit Jahrhunderten.«

Sie schaut sich um, so als würden sie von irgendjemandem beobachtet. Von ihm. Viorel ist dieses Gerede leid. Er muss sich auf die Straße konzentrieren. Der Schneefall lässt nicht nach. Im Gegenteil. Durch die Windböen wird der Schnee verweht und bedeckt den Asphalt. Straßenmarkierungen gibt es nicht. Nur ungefähr kann er erahnen, wo die Straße entlangführt – von Siebenbürgen bis in die Bukowina.

»Hör nicht auf meine Bunica«, raunt ihm Dana zu. »Sie ist schon alt. Und manche alten Menschen glauben bei uns tatsächlich an Vampire und Wiedergänger. In einigen Dörfern schlagen sie sogar heute noch Holzpfähle durch Särge oder nageln die Köpfe dieser angeblichen *Strigoi* an den Sargboden, um sicherzugehen, dass sie auch wirklich tot sind und nicht wiederkehren. Zumindest bei denen so etwas vermutet wird.«

Die Alte zittert. Viorel weiß nicht, ob es von der Kälte kommt, die durch die kaputte Scheibe dringt, oder durch die wie ausgestorben wirkende Umgebung hier am Borgo-Pass.

»Sei still!«, unterbricht die Báthory ihre Urenkelin. »Ich

habe es selbst erlebt, bei Costel. Wir alle haben es erlebt und nichts unternommen! Was mache ich mir Vorwürfe. Aber ich habe es einfach nicht gekonnt, ihm einen Nagel … Nicht über das Herz gebracht. Seitdem mache ich nachts kein Auge zu. Das weißt du!«

Der alten Frau ist es ernst. Sie zischt, ballt die Faust. Mit der anderen Hand umklammert sie das Kruzifix. Und die beiden Vögel schlagen erneut lautstark gegen den Käfig. Auch Dana wirkt mit einem Mal angespannt.

»Buni, beruhige dich und hör auf mit den alten Geschichten. Du machst uns allen nur unnötig Angst.«

Vampire. Aberglaube. Alte Menschen. Fledermauspapageien als Abwehrgeschwader gegen Blutsauger. So viel hat Viorel schon verstanden, mehr aber auch nicht. Dana dreht sich wieder nach vorn und erzählt ihm das ganze Drama, das die Alte so aus der Fassung bringt. Die Geschichte mit Costel, ihrem Mann. Er sei schon mit einem Glückshäubchen zur Welt gekommen, sagt sie. Die Leute hier sprächen noch heute davon. Eine intakte Fruchtblase über dem Kopf. Das sei sehr selten, aber ein untrügliches Zeichen, dass derjenige nach seinem Tod als Vampir wiederkehren müsse.

»Costel hatte es immer geleugnet und sich darüber lustig gemacht, wenn man ihn darauf angesprochen hat«, erklärt Dana weiter.

Selbst die abergläubische Alte habe es halbwegs verdrängt. Bis zu seinem Tod. Costel starb, und man wollte ihn begraben. Am Tag der Beerdigung schüttete es wie selten zuvor, aus allen Kübeln. Die ganze Nacht hatte es schon geregnet. Knietiefes Wasser im ausgeschaufelten Grab. Dann ließ man den Sarg hinab. Einer der Sargträger rutschte aus und stürzte kopfüber ins offene Grab. Der Sarg hinterher. Der Mann war sofort tot. Doch damit nicht genug. Der Sargdeckel sprang auf, und der wie Viorel übergewichtige Costel fiel aus dem hölzernen Kasten heraus. Natürlich musste man die Trauerfeier sofort abbrechen, sodass er erst zwei Tage später beigesetzt werden konnte. Diesmal hatte es nicht geregnet, und es ging alles glatt. Bis der Hund auftauchte.

»Was … ein Hund, auf dem Friedhof?«, fragt Viorel irritiert.

»Ja, er war riesig. Mit grauem Fell. Ein Wolfshund. So wie ich vorher noch keinen gesehen habe«, flüstert ihm Dana zu. »Den Sarg hatte man schon hinabgelassen, und der Pfarrer war gerade mit seiner Predigt fertig. Plötzlich kommt dieser Hund angerannt. Er hat wie wild gekläfft. Wir waren alle erschrocken. Die ganze Trauergemeinde. Er war überhaupt nicht aufzuhalten und springt, ohne anzuhalten, über das Grab. Nicht der Breite nach, so wie es jeder von uns gekonnt hätte, sondern der Länge nach. Das muss man sich einmal vorstellen. Er hatte eine unglaubliche Kraft. Er machte diesen riesigen Satz und ist einfach weitergerannt. Wohin auch immer. Keiner wusste, wem er gehört. Und niemand hat ihn danach wieder gesehen. Er war einfach weg. Spurlos verschwunden.«

»Es war der Teufel!«, kreischt die Alte von hinten, dass es Viorel kalt den Rücken runterläuft. »Dracul in der Gestalt eines Hundes. Er kann sich in alles verwandeln. Ich bin mir sicher, er hat Costels Seele mitgenommen. Verflucht sei diese elende Bestie!«

Die Báthory ist außer sich. Die beiden Fledermauspapageien schlagen immer stärker gegen ihren Käfig, sodass

Viorel kaum mehr ein Wort von dem versteht, was sie ihm sagen will. Die Geschichte von der Beerdigung gefällt ihm nicht. Außerdem trägt er selbst gerade den Anzug des alten Costel. Und nicht nur dessen Anzug, auch die restlichen Kleidungsstücke gehörten dem vermeintlichen Vampirleugner. Trotzdem will sich Viorel nichts einreden lassen. Weder von der Alten noch von dem Anhalter mit seinen Schauergeschichten. Das Auftauchen des Hundes, das Unglück des Sargträgers, das Glückshäubchen.

»Alles lässt sich erklären«, versucht es Viorel.

Es gibt nichts, was auf einen Vampir hindeutet, ist er sich sicher. Bis auf die Leichtgläubigkeit der verschrobenen Alten. Dana pflichtet ihm bei.

»Es klingt zwar alles ziemlich unheimlich. Aber es gibt immer auch eine logische Erklärung.«

Selbst für das Unlogische und Absurde. Jede Geschichte hat ihre eigene Logik, ihre Schlüssigkeit. Nur kommt es darauf nicht an, wenn es um die Wahrheit geht. Viorel will sich keine Angst machen lassen, nicht von diesen Fantastereien.

Die Straße wird immer dunkler. Fast scheint es, als würde das riesige Schloss einen Schatten werfen, Hunderte Meter weit, um jegliches Licht im Umkreis von mehreren Kilometern in sich zu verschlucken. Aufzusaugen. Viorel befindet sich im Blindflug. Die Straße ist mit den schneebedeckten Feldern eins geworden. Zu allem Überfluss verstärkt sich der Wind. Die Böen pfeifen über den Pass und wirbeln den bereits gefallenen Schnee wieder auf, durch die Luft. Schneestrudel, die sich vor ihm in den beiden Scheinwerferkegeln drehen. Ein anderes Licht gibt es nicht. Im Schritttempo tastet sich Viorel vor. Er wird immer langsamer. Um ein Haar kommt er von der Straße ab, rutscht in den Graben. Dana kommt ihm gerade noch zu Hilfe und reißt das Lenkrad herum. So etwas hat er noch nicht erlebt, nicht im Ruhrgebiet, wenn seine Mutter mit ihm nach Bochum, Hagen oder Castrop-Rauxel unterwegs war, um eine ihrer wenigen Bekannten zu besuchen.

»Du musst weiterfahren«, ermutigt ihn Dana. »Nicht stehen bleiben. Fahr weiter.«

Als wüsste sie, wo die Straße verläuft, greift sie nach seiner Hand am Steuer. Nein, Viorel will gar nicht anhalten. Nicht hier. Bloß keine Nacht mehr in der rumänischen Kälte. Er hat noch genug von gestern. Warum wollte er nicht einfach bis morgen warten? Auf ein paar Stunden wäre es vielleicht nicht angekommen.

Der Lärm wird immer stärker. Ohrenbetäubend. Die Sturmböen peitschen gegen das Fenster, gegen die abgeklebte Scheibe. Mit voller Wucht. Jeden Moment kann sich das Klebeband lösen. Die Alte drückt mit beiden Händen dagegen. Ihre Kette mit dem Kruzifix fest umklammernd. Beten hilft jetzt nicht mehr, nicht ausschließlich. Und die Fledermauspapageien sind außer sich, kreischen sich um den Verstand. Costel und Dorinel schlagen nicht nur gegen den Käfig, so als wollten sie raus, sie stoßen auch noch hysterische, schrille Töne aus. Schreie, als ginge es ihnen ans Gefieder. Was verängstigt die Vögel? Panik, nur wegen des Unwetters? Von dem Schloss können sie nichts mitbekommen haben. Nicht unter der dicken, undurchsichtigen Abdeckung. Warum hören sie nicht auf? Diese verdammten Viecher. Müsste er nicht fahren, würde sich Viorel am liebsten die Ohren zuhalten. Oder ihnen den Schnabel stopfen.

»Wir müssen es bis hinter den Berg schaffen«, versucht Dana ihn aufzumuntern. »Du wirst sehen, im Wald lässt der Sturm nach.«

Die Straße fällt leicht ab, wird abschüssig. Jedenfalls kommt es ihm so vor. Der Pass liegt hinter ihnen, das Schloss auch. Doch nicht sein Schatten. Und es geht noch immer durch den frischen Schnee. Das nicht vorhandene Reifenprofil schwimmt in der weißen Masse. Lenken. Gegenlenken. Lenken gegen das Gegenlenken. Viorel ist machtlos. Der Wagen scheint ihm manövrierunfähig. Trotzdem hält er nicht an, fährt weiter. Wie lange geht das gut? Über das jetzt freie Feld, über die ungeschützte Bergkuppe schmettert eine gewaltige Böe gegen die linke Seite. Dann noch eine. Und wieder, in immer kürzer werdenden Abständen. Viorel hört, wie sich das Pfeifen des Windes verstärkt, anschwillt, um zu einem finalen Stoß auszuholen. Es wird immer lauter. Ein Pfeifen, wie das eines Teekessels. Nur tausendfach stärker. Dann: Für den Bruchteil einer Sekunde ist es windstill, so als würde der Sturm kurz Luft holen und Anlauf nehmen. Und im nächsten Moment schlägt eine Böe gegen die provisorisch angebrachte Plastikfolie, wie er es niemals erwartet hätte. Mit der Vehemenz und Entschlossenheit einer unsichtbaren Faust, die nur aus blinder, unkontrollierbarer Wut besteht.

Die Plastikfolie wird nicht weggedrückt, sie wird weggefetzt. Die Alte schreit auf. Panisch. Frischer Schnee spritzt in den Innenraum. Kälte. Die Temperatur fällt ins Bodenlose. Viorel erschrickt, tritt auf das Gaspedal. Aus Versehen. Der Corsa macht einen Satz nach vorn, kommt ins Rutschen. Bremsen. Lenken. Zwecklos. Er sitzt da wie paralysiert, wie zu Eis erstarrt. Er kann nur noch zuschauen. Die Alte kämpft hinten mit der Plastiktüte. Vergeblich. Es ist nichts zu machen, nicht bei dem Sturm. Sie leert die Tasche mit dem vielen Schnaps und presst sie notdürftig gegen das Loch in der Scheibe. In der Hoffnung, den anhaltenden Windstößen Einhalt zu gebieten. Der Schnee bläst ihr auf dem Rücksitz ins Gesicht, und auch vorn wird es bitterkalt. Verfluchte Gegend. In Sekunden ist die Báthory wie eingeschneit. Viorel hat sich wieder gefangen. Etwas. Er umklammert das Lenkrad und versucht, auf der Straße zu bleiben, die jetzt wieder schemenhaft zu erkennen ist. Zusammen mit Dana. Ein paar Bäume. Sie rutschen einem Waldstück entgegen. Hindurch. Doch der Corsa lenkt sich wie von selbst. Mit dem Lenkrad in der Hand kommt er sich so hilflos vor wie in dem Wagen eines Kinderkarussells. Er kann lenken, wie er will. Der Wagen nimmt seinen eigenen Weg. Wieder Bäume, ein paar Felsen. Mittendurch. Doch noch immer scheint es, als würden sie sich auf der Straße befinden. Wie auch immer das möglich ist. Dann wird der Wagen langsamer. Die Reifen greifen, finden wieder Halt. Dana lässt das Lenkrad los. Blick zurück. Der tiefschwarze Schatten des Schlosses liegt nicht länger über ihnen. Es wird heller, eine Nuance. Und auch der Wind lässt nach. Je weiter sie sich von dem alten Gemäuer, von der Anhöhe entfernen. Auch das Geschrei der Papageien wird leiser, erstirbt mit einem Mal wie von selbst. So wie es angefangen hat. Kein Piep mehr. Die beiden Vögel haben sich wieder beruhigt. Gott sei Dank.

Dana schaut ihn ungläubig an. Es scheint geschafft. Das Ärgste liegt hinter ihnen. Der Pass, das Schloss. Der Wagen lässt sich wieder steuern, auch wenn es noch leicht schneit. Erleichtert atmet Viorel durch.

»Buni, ist bei dir alles in Ordnung?«

Dana dreht sich um zu ihrer Urgroßmutter. Die Báthory ist kreidebleich. Kein Wort. Der Schnee steckt ihr überall gefroren auf der Pelzmütze, in den Haaren. Doch das ist es nicht, was sie erstarren lässt. Die Alte hat das Tuch über dem Käfig weggezogen, und Viorel kann einen Blick auf den Rücksitz werfen. Überall verstreut liegen Plastikflaschen. Aber im Vogelkäfig ist Ruhe eingekehrt. Frieden. So schaut es auf den ersten Blick aus. Doch er hat sich getäuscht, wie er im nächsten Moment feststellen muss. Einer der beiden Fledermauspapageien sitzt auf seiner Stange, der andere liegt reglos auf dem Käfigboden. Tot.

Kilometer 1934

Viorel ist nicht in Rumänien, nie gewesen. Er befindet sich überhaupt nicht in den Karpaten. Nicht in Siebenbürgen. Und auch nicht in der Nähe von Bistritz oder dem Borgo-Pass. Er war nicht da, niemals. So könnte es sein. Wenn man sich einredet, man sei nicht dort, wo man ist, sondern ganz woanders. Irgendwo. Einmal falsch abgebogen. Vor 20 Millionen Zentimetern an einer x-beliebigen Raum- und Zeitkrümmung des Weltalls. Und der Irrtum ist perfekt. Er wurde fehlgeleitet. In ein fremdes Land, in einen neuen Erdteil. Aus Unwissenheit, aus mangelnder Ortskenntnis. Viorel weiß es nicht, vermutet einen Komplott, je länger er blind dem Straßenverlauf folgt. Er kennt weder Rumänien noch irgendein anderes Land. Alles Fremde geht über seinen Tellerrand hinaus. Wer sagt ihm, dass seine Koordinaten stimmen? Die Beweise sind rar, die Indizien widersprüchlich. Eine Karte mit der Aufschrift »România«. Ein paar Verkehrsschilder. Alles könnte darauf stehen. Harz. Litauen. Aserbeidschan. Nichts von dem überzeugt. Er ist sich unsicher. Die Schwärze der Nacht hat ihre eigene Wirklichkeit, begrenzt den Horizont auf wenige Meter. Tatsächlich befindet er sich in einem ganz anderen Planquadrat, möglicherweise. România ist nur der Deckname für einen Landstrich, in dem er sich bewegt, in dem er zufällig gerade vorkommt. Vollkommen gleich. Vollkommen frei erfunden von Menschen, die die Gegend nur von Satellitenaufnahmen kennen. Oder von Computerspielen. România. Für ihn klingt es wie die dunkle Seite des Monds. Unbekanntes Terrain. Neuland. Eine Kraterlandschaft. Mondhügel. Bleiche Felder, schlecht ausgeleuchtet. Und wie sie vor ihm noch keiner zu sehen bekommen hat.

Der Mond hat nicht allzu viel zu bieten zu dieser Uhrzeit, zu so später Stunde, wie ihm auffällt. Ein ausrangierter Retroreflektor. Ein zurückgelassener Seismograf der Apollo-Missionen. Eine längst ausgebleichte amerikanische Flagge. Ansonsten ist es zappenduster in der Exosphäre. Die Geschäfte öffnen erst am nächsten Morgen. Glücklich darüber, wieder freie Fahrt zu haben, steuert Viorel sein Mondmobil entlang einer Hügelkette aus Staub, erkalteter Lava und leblosem Basaltgestein. Außentemperatur 100 Grad unter null. Über losen Boden ins Bodenlose. Hinein in einen gewaltigen Krater, der vor einigen Millionen Jahren von einem Asteroiden in die Oberfläche geschlagen wurde.

Ihm gefällt der Mond. Kaum Gravitation, die ihn nach unten zieht. Hier bewegt er sich völlig schwerelos. Das erste Mal in seinem Leben. Dem Mond ist Viorels Gewicht egal, und er schwebt über dessen Kruste wie ein Ballon über der Erde. Leichtigkeit wird zum Naturgesetz. Nichts behindert ihn, nichts schränkt ihn ein. Keine Bewegung wird ihm zur Anstrengung, kein Schritt zur Last. So könnte es sich anfühlen, denkt er. Wäre er nur 100 Kilo leichter. Doch es gibt Anhaltspunkte. Dana, die Urenkelin der Báthory. Die Báthory selbst. Die beiden Fledermauspapageien, von denen einer eben noch tot auf dem Käfigboden lag. Die zahllosen

Eindrücke, Erlebnisse und Geschichten der letzten eineinhalb Tage vermischen sich zu einem undurchdringlichen Grau, dass er sich nicht mehr in der Lage fühlt, eins von dem anderen zu unterscheiden. Er gähnt, fährt sich müde mit der Hand über die Augenlider, unter denen zahllose Äderchen aufgeplatzt scheinen, so verschwommen, wie er alles wahrnimmt.

Es ist weit nach Mitternacht, als sie endlich das Tal erreichen. In der südlichen Bukowina hat der Schneefall nachgelassen. Auch die Böen haben sich hinter die Bäume zurückgezogen. Nur ab und an fegt ein Windstoß über einen der weißen, mit Mondstaub bedeckten Anhöhen. Und bis auf vereinzelte, in der Luft tanzende Flocken hat sich der Schneesturm ausgetobt, verkümmert zu einer leichten Brise. Jonathan zieht weiter in die Türkei oder nach Turkmenistan. Viorel kann es nur recht sein, und er ist froh, den verfluchten Pass ohne größere Verluste überwunden zu haben. Zumindest was ihn betrifft. Die Alte dagegen hat seit einer Stunde kein Wort mehr gesagt. Sie starrt geradeaus. Benommen. Schockiert, mit leerem Blick. Eine Hand auf dem Vogelkäfig, in der anderen den toten Papagei. Das zerzauste Gefieder eng umschlossen. Der zweite Papagei hat sich unbeeindruckt von den nächtlichen Ereignissen wieder schlafen gelegt und hängt kopfüber an der Stange. Wer ist eigentlich wer? Welcher der Vögel ist Costel, welcher Dorinel?

»So weit musste es also kommen«, seufzt die Alte plötzlich.

Viorel weiß nicht, was sie damit meint. Was musste wie weit kommen? Doch anstatt einer Erklärung verfällt die Báthory wieder in einsames Schweigen.

»Ich habe keine Ahnung, was sich in dem Käfig abgespielt hat«, versucht es Dana. »Aber es scheint, als wären die beiden aufeinander losgegangen, und Dorinel hat Costel totgebissen. Siehst du, Dorinel ist der mit der schwarzen Schwanzfeder. Er hat überlebt.«

Dana blickt erst zu ihrer Urgroßmutter. Und dann zu ihm. Wenn Dana recht hat, hat sein Onkel ihren Gatten auf dem Gewissen, im übertragenen Sinn. Auch wenn er nichts dafür kann, ist Viorel die Situation äußerst unangenehm. Und irgendwie hat er das Gefühl, als müsse er sich dafür entschuldigen. Für einen Papagei, der willkürlich nach seinem ihm unbekannten Onkel benannt wurde.

»Es tut mir wirklich leid, ich habe Dorinel nie kennengelernt, aber was da vorhin passiert ist …«

»Das ist doch nicht deine Schuld«, unterbricht ihn Dana. »Niemand macht dir Vorwürfe. Ich habe keine Ahnung, wie so etwas geschehen konnte, warum beide so außer sich waren. Das ist vollkommen untypisch. Immer wenn ich zu Besuch war, saßen sie friedlich nebeneinander oder haben geschlafen. Es muss sie irgendetwas gestört haben. Der Schneesturm vielleicht. Die Kälte. Das haben sie vorher noch nie erlebt.«

»Er war es!«, echauffiert sich die Blutgräfin hinter ihnen. »Er hat sie angestachelt und aufeinandergehetzt. Die Bestie.«

Er, Dracula. Die übermenschliche Kreatur. Das Fantasiegeschöpf. Viorel kann nur den Kopf schütteln. Einen Vampir konnten sie weder hören noch sehen. Glaubt die Alte tatsächlich daran? Meint sie wirklich, dass irgendeine überirdische Kraft etwas mit dem Unwetter zu tun hatte? Der Schneesturm war ein Schneesturm. Eine fehlgeleitete Laune der Natur. Nichts weiter. Und warum die Viecher durchgedreht sind, ist ein Fall für Vogelexperten oder Verhaltensforscher.

Viorel beschleunigt, tritt auf das Gaspedal. Wie geht es weiter? Mit Costel? Was macht man mit einem toten Papagei, irgendwo vergraben? Oder wirft man ihn in eine Mülltonne? Ihm kommt diese Fragestellung nur allzu bekannt vor, ohne dass er eine Lösung parat hätte. Mit Danas Urgroßmutter kann er kaum darüber sprechen. Noch vollkommen verstört hält sie den Vogel fest in ihrer Hand. So, als könnte er plötzlich wieder zum Leben erwachen und wegfliegen. Zurück in die Tropen. Oder als müsse sie ihn für immer beschützen.

»Nirgends kann man sich vor ihm verbergen«, fängt sie wieder an. »Er ist der Herr der finsteren Mächte. Sie alle gehorchen ihm. Sie sind ihm untertan. Spinnen, Fliegen, Frösche, Katzen, Hunde. Und auch Vögel. Alle. Wer sich ihm widersetzt, den richtet er.«

Die Alte ist am Boden zerstört. Da hilft nicht einmal ein Schluck aus der Flasche mit der Țuică. Viorel überfordert die Situation. Die Báthory hat sich da in etwas hineingesteigert, was jeglicher Vernunft entbehrt. So, als wären Costel und Dorinel als Vögel wiedergeboren worden und einer wäre erneut dahingeschieden. Ihr Gatte.

»Die beiden Papageien waren ihr Ein und Alles, ihre tägliche Gesellschaft«, erklärt ihm Dana. »Das musst du verstehen. Und dass es jetzt ausgerechnet Costel getroffen hat, ist für sie umso tragischer.«

»Hm.«

Viorel nickt stumm. Eigentlich könnte ihm der Vogel egal sein. Er hat seine eigenen Probleme. Ganz gleich ist ihm das alles aber nicht. Der Tod des kleinen Fledermauspapageien fühlt sich fast an wie der eines Angehörigen, überkommt es ihn zu seinem eigenen Erstaunen. Da wäre es das Beste, einen neuen zu finden. Ja, man müsste ihn ersetzen können. Allein schon für den anderen, für Dorinel. Und die Alte natürlich. Hätte er nur eine Ahnung, wie er sie den Verlust vergessen machen könnte. Vielleicht am Donaudelta, überlegt er, wohl wissend, wie unmöglich das sein wird. Im Winter. Dann in Deutschland, wenn er zurück ist, spinnt er weiter. Oder gleich in die Tropen. Und anschließend wird er erneut nach Bistritz aufbrechen – zur Báthory. Und Dana. So schwer sollte das nicht sein. Ein freudiges Wiedersehen, ein herzliches Willkommen. Bis dahin wird es aber noch eine Weile dauern. Zunächst einmal muss er diese Nacht hinter sich bringen.

Unfähig, zu dieser Uhrzeit einen zielführenden Gedanken fassen zu können, passiert Viorel ein paar verlassene Monddörfer. Eingefroren. Bedeckt von einer meterhohen Staubschicht. Eisstaubkristalle, die im milchig weißen Astrallicht matt schimmern. Der Kosmos unter, über, neben ihnen. Wer hätte gedacht, dass die Rückseite des Mondes so aussieht wie Rumänien bei Nacht? Nur allzu gern würde er jetzt eine Cola trinken. Oder ein paar Tassen Kaffee, um wach zu bleiben. Dabei fühlt er sich gar nicht mehr müde. Vielmehr überkommt ihn das Gefühl einer inneren Wachheit, die sich trennt von der körperlichen Erschöpfung und ihn ermuntert, immer weiterzufahren. Ohne anzuhalten, ohne Pause zu machen. Hier begegnet ihm die Schwerelosigkeit. Und er hätte nichts dagegen, endlos auf diesem für ihn neuen Himmelskörper entlangzufahren. Solange Dana nur neben ihm sitzt.

»Ich habe dir doch von unseren Verwandten in Tulcea erzählt?«, wechselt sie kurzerhand das Thema.

»Dein Onkel und deine Tante wohnen dort, oder?«, erinnert er sich.

»Ja, und ein paar meiner Cousinen und Cousins. Einige von ihnen habe ich erst ein Mal gesehen, als wir vor ein paar Jahren zu Besuch waren. Alle sind sehr nett, und ich freue mich sehr, sie wiederzusehen. Besonders an Weihnachten. Meine Eltern können dieses Jahr ja leider nicht kommen. Und ich wollte nicht ohne sie hinfahren, damit Buni über Weihnachten nicht allein ist. Aber jetzt hast du uns ja mitgenommen.«

Großfamilientreffen im Donaudelta. Viorel ist so etwas fremd. Doch er ist froh, wieder über etwas anderes reden zu können. Weg von Papageien und Vampiren. Seine Familie waren er und seine Mutter. Da gab es keinen anderen, den man hätte treffen können. Es sei denn, sie wären zusammen nach Rumänien gereist. Was sich einerseits nie ergeben hat, was er andererseits auch nie vermisst hat. Nicht einmal an irgendwelchen Feiertagen.

»Wir sitzen dann alle zusammen. Bis Heiligabend wird

gefastet. Jedenfalls bei den Orthodoxen«, erzählt ihm Dana weiter. »Und wenn es dunkel wird, gibt es Schweinebraten mit Sarmale und Polenta. Anschließend ziehe ich mit meinen Cousinen und Cousins los, und wir singen Weihnachtslieder. Dafür bekommen wir an jeder Haustür ein paar Gläser Ţuică. Und wie du dir vorstellen kannst, sind am nächsten Morgen alle so betrunken, dass der Pfarrer immer bis zum späten Nachmittag mit seinem Gottesdienst warten muss, weil sonst keiner kommt.«

»Dafür sind also die vielen Pepsi-Flaschen mit dem Selbstgebrannten?«

Viorel deutet auf die größere der drei Taschen neben der Báthory auf der Rückbank.

»Nein, ein anderer meiner Onkel ist in der Gastronomie, musst du wissen. Er hat eine eigene Cârciumă in Bacău. Deshalb musst du uns auch nur bis dorthin mitnehmen. Es liegt zum Glück auf der Strecke. Wir besuchen zuerst ihn, bringen ihm die Ţuică und fahren dann das restliche Stück mit einem meiner Cousins. Wegen des Lokals kann mein Onkel leider nicht mitkommen. Du glaubst gar nicht, was da über die Feiertage los ist.«

Eine Kneipe in Bacău. Eine Trinkhalle im Männerwohnheim. Man muss nur den richtigen Riecher haben, dann stimmt auch der Umsatz. Viorel fehlt jeglicher Geschäftssinn. Jeglicher Antrieb, um selbst etwas auf die Beine zu stellen. Bislang hat er es ja auch noch nie versuchen müssen.

»Was machst du an Weihnachten?«, fragt Dana plötzlich.

»Was meinst du? Was soll ich da machen?«

Viorel ist überrascht.

»Warum … warum kommst du nicht zu uns und feierst mit meiner Familie und mir, wenn du das mit dem Begräbnis deiner Mutter geklärt hast? Oder hätte ich das nicht sagen dürfen?«

Dana stockt kurz der Atem.

»Doch, sicher …«, stammelt er verlegen.

»Entschuldige, tut mir leid. Das hab ich nicht so gemeint. Ich dachte nur … Du kannst gern zurück nach Tulcea kommen, wo du sowieso in der Gegend bist, oder? Es würde mich sehr freuen.«

»Ist das dein Ernst?«

»Sonst hätte ich nicht gefragt.«

Weihnachten mit ihr und ihrer Familie? Viorel ist weniger verärgert über die fehlende Anteilnahme als vielmehr erstaunt über ihr unerwartetes Angebot. Natürlich würde auch ihn das freuen, sehr sogar. Weihnachten mit ihrer Familie. Im Kreis sitzen, essen, alte Geschichten erzählt bekommen und Geschenke auspacken.

Und, Viorel, es ist Heiligabend, das Fest der Liebe. Was wünschst du dir?

Socken.

Gefeiert hat er immer nur mit seiner Mutter. Ein Abendessen an Heiligabend. Zusammen im Wohnzimmer, weil die Küche zu klein war. Auf dem Sofa. Daneben der immer gleich geschmückte Plastikbaum. Weihnachtsmusik aus dem CD-Player. Es war jedes Jahr dasselbe. Vielleicht war es gerade deshalb halbwegs schön. Irgendwie. Irgendwie feierlich, obwohl sie nicht einmal in die Kirche gingen.

»Hatte deine Mutter keine Geschwister?«, lenkt Dana gleich wieder ab.

»Du meinst Brüder oder Schwestern? Ja, vielleicht dort, am Schwarzen Meer …«

Bis gestern war er noch davon ausgegangen, dass Dorinel der Bruder seiner Mutter war, nicht der seines Vaters. Und von anderen Geschwistern hat Viorel nie etwas gehört. Ganz sicher nicht. Die Eltern ihrer Mutter waren schon tot, bevor sie nach Deutschland gezogen war. Und von Geschwistern seiner Großeltern weiß er nichts. Davon hatte sie nichts erzählt. Aber die hofft er ja in Mahmudia zu finden.

»Ich bin mir sicher, dass du dort jemanden triffst, der dir weiterhelfen kann. Bestimmt findest du das Haus, in dem deine Mutter früher gewohnt hat, als Kind. Wenn sie dort geboren wurde, gibt es sicherlich noch Angehörige. Niemand lässt freiwillig seine Heimat im Stich, wenn er nicht muss. Das sagen mir meine Eltern immer wieder.«

Seine Mutter und er haben Deutschland nicht einmal verlassen, um in den Urlaub zu fahren. Gern würde er Dana die ganze Geschichte erzählen. Das mit seiner Reise und dem Transport des Leichnams. Die Begegnung mit dem Fremden und dessen fatalem Unglück. Aber es ist einfach zu absurd, zu idiotisch. Sie würde es ihm nicht glauben. Er glaubt es ja selbst kaum. Ist das alles so passiert? Und wenn er ihr seine Mutter im Kofferraum zeigen würde? Den Leichnam, eingewickelt in einem alten Schlafsack. Sie würde bestimmt in Ohnmacht fallen oder hysterisch werden. Ihn beschuldigen und zum Anhalten zwingen.

»Ehrlich gesagt finde ich es schon ziemlich mutig, ganz allein in einem fremden Land unterwegs zu sein, um sich um die Beerdigung seiner Mutter zu kümmern«, meint Dana anerkennend. »So ganz ohne die Sprache zu sprechen.«

Viorel spürt, wie er leicht errötet.

»Habt ihr zu Hause denn kein Rumänisch gesprochen?«

»Nein, leider nicht. Kaum. Nicht mal meine Mutter.«

Er kann es weder sprechen noch verstehen. Wie Viorel jetzt weiß, war sie nicht aus dem deutschsprachigen Teil Rumäniens. Als Emilian, sein Vater, aber irgendwann weg war, muss sie Deutsch schon gut beherrscht haben. Gut genug, um ihn großzuziehen. Gemocht hat seine Mutter ihre neue Heimat nie. Was die Sprache anging, war sie allerdings nur konsequent. Schließlich lebte man jetzt dort, und Viorel musste zur Schule gehen. Da lag es auf der Hand, dass zu Hause Deutsch gesprochen wurde. Fast ausschließlich. Nur zu gut kann er sich daran erinnern. Wenn sie von der Arbeit kam, hat sie ihm Sachen aus Büchern oder Zeitschriften vorgelesen. Und ihn gefragt, ob sie es richtig ausspreche. Was sie natürlich nie ganz geschafft hat. Nicht ohne Akzent.

»Nur geflucht hat sie immer auf Rumänisch«, fällt ihm ein. »Weil es besser klingen würde, hat sie gesagt.«

»Ja, fluchen tun sie alle hier«, lacht Dana. »Vor allem die Männer, auch wenn es keiner böse meint. Daran hab ich mich längst gewöhnt.«

Der Fluch gehört zum schlechten Umgangston wie der Pflaumenschnaps zum täglich Brot. Hier ist er richtig, denkt Viorel. Die Beschimpfung als Begrüßungsformel, als Kalenderspruch. Die Verwünschung des Tages. Verflucht sei der 22. Dezember und jede einzelne seiner grauenhaften Stunden, Minuten und Sekunden. Dann lässt man den Tag beginnen. Und der Strick, an dem man ihn aufgehängt hat, kann sich bis zum Abend in aller Ruhe enger ziehen.

»*Du-te dracului!* Daran kann ich mich erinnern.«

Eigentlich hat er keine Ahnung, wie man es richtig ausspricht. Und was es genau heißt.

»Ja, so in etwa. Und noch ein paar Dutzend viel schlimmerer Schimpfworte. Hier flucht selbst der Pfarrer, wenn die Kirche nur halb voll ist. Oder der Klingelbeutel während der Messe gestohlen wird.«

»Passiert so etwas tatsächlich?«

»Bestimmt. Zumindest das mit dem Fluchen.«

Gern würde Viorel mehr über die Merkwürdigkeiten dieses Landes erfahren. Dana scheint aber müde zu werden. Und er muss den Kurs halten, während sich die Landstraße mühsam durch ein unebenes Mondfeld arbeitet. Kleine Hügel grobkörniger Staubhalden. Steine. Felsen. Die Finsternis saugt alles auf. Im Scheinwerferlicht tauchen die Umrisse einer alten Fabrikanlage auf. Rumänische Schwerindustrie. Marode Industrieruinen im Halb- und Superschwergewicht, kampflos ausgeknockt, ohne jemals zur Weltspitze zu gehören. Dem Koloss vor ihm fehlen sämtliche Fenster wie alten Leuten Zähne. Ein Schornstein ist in sich zusammengefallen, die Wand einer Lagerhalle eingestürzt. Viorel schaltet in den vierten Gang. Selbst Beton ist nur ein Wort, denkt er im Vorüberfahren. Und kein Versprechen für die Ewigkeit.

Dana schiebt ihren Sitz zurück, lächelt ihm noch einmal zu und dreht sich dann zur Seite. Mit ihr nickt auch die Alte auf dem Rücksitz ein. Wenige Sekunden später kann er hinter sich ein rhythmisches Schnaufen hören. Zwischen Ţuică, Reisetaschen und Vogelkäfig. Für ihn selbst, überlegt er, wird es Zeit, seine Flucht zu planen. Was steht auf Leichenschmuggel, was auf das Entwenden eines Klingelbeutels? Was benötigt er für eine neue Identität? Wohin will er überhaupt, zurück ins Ruhrgebiet? Warum versucht er es nicht gleich hier, wo er schon mal da ist? So schlecht gefällt es ihm nicht, in Rumänien. Es hätte durchaus seinen Reiz. Vorteile trotz Vorurteilen. In Deutschland erwartet ihn kein besseres Leben. Ohne Familie, Freundeskreis oder Schulabschluss. Und wenn er in Zusammenhang mit dem Leichenschmuggel gebracht wird, wird er kaum eine Chance haben, wieder Fuß zu fassen. Auswandern oder einsitzen. Wahrscheinlich bleibt ihm gar keine andere Wahl, als hier unterzutauchen.

Der Rückweg erscheint ihm verbaut, wenig aussichtsreich. Hier könnte er es vielleicht aushalten. Er würde Rumänisch lernen, in das leer stehende Haus seines verstorbenen Onkels ziehen und in Zement machen. Oder Schnaps. Eine Pflaumenplantage auf einem der hier entdeckten Mondfelder. Irgendetwas wird sich schon finden. *Lieber schrecklich reich als schön arm. Und dann klappt das auch mit den Frauen.* Selbst Großmüller hat es geschafft. Und der musste nicht einmal bis nach Rumänien.

Wie vorurteilsbehaftet bist du? Im interstellaren Raum kreuzt erneut sein gealterter Doppelgänger durch die Unendlichkeit. Viorel ist nicht wirklich überrascht und freut sich nur bedingt über dessen plötzliches Auftauchen. Für das Gespräch heute trägt der Alte einen cremefarbenen Astronautenanzug, der ihm ein paar Nummern zu eng scheint.

»Es ist schon erstaunlich, wie alles verschwimmt«, meint er und zwängt sich hinten zwischen die beiden kleineren Reisetaschen der Báthory.

»Verschwimmt?«

»Nun, je weiter man sich entfernt, in welche Galaxie oder in welches Universum auch immer man vordringt, alles verschmilzt, wird gleich. Eine einzige Suppe. Glaub mir, ich weiß, wovon ich spreche. Egal ob das den Raum oder die Zeit betrifft.«

Viorel fühlt sich an den Anhalter erinnert. *Kaum vorstellbar, wenn eine dieser Konstanten einmal wegbrechen sollte.* Ein Leben ohne Zeit oder Raum. Ohne Unterschiede. Ganz sicher ist er nicht, wie er das finden soll.

»Darum geht es nicht, etwas gut oder weniger gut zu finden. Es ist nur eine Tatsache, eine Feststellung. Gemessen am großen Ganzen ist alles andere nur Mikrokosmos.«

Mikrokosmos. Kleinkariertes Schubladendenken. Peanuts. Viorel wird langsam klar, worauf sein Astronauten-Ich hinauswill.

»Ganz genau. Schau dir nur dein eigenes Leben an.«

»Was soll damit sein?«, fragt Viorel.

»Du entfernst dich immer weiter von zu Hause. Und weißt schon gar nicht mehr, wo du bist oder sein willst. Und jetzt denkst du darüber nach, zurück nach Deutschland zu fahren oder besser hierzubleiben. Vergiss deine Vorbehalte! Als ob Unterschiede von Nahem von Bedeutung wären, wenn sie von Weitem überhaupt nicht sichtbar sind. Ein Beleg dafür, dass sie vielleicht gar nicht existieren, oder?«

Viorel ist sich nicht mehr sicher, ob er dem übergewichtigen Alten folgen kann.

»Aber sicher gibt es sie, Unterschiede. Sonst wäre doch alles vollkommen einerlei«, hört er sich sagen.

»Und wäre das so schlimm? Seit jeher ist man darauf bedacht, zu unterscheiden, Abgrenzungen zu schaffen, Trennlinien zu ziehen. Wozu? Wirf nur einen Blick in Richtung Osten. Kaum jemand bei uns ist in der Lage, einen Ungarn von einem Rumänen, Polen, Slowaken oder Bulgaren zu unterscheiden – weder äußerlich noch aufgrund seiner Sprache. Oder meinst du etwa, du könntest das?«

»Wahrscheinlich nicht.«

»Siehst du! Und das ist gut so, glaub mir.«

Viorel möchte seinem anderen Ich gerne zustimmen, wäre er selbst nur etwas entschlossener.

»Alles eine Frage der Entfernung, der Distanz, mein Lieber«, fährt der alte Viorel fort. »Nach Osteuropa hat man nie geschaut. Wie sollte man dann auch Unterschiede bemerken? Das, was den Leuten bei Italienern, Franzosen, Engländern mühelos gelingt, fällt ihnen 500 Kilometer weiter östlich um ein Vielfaches schwerer.«

Viorel nickt. Warum sollte es ihm anders gehen? Bis vor Kurzem konnte er nicht einmal Budapest von Bukarest unterscheiden. Das eine klang immer wie eine mittelalterliche Seuche, das andere nach lebenslanger Haft.

»Ganz richtig. Schau dich nur um hier in der Dunkelheit. Ein Raumfahrtkollege hat mir einmal gesagt: *Das Wesentliche ist für die Augen unsichtbar.* Genau das ist das Tolle.

Nicht mehr unterscheiden zu müssen. Das macht es einem um ein Vielfaches leichter. Auch eine?«

Der alte Viorel zaubert aus seinem Anzug eine tortengroße Dose mit unzähligen bunten Pillen hervor.

»Astronautennahrung. Schweinebraten, Klöße, Schwarzwälder Kirsch, Antibiotika, Betablocker, Entschlackungsmittel, Frühstück, Mittag-, Abendessen – alles eins. Die Vereinfachung kennt keine Grenzen. Und man kann so viel essen, wie man will!«

Viorel lehnt dankend ab: »Ich glaube nicht, dass ich …«

»Ganz wie du meinst, mein Lieber. Triff deine eigenen Entscheidungen. Schließlich willst du ja nicht enden wie ich, oder?«

Der Alte lacht kurz auf. Dann greift er tief in die geöffnete Dose, nimmt eine Handvoll Pillen raus, steckt sie in den Mund und macht sich aus dem Mondstaub. *Leb wohl, Viorel. La revedere. Bis auf ein nächstes Mal!*

Viorel muss sich entscheiden. Hinter einem Basaltfelsen teilt sich die Straße. Links geht es nach Borşa im Bezirk Maramureş und dann weiter in die Ukraine. Rechts nach Câmpulung Moldovenesc an der Moldau. Laut Straßenmarkierung. Noch immer ist er sich unsicher, wo er ist. Und wo er sein will. Rumänien? Als Deutscher mit rumänischen Wurzeln? Seine Mutter hat das Land geliebt. Das allerdings scheint ihm eine Eigenart zu sein, die auf jede Heimat zutrifft. Da kann sie noch so schrecklich sein, man findet sie trotzdem schön und sehnt sich danach zurück. Doch vielleicht kann er genau das auch versuchen, mit Rumänien. Was er hier sieht, gefällt ihm, obwohl es Nacht ist und er das eigentliche Land im schwachen Licht seiner Scheinwerferlichtkegel nur bruchstückhaft zu sehen bekommt.

»Schau, die Sonne!«, murmelt Dana plötzlich neben ihm und reibt sich die Augen.

Tatsächlich, es dämmert. Er ist bestimmt zwei Stunden lang im Halblicht, im Mondschatten gefahren, so kommt es ihm vor. Ohne klaren Gedanken. Ohne Idee, was er als Nächstes vorhat. Die Alte sitzt liegend hinter ihnen. Mit einem Arm über dem Vogelkäfig, Costel noch immer fest umklammernd. Auf dem Mond geht die Erde unter. Bei Sonnenaufgang. So könnte es sein, denkt Viorel. Erste Sonnenstrahlen hinter einer Bergkette. Die Mondlandschaft wird in ein zartes Blau getaucht. Ein Vorweihnachtsblau, das sich für den heutigen Tag einiges vorgenommen hat. Blau eingefärbte Krater, bläuliche Staubfelder. Darüber hellblauer Kosmos. Ein dunkelblauer Asphaltstreifen, der sich dem Osten entgegenschlängelt wie eine ausgerollte Lakritzschnecke. Das Blau spiegelt sich in dem Blech seines Mondmobils. Nur die Sonne lässt sich nicht beirren, brennt einen gelbroten Fleck ins monochrome Blaugemache. Viorel ist unausgeschlafen. Nicht mal das. Er hat kein Auge zugemacht. Wie auch am Steuer? Seine Gliedmaßen sind durchgesessen, der Rücken schmerzt. Im Hintern Ameisen. Jeder Zweite leidet an Hämorrhoiden. Viorel zählt doppelt. Warum sollte bei ihm die Wahrscheinlichkeit eine Ausnahme machen? In seinem Rachen spürt er eine trockene Fäulnis, die sich weder ausspülen noch runterschlucken lässt. Sein neues altes Hemd ist längst schweißklamm, halb getrocknet und wieder durchgeschwitzt, trotz Kälte. Er hat das dringende Bedürfnis, sich zu waschen und Zähne zu putzen. Doch daraus wird nichts werden. Nicht jetzt. Vielleicht heute Abend. Wenn er es bis zum Donaudelta geschafft hat. Wenn er die Dinge regeln kann, wegen derer er hier ist.

Ohne größere Umwege lassen sie den Mond hinter sich und erreichen Gura Humorului in der Nähe Suceavas. Der Morgen nimmt seinen Lauf. Als die ersten Häuser in Sichtweite kommen, sind bereits einige Autos unterwegs. Zwei, drei. Acht. Dann ein Lastwagen. Und noch einer. Die Landstraße führt mitten durch den Ort. Dana ist müde und aufgekratzt zugleich.

»Komm, ich will dir etwas zeigen.«

»Jetzt?«

»Ja, ganz in der Nähe. Es liegt quasi auf dem Weg.«

Viorel zögert kurz. Aber warum nicht? In der Ortsmitte biegen sie rechts von der Hauptstraße ab und fahren schnell wieder aus dem Städtchen heraus. Ein paar Kilometer. Kleine Häuschen entlang einer von Birken gesäumten Straße. Kurz darauf ein schmaler Fluss, dann ein größerer Platz unter hohen Bäumen. Hinter einer brusthohen Mauer entdeckt Viorel eine Kirche.

»Hier?«

»Ja, das ist eines der berühmten Moldau-Klöster. Die Gegend ist bekannt dafür. Wunderschön. Es wird dir gefallen, du wirst sehen.«

Sightseeing nach 48 Stunden schlafloser Fahrt. Ihm

kommt eine Pause gerade recht. Auch die Alte erwacht aus ihrem Schlaf, schaut sich um und starrt wieder auf den leblosen Vogel in ihrer Hand. In der Hoffnung, sie habe alles nur schlecht geträumt.

»Komm, Buni. Wir sind in Humor. Du kennst doch das Kloster hier, oder? Ich hab dir davon erzählt.«

Etwas überhastet würgt Viorel den Motor ab. Der Corsa macht einen Satz nach vorn, kommt zum Stehen. Aussteigen. Strecken. Durchatmen. Auch Dana und die Alte zwängen sich nach draußen. Die Báthory kann sich nur schwer orientieren. Dana nimmt sie am Arm und führt sie zum noch verschlossenen Eingang. Besuchszeiten sind erst später. Mit flacher Hand klopft Dana an das Tor und ruft etwas auf Rumänisch. Nach wenigen Minuten öffnet eine Frau in schwarzer Nonnentracht. Die beiden unterhalten sich kurz. Dann drückt Dana ihr zwei Geldscheine in die Hand, und sie werden eingelassen. Ausnahmsweise.

Die Luft ist frisch, fühlt sich aber gut an nach einer wiederholt endlosen Nacht. Leicht frierend durchqueren sie einen größeren Garten. Unbepflanzte Beete, mit Schnee bedeckt. Gefrorene Erde. Daran ändert auch die Sonne nichts, die hinter dem Glockenturm erste Strahlen in den Innenhof wirft. Dann die Kirche. Das Klostergebäude ist nicht sonderlich groß. Kaum zwölf Meter lang, schätzt Viorel. Ein lang gezogenes, rundes Dach, das seitlich breit übersteht und nach oben spitz zuläuft, sowohl im vorderen als auch im hinteren Bereich. Beeindruckender als die Dachkonstruktion sind jedoch die bemalten Außenwände. Das Klostergemäuer ist verziert mit bunten Fresken. Bilder von Heiligen. Bibelgestalten, die er nur unzureichend zuordnen kann. Jesus. Die Mutter Gottes. Apostel. Engel. Schlachtszenen von Türken niedermetzelnden Christen, die unter den Rundbögen der Außenwände abgebildet wurden. Der Hintergrund himmelblau. Die Farben sind verblasst, über die letzten fünf Jahrhunderte. Trotzdem genießt Viorel den Anblick. Vielleicht auch, weil Dana neben ihm steht und mit dem Finger auf ein Bild hier und ein anderes da zeigt. Die Kirchentür ist noch verschlossen. Nichts zu sehen von einem Klosterprior, der ihnen öffnen könnte.

»Innendrin sind sie ebenso schön verziert wie von außen. Es ist jammerschade, dass wir nicht hineinkönnen. Vielleicht ein andermal.«

Dana dreht den Kopf zur Seite und freut sich über ihre gelungene Überraschung. Die Báthory bekreuzigt sich. Mit Costel in der Hand. Wäre es nicht so tragisch, hätte es fast etwas Komisches, wie sie den toten Vogel durch die Luft schwenkt.

»Wir beerdigen ihn hier«, schlägt Dana plötzlich vor. »Einverstanden?«

Die Báthory erschrickt. *Hier? Jetzt? Wieso?*

»Ja, sicher. Das ist ein wunderbarer Ort für Costel. Ein altes Kloster. Auch wenn es ein orthodoxes ist. Hier findet er seine Ruhe. Und du kannst ihn doch unmöglich den ganzen Weg bis nach Tulcea mitnehmen, Buni!«

Dana nickt ihr aufmunternd zu. Und der Alten muss es vorkommen, als wäre alles nur ein grandioser Spaß. Doch ihrer Urenkelin ist es ernst. Und auch Viorel ist der Ansicht, dass dies eine gute Idee sei. Eine Grabstätte auf einem Klostergelände habe etwas sehr Beruhigendes, versucht er es vorsichtig. Selbst für Tiere.

»Es ist mit Sicherheit nicht erlaubt, aber auch nicht verboten«, meint Dana. »Nicht ausdrücklich.«

Die Alte denkt nach. Ihr ist der Gedanke nicht geheuer, Costel wieder hergeben zu müssen. Nicht gleich, nicht sofort. Doch es bleibt ihr keine Wahl.

»Vielleicht habt ihr recht. Hier wird Costel sicher sein vor der Bestie. Hier wird er sich nicht herwagen. Nicht an einen solch heiligen Ort.«

Sie bekreuzigt sich erneut, schaut sich um. Noch immer nichts zu sehen von den Nonnen. Dana läuft über das Klostergelände und sucht nach einer geeigneten Stelle. Unter einer hochgewachsenen Zeder stehend, winkt sie beide zu sich.

»Hier begraben wir ihn. Komm, hilf mir.«

Mit dem Bücken hat Viorel Probleme. Doch um ihr nicht die ganze Arbeit überlassen zu müssen, setzt er sich auf die Knie und scharrt mit Dana ein Loch in den knochenharten Boden. Nur mit Mühe schaffen sie es, eine kleine Vertiefung in das Erdreich zu graben. Dann der Vogel. Die Alte sträubt sich erneut. Zählt man alles zusammen, ist es Costels drittes Begräbnis, denkt er. Wahrscheinlich ist sie deshalb so zögerlich. Schließlich legt sie ihn aber vorsichtig in die kleine Kuhle, ihren Vogelgatten. Ein erbärmliches Bild. Costel sieht arg mitgenommen aus. Das grüne Gefieder glänzt nicht mehr, es fehlen diverse Schwanzfedern. Die Spuren seines Todeskampfes sind noch deutlich erkennbar. Der Báthory stehen bei dem Anblick wieder Tränen in den Augen. Dann deckt sie ihn mit ein paar Erdbrocken zu und formt aus zwei Zweigen ein Kreuz. Noch ein stilles Gebet. Wenig später ist es geschafft. Ein Begräbnis ohne Zwischenfälle. Kein verunglückter Sargträger. Kein Hund, der über das offene Grab springt. Die Alte scheint halbwegs erleichtert, müht sich wieder hoch und wirft einen letzten Blick auf das Vogelgrab. Dann dreht sie sich um und geht in Richtung Ausgang. Viorel würde gern ein paar tröstende Worte finden. Doch wie immer fällt ihm nichts ein. Weder etwas Spontanes noch etwas Passendes. Dana fasst ihn am Arm und sagt ihm, er solle sich keine Gedanken machen.

»Gestorben wird hier immer«, flüstert sie ihm zu. »Und das alles ist nur so deprimierend, weil man von dort unten keinen Himmel sieht.«

Kilometer 2155

Eine Stadt wie jede andere. Ausgefranst im rumänischen Nordosten. Mit Lücken an den Enden, seitdem Stadtmauern als nicht mehr zeitgemäß gelten. Der Fernverkehr wird umgeleitet, um den Eindruck einer Großstadt zu erwecken. Darüber stahlblauer Himmel, vollgestopft mit Kugellagern, Spaxschrauben, Zinkblechen, Blindnieten, Gewindestangen, Motorblöcken, Nockenwellen und Altölkanistern.

In Bacău ist es hässlich, selbst wenn es mal schön ist. Die Stadt erblüht in farblosem Grau. Bäume und Grünflächen werden nur widerwillig geduldet. Ein schlechtes Dutzend Weihnachtskugeln auf dem großen Platz der Tristesse. Girlanden quer über der Hauptstraße. Zwischendurch ganzjähriges Kabellametta an verrußten Ampelanlagen und Telefonmasten. In zwei Tagen ist Heiligabend. Selbst hier an einem Ort, an dem es sonst nichts zu feiern gibt. Viorel steuert seinen Wagen über den mehrspurigen Asphalt. Neben ihm ein paar Schwertransporter aus dem letzten Jahrtausend. Eine Wolke giftiger Abgase flutet für einen Moment den Rücksitz durch die zerborstene Scheibe. Die Báthory erstickt an einer Überdosis Dioxid. Husten. Noch mal husten. Lautes Fluchen. Dana lotst ihn von der Durchgangsstraße weg durch eine Schlucht aus vielstöckigen Betonbauten. Ein Wohngebiet mitten in Zentralasien. Häuser mit rechteckigen Löchern in den Wänden, die man mit einfachem Glas luftdicht versiegelt hat, damit nichts nach außen dringt. Ein Bäcker. Eine Spielhalle. Ein Großmetzger mit Kleingehacktem. Unter den buckligen Straßenlaternen dutzendweise Dacias. Alte. Ganz alte, aufgebockt ohne Räder. Und ehemals neue. Eine bunte Mischung, die von einer fingerdicken CO_2-Schicht überzogen wurde. Auf den Straßen Frauen mit Einkaufstaschen, vom Markt kommend oder dahin gehend. Frisch ist, was noch nicht schimmelt. Und gekauft wird, was sich bis zu den Feiertagen gar köcheln lässt.

Vor einem Wohnhausblock bedeutet ihm Dana, rechts zu halten. Das Ziel ist erreicht, die Fahrt zu Ende. Routiniert würgt er den Motor ab. Der Corsa macht wieder einen Satz nach vorn, touchiert das Fahrzeug vor ihm. Niemand nimmt Notiz. Ein kantiger Ball fliegt durch die Luft. Kinder springen zwischen den Autos hindurch. Alltagsgeschrei. Alltagsflüche. *Du-te dracului!* Es gibt keinen Grund auszusteigen.

Gern würde Viorel weiterfahren. Doch Dana und die Alte sind nicht davon abzuhalten. Ihm bleibt keine Wahl. Hier also. Unwillig öffnet er die Tür, zwängt sich aus dem Wagen und klappt den Fahrersitz nach vorn. Dann die Báthory. Die Tasche für den Onkel, den Gastronomen. Die beiden kleinen Reisetaschen mit dem Nötigsten. Und der Käfig mit dem noch lebendigen Fledermauspapagei, den sie ihm beim Aussteigen in die verbundene Hand drückt. Ein Windstoß zieht durch die Häuserschlucht, in eisiger Hast. Als gäbe es hier noch etwas zu holen. Dana knöpft ihren Mantel zu und wirkt auf dem Gehsteig genauso verloren wie er.

»Fast kälter als bei uns.«

Was soll Viorel sagen, so deplatziert, wie er da steht. Verkleidet als Costel, mit einem Vogelkäfig in der Hand. Was sagt man, wenn einem die Worte fehlen? Er bekommt kaum den Mund auf, wenn das Essen an der Imbissbude nicht schmeckt. Wie soll er ihr da sagen, wie sehr ihm ihre nächtliche Fahrt über die Mondfelder gefallen hat. Wie gern er Weihnachten mit ihr und ihrer Familie feiern würde? Wie sehr er sich wünscht, sie wiederzusehen? Hier, in Tulcea oder wo auch immer. Die Vertrautheit der letzten Stunden scheint wie weggeblasen. So, als hätte sie der Wind eingefroren und mit fortgetragen.

»Nun«, versucht es Dana erneut.

Im Abschiednehmen ist er keine große Nummer. Umarmen. Oder Händeschütteln. Oder besser keins von beidem, um sie nicht in Verlegenheit zu bringen, ihm körperlich näher kommen zu müssen.

»Ja, denn …«

»Und, hast du es dir überlegt?«, fragt sie ihn leise. »Wir fahren heute Abend oder spätestens morgen früh weiter bis Tulcea. Treffen wir uns dort wieder? Wir müssen vorher nur bei meinem Onkel vorbeischauen, du weißt schon. Er und mein Cousin warten bestimmt schon oben in der Wohnung. Magst du mit raufkommen?«

»Nach oben?«

Natürlich will er. Aber so, wie er jetzt aussieht? Was würden sie von ihm denken? Und wer weiß, wie viele Familienmitglieder dort noch auf ihn warten, um sich über seinen lächerlichen Aufzug lustig zu machen. Unsicher schüttelt er den Kopf.

»Ich glaube, das ist gerade keine so gute Idee.«

»Schade, sie hätten sich sicherlich gefreut, dich kennenzulernen.« Dana scheint es ernst zu meinen. »Doch ich kann dich gut verstehen. Aber warte, ich schreib dir unsere Adresse auf, die in Tulcea. Und meine Telefonnummer, falls du Zeit hast und kommen magst.«

Während sie in ihrer Handtasche nach einem Stift sucht, wirft die Báthory erneut einen prüfenden Blick in die Tasche mit den wieder eingeräumten Plastikflaschen. Alles da. Der Nachschub ist gesichert.

»Kann ich helfen?«, fragt Viorel.

»Es geht schon. Danke.«

Die Alte wirkt gefasst. Sie umarmt ihn mit dem freien Arm und nimmt ihm den Vogelkäfig ab. *Vielen Dank. Es war sehr nett von dir. Viel Glück in Mahmudia.* Das Angebot, sie in Bistritz wieder zu besuchen. Oder sie und Dana in den nächsten Tagen, 400 Kilometer weiter südöstlich. Dann stößt sie die Tür auf und verschwindet mit dem Gepäckstück und Dorinel in einem schwarzen Häuserloch, aus dem es nach Essen und Selbstgebranntem riecht. Dana bleibt zurück und drückt ihm den Zettel mit ihrer Telefonnummer in die Hand.

»Wir sind auf jeden Fall bis zum Wochenende dort. Danach müssen wir zurück. Wahrscheinlich fahren wir Zug. Oder mit dem Bus.«

Viorel starrt auf den Zettel. Zum Weiterfahren kann er sie wohl kaum überreden. Sie könnte ihn wenigstens bis Tulcea begleiten, gleich jetzt. Wo es ohnehin auf seinem Weg liegt, auf ihrem. Doch das zu fragen traut er sich nicht. Bis zum Schwarzen Meer muss er es alleine schaffen. Für einen Moment fasst er sich ein Herz und will sie umarmen.

Doch sie hat sich schon die beiden kleineren Reisetaschen geschnappt und keine Hand mehr frei. Dann also kurz und schmerzlos.

Auf Wiedersehen.

Auf Wiedersehen.

Ein Blick zurück. Und sie verschwindet hinter der Báthory im Eingang. Die Tür fällt zu, Viorel bleibt auf dem Gehsteig zurück. Wie festgefroren. Das war es wohl, das Ende einer langen Nacht. Bacău zeigt sich von seiner hässlichsten Seite. Was soll er jetzt machen? Einsteigen und weiterfahren. Hierher wird er sicherlich nicht zurückkommen, muss er auch nicht, sofern Dana und die Alte tatsächlich nach Tulcea weiterfahren. Aber warum sollten sie das nicht? Er vertraut Dana, ohne sich ihr anvertrauen zu können. Trotz allem konnte er ihr nicht erzählen, dass sich der Leichnam seiner toten Mutter bereits im Kofferraum befindet und nicht erst später aus Deutschland überführt wird. Besser, er regelt die Sache allein. Ohne Mitwisser.

In welchem Stock sie jetzt wohl sitzen? Im Warmen, zusammen mit dem Onkel, dem Cousin oder anderen Verwandten. Bei Kuttelsuppe und Pflaumenschnaps. Unentschlossen wirft er einen Blick nach oben. Die verschmutzte Fassade des Wohnblocks bröckelt, ist aufgeplatzt. Hohlräume im Putz. Der perfekte Ort für Zugvögel. Oder Wespennester. Viorel kann an den Fenstern kein Gesicht erkennen. Niemand, der nach ihm Ausschau hält und ihm zuwinkt, um ihm eine gute Reise zu wünschen.

Über den Beton der Flachdachkante schiebt sich eine schwarze Wolke. Es ist höchste Zeit weiterzufahren. Noch sind es 25 Zentimeter auf seiner Landkarte, 25 Millionen in echt. Wieder ganz auf sich gestellt, geht er zurück zum Wagen. Einsteigen. Anschnallen. Losfahren. Nein, Viorel dreht sich noch einmal um. Und noch bevor er seinen unförmigen Körper ins Wageninnere schieben kann, hört er, wie die schwere Haustür erneut ins Schloss fällt. Nein, er täuscht sich nicht. Mit einem Lächeln tritt Dana aus dem Hausflur, geht direkt auf ihn zu. Hat sie es sich anders überlegt? Kann sie doch Gedanken lesen?

»Ich wollte dir noch einmal auf Wiedersehen sagen. Und Danke. Das eben ging alles ziemlich schnell. Und ich musste Buni zuerst nach oben bringen. Ihr war kalt, und sie braucht ihre Ruhe nach so einer langen Fahrt.«

»Das ist …«

Viorel verschluckt den halben Satz, den er noch gar nicht zu Ende gedacht hat. Kalt ist ihm auch. Aber davon spürt er gerade nichts. Nicht jetzt, wo Dana noch einmal zurückgekommen ist. Und müde fühlt er sich längst nicht mehr. Nicht mehr als vor 20 Stunden. Irgendwann gibt es keinen toten Punkt mehr, überlegt er. Irgendwann ist man entweder tot oder für immer von dem Gefühl der Müdigkeit, der Übermüdung befreit. Ein für alle Mal. Kein Gähnen mehr, nicht mal mehr ein Blinzeln. So könnte er bis zum Ende der Welt fahren, würde sie nur mitkommen.

»Von meinem Onkel soll ich dir vielen Dank sagen«, unterbricht sie seine Gedanken. »Sie haben sich sehr gefreut, uns zu sehen. Und sie laden dich herzlich ein, mit hochzukommen.«

»Nun …«

Er zögert. Jetzt nach oben und sich ausruhen. Oder erst einmal etwas trinken. Eine Ţuică oder zwei. Dann kriegt er gar nichts mehr zustande. Weder das mit der Beerdigung noch das mit Dana und ihrer Familie. Wenn doch nur alles so einfach wäre. Vielleicht kann er das mit der Beerdigung schnell regeln, ohne Umwege. Und anschließend zurück nach Tulcea kommen, weit ist es dann nicht mehr. Weihnachten ist erst übermorgen. Bis dahin hat er noch ein wenig Luft. Je nachdem, was ihn in Mahmudia erwarten wird.

»Ich sehe schon …«

»Was …? Was siehst du?«

»Dass du weitermusst. Aber hier, das ist für unterwegs«, fährt Dana fort. »Ich hab dir ein Stück Cozonac eingepackt. Selbst gebacken. Eigentlich gibt es den bei uns erst an den Feiertagen. Doch es ist ja bald schon so weit. Und du wirst bestimmt Hunger haben, oder?«

Wie aus dem Nichts schwenkt sie eine weiße Plastiktüte durch die Luft. Natürlich hat er Hunger, seit Stunden. Schon die ganze Nacht. Er hat sich nur nicht getraut, etwas zu essen. Oder danach zu fragen. Nicht einmal an der Tankstelle unterwegs. Nicht in ihrer Gegenwart. Bei der Alten gestern war das etwas anderes. Da ging es um Leben und Tod.

»Ich wünsch dir viel Glück.«

»Kann ich gebrauchen. Wirklich.«

Diesmal ist es endgültig. Dana umarmt ihn. Er kann den Duft ihrer Haare riechen. Ein überwältigender Geruch, der die zerrissene Umgebung nicht mehr ganz so hässlich erscheinen lässt. Viorel wird ihn in Erinnerung behalten.

Ganz gleich, wie weit er noch fahren muss. Er nimmt ihr die Plastiktüte mit dem Brotkuchen ab und will ihr noch sagen, dass das gar nicht nötig gewesen sei. Dass er sich darüber freue. Dass er ihr auch gern etwas schenken würde. Irgendetwas will er noch sagen. Nur, um den Abschied hinauszuzögern, um ein paar Augenblicke. Doch er stammelt, bringt keinen Ton raus. Dana lässt ihm keine Zeit mehr für weitere Verlegenheiten, zieht ihren Schal aus und legt ihn ihm um den Hals.

»Damit du nicht frierst«, sagt sie und lächelt. »Am Schwarzen Meer ist es sehr kalt zu dieser Jahreszeit. Der Wind, verstehst du. Aber du kannst ihn mir ja bald schon wiederbringen.«

Kilometer 2465

Essen gegen den Hunger. Essen aus Lust. Essen als Unterhaltung. Essen aus Liebe. Essen zum Vergessen. Essen als Hobby, als Zeitvertreib. Essen als Lebensaufgabe. Essen, um zu überleben. Essen aus Verdruss, aus Leidenschaft. Essen zum Glücklichsein, zum Wohlfühlen, gegen die Einsamkeit. Essen zur Entspannung. Essen auf Vorrat. Essen für die Gesundheit. Essen auf Kommando. Essen als Antrieb. Essen, um groß zu werden. Essen im Affekt. Essen aus Gewohnheit. Essen für den Wohlstand, für den Weltfrieden. Fürs Bruttosozialprodukt. Essen, um zu essen. Essen im Sitzen, im Stehen, im Davonlaufen. Essen in Essen. Essen vor dem Fernseher, auf dem Rücken liegend, damit nichts rausfällt. Mittagessen. Abendessen. Zwischen-den-Mahlzeiten-Essen. Resteessen. Festessen. Passivessen. Mitessen. Wettessen. Akkordessen. Rauschessen. Rundessen. Fettessen. Totfressen.

Viorel wird nicht mehr essen, höchstens punktuell, und sich anschließend den Finger in den Hals stecken. Und wenn das nicht reicht, die ganze Faust. Satt sein. Oder es satthaben. Er hat sich entschieden. Er wird abnehmen, wird Diät halten. Er wird sich dem Essen verweigern, Fett absaugen, den Magen verkleinern lassen. Er wird trainieren, auf gleichgeschalteten Laufbändern. Für jedes Bein eins. Er wird sich neu einkleiden. Und er wird den Kampf gegen die ihm drohende Kurzlebigkeit aufgeben. Vorerst.

Noch in Gedanken an Dana lenkt er den Corsa weiter in Richtung Dobrudscha. Die Landschaft im Griff, ihren Schal um den Hals. Bis zum Schwarzen Meer sind es knapp 180 Kilometer. Es ist sonnig, klarer Himmel mit vereinzelten Quellwolken. Aber eiskalt. Die schneebedeckte Steppe Rumäniens wälzt sich in lang gezogenen Hügeln neben der Straße, im Dreck. Dazwischen Ortschaften. Rasierte Maisfelder. Verlassene Storchennester auf Strom- und Telefonmasten. Der Landstrich ist zwar dünn besiedelt, trotzdem kommt er zügig von einem Ort in den nächsten. Fast scheint es ihm, als hätte man ein einziges Dorf entlang des endlosen Asphaltstreifens gebaut. Tempo 50 innerhalb geschlossener Ortschaften. Ortsein- und -ausgangsschilder stehen unmittelbar nebeneinander. Dicht auf dicht. Viorel verflucht die Langsamkeit. Pferdefuhrwerke auf den Hauptstraßen. Lastwagen, die sich kreuz und quer durch das Landesinnere zwängen. Vor Weihnachten müssen noch ein paar Güter verschoben, ein paar Zwischenräume gefüllt werden. Mittendrin steckt er mit seinem Opel, handbreit im Gemenge des rumänischen Verkehrsapparats.

Dabei gibt die Landschaft einen Vorgeschmack auf das, was ihn erwarten wird. Schon hier kann Viorel spüren, wie das Gelände an Höhe verliert. Dicht bewaldet, ohne Bäume. Der Blick weitet sich. Feld- und Ackerland. Auf der linken Seite der Siret. Ein mittelbreiter Karpatenfluss, der sich gradlinig bis zur Donau drängelt. Ein paar Nebenflüsse mit sich reißend. Die Landstraße führt in südliche Richtung über Adjud und Focşani bis kurz vor Galaţi. Im Südosten.

Dann macht sie einen erneuten Knick nach unten und lässt die Hafenmetropole links liegen. Rein geografisch befindet sich Rumänien genau in der Mitte Europas. Genau zwischen Ural und portugiesischer Westküste. Da ist man mitten im Zentrum, denkt Viorel. Und merkt es nicht einmal. Osteuropa muss man sich irgendwo anders vorstellen, auch wenn es hier vielleicht so aussieht.

Trotzdem geht es kaum mehr weiter. Er ist fast am Ende der Landkarte angelangt, vor ihm nur noch das Schwarze Meer. Bald ist er in dem Ort, in dem seine Mutter ihre Kindheit verbracht hat. In wenigen Stunden hat er Mahmudia erreicht. Kurz erfüllt ihn ein unglaubliches Hochgefühl. Ein Gefühl des Triumphs. Befeuert von der Sonne, die jetzt halbwegs senkrecht über ihm steht. Und wenn alles gut läuft, wird er Dana auf dem Rückweg abholen. Sofern sie auf ihn wartet.

Bei Brăila gibt es ein Wiedersehen. Die Donau legt sich quer und versperrt den Weg in Richtung Osten. Der Schwarze Fluss als natürliche Grenze, als unüberwindliches Hindernis, kompromisslos ausufernd. Keine Brücke, kein Tunnel. Ist das schon das Delta? Wie kommt er jetzt weiter? Viorel muss nicht lange suchen, bis er den Anlegeplatz einer Fähre entdeckt. Es ist kalt. Doch er muss aussteigen, um ein Ticket zu lösen. Mit den letzten Lei, die er hat. Noch ist das Boot in der Mitte des Flusses, und er hat Zeit, sich in Ruhe umzuschauen. Er ist nicht der Einzige. Vor ihm warten schon zahlreiche Autos, Kleintransporter, Kartoffelsäcke,

Einkaufstaschen und Passanten. Am Uferrand vereiste Sträucher. Weißer Atem in grauer Luft. Neben ihm zwei Angler, die vergeblich ihr Glück versuchen, seit Wochen. Weiter rechts mit Eiszapfen behängte Stahlkräne. Ein Frachtschiff, das festgemacht hat, um eine Ladung Getreide zu löschen. Oder Frostschutzmittel. Am anderen Ufer erkennt er einen mit einer dünnen Schneeschicht bedeckten Baumstreifen. Dazwischen tiefdunkles Wasser. Die Donau hat sich seit ihrer letzten Begegnung sehr zu ihrem Nachteil entwickelt, denkt er. Wie kann man nur derart in die Breite gehen, in so kurzer Zeit? Bis zur Flussseite gegenüber sind es mehrere Hundert Meter. Eisschollen treiben auf der Oberfläche, und mitgerissenes Treibholz stakt aus dem Nass wie Salzstangen aus einem Mettigel.

Viorel kann sich nicht wirklich an dem Anblick freuen. Jetzt nicht mehr, wo er sich entschlossen hat, weniger zu essen. Nichts mehr zu essen, sofern er das durchhält. Es weht ein eisiger Wind über der aufgewühlten Wasseroberfläche. Schnell knöpft er das Jackett zu, zieht den Schal enger um seinen Hals. Dann endlich kommt die Fähre. Es dauert eine Weile, bis alle über den Fluss gebrachten Fahrzeuge von Deck sind. Geordnetes Durcheinander. Ein paar halblaute Flüche. Irgendwann ist es geschafft, und die Fähre hat Platz für die nächste Fuhre. Mühsam quetscht er sich wieder ins Wageninnere und parkt den Corsa neben einem alten Škoda Pick-up mit einem kastenförmigen Gitter auf der Ladefläche. Minuten später legt die *Ceres* ab. Der Kahn hat es schwer. Die Strömung macht ihm mächtig zu schaffen, und die Wellen peitschen gegen den in die Jahre gekommenen Rumpf. Nur langsam geht es voran. In der Flussmitte geraten sie in das Fahrwasser eines holländischen Frachters, der sich mühsam flussaufwärts kämpft. Nach Serbien. Beladen mit Büchsenfleisch oder halbautomatischen Sturmgewehren. Die *Ceres* schwankt heftig, dass sich seine Mutter im Kofferraum umdrehen muss. Viorel ist wieder ausgestiegen und lehnt an der Reling. Trotz der eisigen Außenwelt, die ihm unfreundlich entgegenschlägt. Die Anlegestelle entfernt sich immer weiter. Die Verladekräne am Ufer wirken wie riesige Vogelscheuchen, die gegen die Heerscharen der Zugvögel ins Feld ziehen, die zu den saisonalen Stoßzeiten geschwaderartig das Delta heimsuchen. Heute ist davon nichts zu sehen. Ein paar Möwen, die es nicht bis in den warmen Süden geschafft haben. Und ein Schwarm dunkler Punkte in der Ferne, der schnell von einer aufziehenden Schlechtwetterwolke verschluckt wird. Arktische Wasservögel, für die es hier wie Sommer ist.

»Sind Sie Deutscher?«

Viorel erschrickt. Neben ihn hat sich ein kleines Männchen gestellt. Eins fünfzig. Schmaler Körper. Dünne Arme. Mit einer viel zu leichten Jacke für derartige Temperaturen. Auf seinem Kopf sitzt eine braune Wollmütze mit Bommel, die den Zwerg um ein Vielfaches größer erscheinen lässt, als er tatsächlich ist. Zudem baumelt ein riesiges Fernglas um den Hals, das ihm das Genick zu brechen droht, bei der ersten falschen Bewegung.

»Ich habe Ihr Nummernschild gesehen. Dort auf Ihrem Wagen. Dann sind Sie Deutscher, oder?«

Deutscher. Deutschrumäne. Rumäniendeutscher. Viorel will sich nicht länger festlegen, wundert sich aber, von dem Fremden mit *Sie* angesprochen zu werden. Hat er sich so verändert? Vielleicht liegt es an Costels Sonntagsanzug, der ihn halbwegs erwachsen erscheinen lässt.

»Sie sind bestimmt wegen der Gänse hier, nehme ich an?«, fragt ihn das Männchen weiter.

»Gänse, wieso Gänse?«

Ohne sofort zu verstehen, was sein Gegenüber meint, schüttelt Viorel den Kopf. Plötzlich leuchtet es ihm ein, natürlich. Weihnachten steht vor der Tür. Meint er das? Der kleine Mann lacht kurz auf. Schrill. Wie eine der Möwen, die lauthals über ihnen kreischen.

»Nein, ich spreche nicht von Weihnachtsgänsen«, erwidert dieser. »Ich meine selbstverständlich die Rothalsgänse. *Branta ruficollis.* Sie überwintern hier im Delta, wie Sie vielleicht schon bemerkt haben. Und es ist jeden Morgen ein überwältigender Anblick, wenn sie in der Dämmerung von ihren Übernachtungsplätzen aufbrechen. Zu Tausenden. Dafür sind Sie aber reichlich spät dran heute, mein Lieber.«

Der Zwergenmensch schlenkert stolz mit dem riesigen Fernstecher, dass es in seiner Halswirbelsäule bedenklich knacken muss, überlegt Viorel.

»Gestatten, dass ich mich Ihnen vorstelle. Renfeld. Rainer Renfeld. Ich bin Ornithologe und wohne hier im Delta. Ornithologe aus Passion. Eigentlich komme ich aus Mecklenburg. Aber nach der Pensionierung hat es mich hierher verschlagen. Ich lebe auf einem Hausboot stromabwärts. Mal hier, mal da. Wo es mir gefällt. Das ist das Schöne an einem Boot.«

Das kleine Männchen begrüßt ihn wie jemanden, den man zwar nicht kennt, mit dem man aber viel gemeinsam zu haben glaubt. Augenzwinkern. Händeschütteln. Viorel hat Angst, ihm den Arm abzureißen.

»Zu dieser Jahreszeit trifft man hier wenige Fremde. Wegen des Crivăţ«, erklärt der kleine Mann weiter. »So nennen sie den Wind, der, von Russland kommend, über das offene Meer bis hierher bläst. Kann sehr unangenehm werden, kann ich Ihnen versichern. Vor ein paar Jahren war es so kalt, dass hier Hunderte von Wildschwänen verendet sind, weil alles gefroren war und die armen Tiere keine Nahrung mehr gefunden haben. Nicht einmal im Landesinneren, eine Katastrophe.«

Tatsächlich ist es sehr kalt. Das ist für Viorel nichts Neues. Nicht seit den Erfahrungen der letzten Nächte. Und eigentlich würde er sich gern wieder zurück in den Wagen setzen. Er hat sich jetzt lange genug durchblasen lassen, doch das Männchen lässt ihn nicht gehen.

»Sie sind also nicht wegen der Rothalsgänse hier, oder? Auch nicht wegen der Wildschwäne oder der Schellenten?«

Viorel hat weder von Wildschwänen noch von Gänsen oder Enten Ahnung. Nein, er sei kein Vogelfreund, sagt er. Ein Vogelfeind auch nicht, natürlich nicht. Er habe nie einen Vogel besessen und auch nicht die Absicht dazu.

»Aber ich kenne jemanden mit Fledermauspapageien«, sagt er, nur um überhaupt etwas zu sagen.

»Fledermauspapageien? Blaukrönchen. Oder auch *Loriculus galgulus*. Das ist ja interessant«, kreischt Renfeld wieder. »Putzige Kerlchen, wie sie im Schlaf kopfüber von der Volierendecke hängen. In Thailand und Malaysia kann man sie in freier Natur beobachten. Ein Bekannter hat mir davon erzählt, der selbst eine kleinere Zucht betreibt, hier in diesen Breitengraden.«

Das Männchen schnäuzt sich die ungewöhnlich dünne Nase. Bis nichts mehr davon übrig ist.

»Im Winter ist es hier viel zu kalt«, fährt er fort. »Fledermauspapageien müssen es immer schön warm haben. Zwanzig, fünfundzwanzig Grad. Wie in den Tropen eben. Außerdem brauchen sie Platz. Ein normaler Käfig reicht da nicht aus. Blaukrönchen sind schließlich keine normalen Hauspapageien, denen man das Sprechen beibringt, müssen Sie wissen. Man kann sich zwar mit ihnen unterhalten, nur eine Antwort werden Sie nicht bekommen. Da können Sie sich auch gleich einen Goldfisch zulegen. Oder einen Wolfshund.«

Viorel muss daran denken, wie eng der Käfig war, in dem Costel und Dorinel saßen. Und der Frost der letzten Nacht hat sie so angestachelt, dass einer den anderen totgebissen hat, vermutlich. Das verdammte Loch in der Scheibe. Er hätte es besser abkleben müssen.

»Trotzdem würden mich Ihre Fledermauspapageien interessieren, sehr sogar. Früher haben die Menschen hier geglaubt, dass in diesen Vögeln die Seelen der Verstorbenen weiterleben oder sie ihnen übernatürliche Kräfte verleihen. Gegen Unglücksfälle, Krankheiten oder Vampire. Oder was weiß ich. Verrückt, nicht?«

Leute wie die Báthory, denkt Viorel. Wenngleich sie auf ihn keinen allzu verschrobenen Eindruck gemacht hat. Nicht mehr als jetzt der Vogelmensch, der kurz versucht, ihm freundschaftlich eine Hand auf die Schulter zu legen.

»Vielleicht haben Sie ja Lust, mir mehr davon zu erzählen. Vor allem, wenn Sie vorhaben sollten, selbst welche zu züchten. Besuchen Sie mich doch mal auf meinem Hausboot, wenn Sie schon einmal hier sind. Ich zeige Ihnen dann auch die Rothalsgänse, die Sie heute ja verpasst haben. Warten Sie, ich gebe Ihnen meine Nummer.«

Im Handumdrehen zieht das Männchen einen kleinen Notizblock unter seiner Jacke hervor. Mit Spiralbindung. Ein Blatt, eine Nummer. Es ist bereits der zweite Zettel, den er heute bekommt, denkt Viorel. Innerhalb weniger Stunden. In Deutschland gibt ihm niemand seine Nummer, nicht einfach so.

»Ihnen zu beschreiben, wo Sie mich finden, wäre aussichtslos. Da hilft Ihnen auch nicht das GPS Ihres Smartphones, sofern Sie eins besitzen. Sie brauchen ein Boot, und das Delta ist weit verzweigt. Das glauben Sie gar nicht. Es ist wie ein Irrgarten. Die Donau teilt sich in Tausende von Flüssen, Nebenflüssen und Nebenflüssen von Nebenflüssen. Wer sich hier nicht auskennt, geht rasch verloren. Im Sommer kein Problem. Doch jetzt im Winter wäre das fatal. Leichtsinnig, wenn Sie mich fragen. Es hat Wochen gedauert, bis ich in der Lage war, mich zu orientieren. Wohin wollen Sie eigentlich?«

»Mahmudia … glaube ich?«

Viorel macht eine Andeutung, die eher einer Frage gleicht. Ein kleines Örtchen an der Donau, ein Dorf. So genau weiß er es selbst nicht. Schließlich ist er das erste Mal in dieser Gegend.

»Ach, das Nest kenne ich gut, liegt auf meinem Weg«, schallt es ihm sofort entgegen. »Leider muss ich unterwegs noch ein paar Besorgungen machen, sonst würde ich Sie begleiten. Aber folgen Sie einfach der Straße nach Tulcea. Von dort führt eine kleine Landstraße weiter entlang des südlichen Donauarms. Nehmen Sie die Ausfahrt hinter der kleinen, abgebrannten Kapelle. Das Kreuz hat man als Ortsschild verwendet, wenn ich mich recht entsinne. Sie können es eigentlich nicht übersehen. Und wenn Sie einmal nicht mehr weiterwissen, nehmen Sie immer die Abzweigung nach links. Dann kommen Sie schon an Ihr Ziel, glauben Sie mir.«

Die *Ceres* erreicht das andere Ufer. Ein Seil fliegt durch die Luft und wird an einem Poller vertäut. Sekunden später setzt die Rampe auf dem Beton der kleinen Kaimauer auf. Das Männchen verschwindet so schnell in seinem fahrenden Vogelkäfig, wie es aufgetaucht ist. Hinter dem Steuer seines Škodas sitzend, kann man den kleinen Mann kaum mehr erkennen. Vielleicht saß er vorhin schon da, als er neben ihm geparkt hat, überlegt Viorel. Und es ist ihm einfach nicht aufgefallen. Leicht verwundert steckt er den Ringbuchzettel mit der Telefonnummer in seine Jackentasche. Dann steigt auch er wieder ins Auto und schließt es mit den unter dem Steuer hängenden Drahtenden kurz. Der Corsa startet ohne Probleme. Ein Auto nach dem anderen verlässt das Schiff. Viorel lässt dem Zwergenmenschen den Vortritt. *Auf Wiedersehen im Labyrinth des Deltas.* Der Vogelfreund streckt noch einmal die Hand zum Gruß, springt mit seinem Wagen an Land und verschwindet an der nächsten Abzweigung hinter einer dichten Baumreihe. Es geht weiter auf der südlichen Flussseite. Ostwärts.

Die Landstraße rechts, die Donau links. Mit ersten Nebenarmen und Kanälen. Kleinere Bäche und Tümpel sind zugefroren, mit Eisplatten abgedeckt. An den Rändern Schnee. Einzelne Bäume neben der Straße, als Markierung. Wenigstens ist die Straße frei, und er kommt zügig voran. Winzige Örtchen. Brennende Bauernhöfe mit qualmenden Schornsteinen. Es ist schon nach Mittag, als Tulcea vor ihm auftaucht. Die letzte größere Stadt vor dem Ozean, das Tor zum Delta. Flottenstützpunkt der rumänischen Flussmarine. Ausgestattet mit schwerem Geschütz, um russische Atom-U-Boote auf ihrem Weg nach Westeuropa aufzuhalten. Oder Fischerboote mit nicht EU-konformen Schleppnetzen. Hier also soll er sich später mit Dana treffen. Es kommt ihm wie eine Ewigkeit vor, dass er sich von ihr verabschiedet hat. Dabei ist es gerade ein paar Stunden her, und Dana wird heute Abend noch zusammen mit der Alten und dem Cousin aufbrechen, um hierherzukommen. Oder morgen. Warum ist sie nicht gleich mit ihm gefahren?

Er muss mitten durch den Ort. Eine Uferpromenade. Große Hotels aus der Ceaușescu-Ära. Eine Anhöhe mit Aussichtsplattform am Ende der Bucht. Mahmudia ist nicht ausgeschildert. Oder nur schlecht. Und er verfährt sich mehrmals. Erhöhen sich die Ortskenntnisse durch Umwege, oder vertiefen sie sich? Viorel lenkt den Corsa über eine kopfsteingepflasterte Ausfallstraße wieder aus der Stadt heraus. Hinter einer verlassen wirkenden Kreuzung stößt er wenig später auf die Reste einer alten Kapelle, von der nur noch die Grundmauern übrig zu sein scheinen. Ein paar verkohlte Balken ragen aus dem Gemäuer in den Himmel. Soll das das schwarze Dach sein, von dem ihm der Zwergenmensch erzählt hat? Viorel zweifelt nur kurz, denn an eine unweit entfernte Pappel gelehnt, erkennt er ein meterlanges Holzkreuz, das man tatsächlich als Wegweiser umfunktioniert hat. *Mahmudia.* Auf dem vertikalen Balken wurde der Schriftzug aufgebracht, mit schwarzer Farbe oder der Asche der ausgebrannten Wallfahrtsstätte. Kein gutes Zeichen, denkt Viorel, aber das einzige, das er finden kann.

Ihm bleibt keine andere Wahl, als der Markierung zu folgen. Nur wenige Hundert Meter nach dem seltsamen Ort macht die Straße einen Bogen und führt wieder aus der Stadt. Über das flache Land. Er scheint richtig zu sein. Hinter Tulcea mäandert der Schwarze Fluss über die plane Ebene der Dobrudscha und breitet sich zu jenem riesigen Fächer aus, in dem selbst der Vogelexperte anfangs verloren ging. Das Ende der Donau, Anarchie der Natur. Tausende von Einzelflüssen, die alle nach einem Ausweg suchen, auf eigene Faust. Unwillkürlich gewinnt Viorel den Eindruck, als würde sich der Fluss sträuben, ins offene Meer zu fließen. Mit aller Macht. Lieber auf dem Festland versickern, als ins Schwarze Meer zu fließen. Aber vergeblich. Es gibt kein Entrinnen. Das Gefälle macht der Donau einen Strich durch die Rechnung. Die Wassermassen schieben sich weiter, wie eine Schafsherde auf dem Weg zum Schlachthof. Ob es ihr passt oder nicht, bergauf geht es nicht einmal für den Schwarzen Fluss.

Vom Meer ist allerdings weit und breit nichts zu sehen. Noch nicht. Von einer leichten Erhebung aus kann er lediglich beobachten, wie sich die Flussläufe und Wasseradern in der Landschaft verlieren. Er befindet sich am südlichen der drei Hauptarme, die sich bis zum Meer winden. Alles kann er nicht überblicken. Zu gewaltig sind die Tausende Quadratkilometer, die von der Donau geflutet werden. Am Horizont zieht eine dunkle Wolkenfront auf. Getrieben vom Crivăţ, der heute Morgen noch sargdeckeltief die Krim durchgraben hat. Viorel macht sich darüber keine weiteren Gedanken. Zu nah ist er seinem Ziel. Mahmudia wird nur noch wenige Kilometer entfernt sein, hoffentlich.

Strommasten. Silberweiden. Schwarzpappeln. Unterholz. Mittelholz. Oberholz. Leicht geschwungene Hügel, die sich sanft bis hin zum Meer schwingen, ohne jemals dort anzukommen. Als er aus der Ferne endlich eine Häusersiedlung erkennen kann, atmet er erleichtert auf. Mahmudia. Seit rund 55 Stunden ist er unterwegs, ohne Schlaf, ohne längere Pause. Doch er hat es geschafft, der Geburtsort seiner Mutter taucht vor ihm auf. Hier also hat sie ihre Kindheit verbracht. Viorel hält kurz am Ortseingang. Was hat er jetzt vor? Überrascht, tatsächlich angekommen zu sein, befindet er sich am Endpunkt seiner Reise – ohne Idee, wie es weitergehen soll. Er muss versuchen, einen Verwandten zu finden, der seine Mutter noch gekannt hat. Doch selbst wenn ihm das gelingen sollte, das Problem der Beerdigung wird er so nicht lösen. Er kann sich niemandem anvertrauen, weil er niemanden kennt. Und niemand ihn. Wie soll er sich hier überhaupt verständigen? In Siebenbürgen gab es noch Menschen, die so etwas wie Deutsch gesprochen haben. Aber hier? Gab es in diesem längst vergessenen Winkel Europas jemals eine deutsche Siedlung? Und wie soll er den Tod seiner Mutter erklären? Oder vielmehr, warum sie tot im Kofferraum liegt? Ohne offizielle Papiere. Ihm kommt seine Situation ziemlich vertrackt vor. Immerhin hat er den Pass seiner Mutter einstecken. Vielleicht reicht das aus, um einer Spur nachzugehen und die Identität der Toten zu bezeugen. Dass sie tot ist, wird schließlich niemand bezweifeln.

Im zweiten Gang rollt er die Anhöhe hinab, in Richtung Dorfmitte. Der Ort liegt direkt am Fluss. Am Sfântu Gheorghe, dem südlichen Arm der Donau. Entlang der Hauptstraße entdeckt er wenig Ungewöhnliches. Ein Bauer mit Mistgabel. Ein paar Frauen im nachmittäglichen Tratsch, die, in dicke Jacken- und Fellschichten eingepackt, kurz aufblicken, als er an ihnen vorüberfährt. Wenigstens ist das Dorf nicht ausgestorben. Oder zwangsumgesiedelt. Am Ufer gibt es sogar eine kleine Anlegestelle, an der Linienboote festmachen, um Passagiere bis zur Flussmündung am Schwarzen Meer zu bringen, die letzten Kilometer. In der Dorfmitte eine Kirche. Von ihr aus führt ein Weg zum Friedhof, den Hügel wieder hoch. Viorel kann zahlreiche Kreuze erkennen, die unten von dem Dorf aus für jeden sichtbar sind. Vielleicht ist das eine Möglichkeit, nach Angehörigen zu suchen, ohne allzu sehr aufzufallen. Zunächst. Denn wenn die Familie seiner Mutter tatsächlich von hier stammt, ist sie auch hier begraben. Zumindest ihre Eltern, so seine Überlegung.

Auf halber Strecke zwischen Kirche und Friedhof parkt er den Corsa und läuft die restlichen Meter zu Fuß. Das Tor steht offen. In vager Hoffnung, hier etwas zu finden, stapft er bergauf, an den ersten Gräbern vorbei. Er wirft erneut einen Blick in ihren Pass. Geburtsname: *Marinescu*. Holzkreuze. Metall. Stein. Einige der Gräber sind mit Gittern umzäunt. Um die Toten am Weglaufen zu hindern. Ohne Hast geht er die Grabreihen ab. Von Grab zu Grab. An manchen Kreuzen hängen Bilder der Verstorbenen. Ihm gefällt die Ruhe, die der Hang ausstrahlt. Die Gräber sind mit einer feinen Eisschicht überzogen. Das Blau des Himmels hat sich in ein tiefes Grau gewandelt, und der Wind bläst unverändert kalt über die in der Senke liegenden Häuser. Viorel friert. Und ihn plagt der Hunger. Im Auto liegt Danas Brotkuchen. Doch er will nicht mehr essen, das hatte er sich heute Morgen noch vorgenommen. Vielleicht nachher, wenn er etwas gefunden hat. Ein Grab. Einen Hinweis darauf, dass seine Mutter in diesem Ort Angehörige hatte. Weiter über den Friedhof. Die Grabinschriften sind oft unleserlich oder unter Schnee begraben. Er kommt nur mühsam voran. Irgendwann zweifelnd, ob er überhaupt auf der richtigen Spur ist und es Sinn macht, hier weiterzusuchen. Nichts. Keine Spur. Nicht einmal eine Namensähnlichkeit, die ihm Mut macht, seine Suche fortzusetzen.

Weiter rechts ein frisches Grab mit gefrorenen Blumen, die Beerdigung kann noch nicht lange her sein. Wieder eine Reihe Holzkreuze. Er stolpert über eine Marmorplatte. Dann die überraschende Entdeckung. Kurz bevor er müde und erschöpft aufgeben will, stößt er ein Stück höher plötzlich auf ein Grab mit der Aufschrift »Marines«. Emil und

Alia Marines. Das C und das U des Nachnamens fehlen, wenngleich er sehen kann, dass hinter dem S die beiden Buchstaben gestanden haben müssen. Früher. Der Mann 1987 gestorben, die Frau ein Jahr später. Seine Mutter muss noch ziemlich jung gewesen sein, wenn das ihre Eltern, seine Großeltern, gewesen sein sollten. Gerade volljährig, nicht viel älter als er jetzt. Warum hat Viorel nie danach gefragt?

Das Grab wirkt ungepflegt. Die restliche Inschrift ist längst verwittert, von Wind, Sonne und Regen ausgebleicht. Ausgewaschen. Liegen hier die Eltern seiner Mutter begraben? Seine Verwandten? Oder ist Marinescu ein Allerweltsname wie Müller, Meier, Schmidt? Das Grab hilft ihm nicht weiter. Nicht viel. Immerhin ist es ein Hinweis, eine Spur. Trotzdem muss er jemanden finden, mit dem er sprechen kann. Hier in Mahmudia.

Er verlässt den Friedhof, geht den Weg zurück in Richtung Kirche. In unmittelbarer Entfernung dröhnt ihm das Bollern eines Gegenstands entgegen, der auf Blech trifft. *Bamm. Bamm. Bamm.* Sein Auto. Ein kleiner Junge mit kurzen schwarzen Haaren spielt auf der Straße und schießt seinen Ball gegen die Seite des ohnehin schon reichlich verbeulten Wagens. Doppelpässe. Freistöße. Immer wieder. Als er Viorel kommen sieht, hört er abrupt auf und bleibt wie angewurzelt stehen. In Erwartung einer schallenden Ohrfeige. Nichts passiert. Sekunden vergehen, ohne dass er sich entschließen kann, sich den Knaben vorzuknöpfen. Bis der Junge nach dem Ball langt, um die Flucht zu ergreifen. Doch halt. Viorel winkt mit der verbundenen Hand. Nicht drohend, betont freundlich. Hätte er früher mit seiner Mutter nur Rumänisch gelernt. Er zieht ihren Pass wieder aus der Tasche und hält ihn dem Jungen hin.

»Marinescu. Kennst du jemanden, der so heißt? Hier, bei euch im Dorf?«

Der Junge starrt ihn mit großen dunklen Augen an. So einen fetten Mann hat er noch nie gesehen. Viorel ist es gewohnt, als Attraktion zu gelten, auf die kleine Kinder mit dem Finger zeigen, bevor sie von ihren Müttern weggesperrt werden. Für immer. Doch von einer Mutter ist nichts zu sehen. Neugierig kommt der Junge näher, wirft einen zögerlichen Blick auf den Pass.

»Marinescu«, sagt er leise.

»Ja, genau, Marinescu!«

Der Kleine blinzelt mit den Augen. Marinescu. Er nickt. Ja, er kennt jemanden, der so heißt. *Marinescu. Marinescu. Marinescu.* Viorel wiederholt den Namen so lange, bis der Junge ihn am Arm packt und hinter sich herzerrt. Soll er nicht lieber den Wagen nehmen? Der kleine Rumäne lässt ihm keine Zeit nachzudenken. Es geht die abschüssige Straße hinunter. Über den Marktplatz, hinüber in eine Seitengasse. Dann um zwei, drei Ecken. Schnell ist er außer Atem.

»Marinescu.«

Der Junge bleibt vor einem Haus stehen und zeigt mit dem Finger auf die Tür. Ein Klingelschild existiert nicht. Hier hat jeder selbst zu wissen, wo er wohnt. Viorel bedankt sich. Hätte er ein paar Lei, könnte er sie dem Kleinen in die Hand drücken. Ein andermal. Der Junge nickt verständnislos, ist aber froh, sich wieder aus dem Staub machen zu dürfen. Ohne vorher verspeist zu werden. Weg ist er. Und Viorel steht allein vor einem Haus, das ihm genauso unbekannt erscheint wie das seines verstorbenen Onkels. Gestern. Wie sehr doch die Situation der in Bistritz gleicht. Er schaut sich um. Keine Báthory, die ihn in ihr Haus bittet. Keine Blutgräfin, die sich um ihn schert. Was soll er tun? Was hat er zu verlieren? Er öffnet das Gartentor, läuft drei Schritte durch den karg bepflanzten Vorgarten und stellt sich vor die Haustür. Klopfen oder klingeln? Doch die Tür öffnet sich von allein. Man hat ihn beobachtet, so kommt es ihm vor. Eine junge Frau mit bunter Küchenschürze steht auf der Türschwelle und schaut ihn fragend an.

»Da, vă rog?«

Überrascht vom plötzlichen Erscheinen der Frau, tritt Viorel einen Schritt zurück. *Guten Tag. Komme aus Deutschland. Sind Sie Frau Marinescu?* Mit Deutsch kommt er hier nicht weiter.

»Hello. Excuse me«, versucht es Viorel weiter. »Do you know this woman?«

Die Frau starrt ihn an, so wie es der kleine Junge vor wenigen Minuten getan hat, wirft einen Blick auf den Pass, den er ihr entgegenstreckt. Dann dreht sie sich um und ruft einen Namen in den hinteren Raum. Ein Mann mit schwarzem Schnauzbart erscheint Minuten später in der Tür. Mittleres Alter, in Unterhemd und Socken. Er wirkt reichlich verschlafen, dafür dass es mitten am Tag ist.

Die Frau murmelt etwas auf Rumänisch. Wie so oft in diesem Land versteht Viorel kein Wort. Der Mann schaut ihm gleichgültig in die Augen, nimmt ihm den Pass ab. Kurzes Blättern, lange Pause.

»My mother«, erklärt Viorel leise. Er ist sich unsicher, was er noch sagen soll. »She is dead.«

Tot. Na und? Wer interessiert sich dafür, hier am anderen Ende der Welt? Die beiden Eheleute werfen sich einen Blick zu. Dann sagt die Frau wieder etwas zu ihrem Mann. Der nickt, gibt Viorel den Pass wieder, dreht sich um und verschwindet in dem Raum, aus dem er gekommen ist.

»Come in.«

Damit hat er nicht gerechnet. Er wird hereingebeten. Ungelenk schiebt sich Viorel an der Frau vorbei durch den Korridor. Es ist warm, und aus der Küche riecht es nach Essen, nach gebratenem Fisch. Fast so wie gestern, denkt er. Und erneut plagt ihn der Hunger. Auch wenn er es nicht zugeben will. Er folgt dem Mann in einen etwas größeren Raum. Ein in die Jahre gekommenes Sofa. Ein sperriger Sessel. Ein Schrank. Ein randvoller Aschenbecher auf dem Tisch in der Mitte. Und an der Wand ein großformatiger Fernseher. Es erinnert ihn an zu Hause, an ihr eigenes Wohnzimmer, das damals bei ihrem Einzug laut seiner Mutter bereits möbliert war vom Vormieter. Oder dessen Vormieter. Das in den letzten Jahren immer stärker unter seiner permanenten Anwesenheit nach der Schule gelitten hat. Und das sie zusammen mit dem Müll längst mit nach unten hätten nehmen sollen.

Der Mann ruft etwas auf Rumänisch. Nur Sekunden später erscheint die Frau in der Tür, mit zwei Gläsern in der Hand. Und einer Sprite-Flasche. Viorel ahnt Schlimmes. Der Mann nimmt ihr die Flasche aus der Hand und füllt die beiden Gläser bis zum Rand.

»Noroc!«

Ihm bleibt keine Wahl. Mit einem Zug leert Viorel die Ţuică und deutet an, dass ein Schnaps genug sei. Für den

Moment. Der Mann schenkt sich noch einmal nach und lässt sich auf das Sofa fallen. Viorel setzt sich ihm gegenüber in den Sessel. Der Raum ist gut beheizt, und das scharfe Zeug brennt ihm in der Kehle, dass er schnell wieder zu schwitzen beginnt.

Wie geht es weiter? Ist er an der richtigen Adresse? Haben die Eheleute seine Mutter erkannt – nicht das Bild, aber ihren Namen?

»This your mother?«

Der Mann zeigt auf den Pass, den Viorel noch immer in der Hand hält.

»Yes. That's my mother. She died. And now I want to beerdigen her. Here in Mahmudia.«

Was zum Teufel heißt beerdigen? Der Mann nickt. Viorel hat keine Ahnung, ob er ihn verstanden hat. Er macht einen neuen Anlauf und erklärt, wer er ist, wo er herkommt, dass seine Mutter aus diesem Ort stammt, dass er Hilfe braucht, dass er nicht weiß, was er sonst tun kann, dass er das erste Mal in Rumänien ist und sich nicht auskennt. Er redet mit Händen und Füßen. Der Mann leert sein zweites Glas und hört ihm zu. Stumm. Ohne eine Miene zu verziehen. So als wäre Viorel Vertreter einer kaukasischen Handelsmarke. Oder Zeuge Jehovas. Irgendwann ist er fertig, sinkt erschöpft zurück in den Sessel. Pause. Keine Antwort. Stattdessen leert sein Gegenüber erneut das Glas, um gleich noch einmal nachschenken zu können. Es hat keinen Zweck. Viorel ist falsch hier, verschwendet seine Zeit. Er muss weitersuchen. Vielleicht gibt es noch andere Marinescus. Müller-Meier-Schmidts. Vielleicht existiert ein Telefonbuch. Er könnte sich die Seite rausreißen und alle Marinescus im

Umkreis des Donaudeltas abklappern. Ganz gleich, wie lange es dauert. Eine andere Idee hat er nicht. Er will gehen, aufbrechen. Es wird in wenigen Stunden dunkel, und er hat noch keine Ahnung, was ihn diese Nacht erwarten wird. Kurzes Durchatmen, höfliches Verabschieden.

»Thank you for the Ţuică.«

Viorel greift nach der Armlehne, will sich nach oben ziehen. Doch der Mann hebt die Hand und bedeutet ihm, sitzen zu bleiben.

»Leana was daughter from the uncle of my father«, sagt er plötzlich. »She lived here. In this house.«

Kilometer 2473

Vier fensterlose Wände. Boden. Decke. Nackter Stein. Viorel kann sich nicht entscheiden, wohin er seine Gedanken lenken soll. Nach 60 Stunden ohne Schlaf. Ohne Möglichkeit, sich auszuruhen und darüber nachzudenken, was er hier tut, warum er nicht dort geblieben ist, wo er hergekommen ist und wie er das mit der Beerdigung überhaupt bewerkstelligen soll. Und jetzt das.

Seit einer halben Ewigkeit sitzt er in einem engen Hinterraum in der orthodoxen Kirche Mahmudias. Er ist nervös, verkrampft. Seine Situation hat sich etwas verbessert, aber nicht entspannt. Noch lange nicht. Es riecht nach Schweiß, Salami und Benzoe-Weihrauch. Über ihm eine Glühbirne ohne Lampenschirm. Ein kleiner Ofen halb warm röchelnd in der Ecke. Gegenüber der für dieses Örtchen zuständige Geistliche. Der Pope, der *Preot,* thront hinter einem wackligen Holztisch und kratzt sich unter seinem ergrauten Bart, der das große Kreuz auf seiner schwarzen Kutte verdeckt. Unwirsch. Schlecht gelaunt. Schwer atmend, als wäre selbst das zu viel von ihm verlangt. In einer Hand ein Stück angekauter Hartwurst, die es kaum erwarten kann, endlich erlöst und von ihm fertig gegessen zu werden.

Sie haben den Popen zu einem ungünstigen Zeitpunkt erwischt. Nur unwillig hat er sie empfangen. Und das nur, weil Nicolae, sein neuer Verwandter, bereit war, ihm zu helfen. Zumindest bis dorthin, wo er jetzt ist. Alles Weitere wird wieder seine Aufgabe sein. Seine Angelegenheit. Jedenfalls ist Viorel froh, hier zu sein, um sein Anliegen besprechen zu können.

»She in the book«, raunt ihm Nicolae zu.

Der Geistliche hat vor sich ein riesiges Buch aufgeschlagen. Mit handschriftlichen Eintragungen der Hochzeiten, Geburten, Taufen oder Todesfälle, die in den letzten fünf Jahrhunderten in der Gemeinde registriert wurden. So genau will es Viorel gar nicht wissen. Wesentlich ist nur zu beweisen, dass seine Mutter von hier stammt und er sich nicht geirrt hat. Leana Marinescu. Der Pope markiert mit dem noch nicht verzehrten Wurstende ihren Namen, der nahezu unleserlich auf einer der vielen vergilbten Seiten steht. Gern würde ihn Viorel zu weiteren Verwandten und Verwandtschaftsverhältnissen befragen. Doch der orthodoxe Wald-und-Wiesen-Priester spricht weder Deutsch noch Englisch, und sein Cousin hat alle Mühe zu übersetzen.

»Your mother born here«, versucht er Viorel zu erklären.

Nicolae knöpft sich sein nicht mehr ganz frisches Hemd zu und nickt. Es musste vorhin alles sehr schnell gehen. Viorel wollte so rasch wie möglich Klarheit über die Bestattungsmodalitäten erlangen. Am besten gleich. Und sein ihm bis dato unbekannter Verwandter war froh, die mühselige Konversation nach draußen verlagern zu können.

Zunächst war die Überraschung groß. Natürlich. Viorel war überglücklich, an die richtige Adresse geraten zu sein, in Mahmudia. Ein Verwandter. Ein Cousin zweiten oder zwanzigsten Grades. So hatte er sich das vorgestellt. Zudem war er in dem Haus gelandet, in dem seine Mutter ihre Kindheit verbracht hatte. Was konnte jetzt noch schiefgehen? Auch Nicolae schien erfreut, ihn als Teil seiner Familie kennenzulernen. Zumindest war das sein Eindruck. Einen fettleibigen Deutschrumänen, der ihn vollkommen mittellos um Hilfe bat. Nach der dritten Ţuică war Viorel klar, dass sein Cousin das neue Verwandtschaftsverhältnis als wenig vorteilhaft erachten würde. Trotzdem blieb er höflich und lud ihn zum Essen ein. Doch als Viorel zu seinem Erstaunen ablehnte, tat Nicolae zwar beleidigt, konnte es aber kaum gewesen sein. Schließlich hätte es für seine Frau einige Mühe bedeutet, ihn zu bekochen. Ihn satt zu kriegen. Diesen Vielfraß. Insgeheim wird er also froh gewesen sein, dass er es mit der rumänischen Gastfreundschaft nicht ganz so genau nehmen musste und den reichlich übergewichtigen Gast hinausbegleiten durfte. Schnelles Handeln war gefordert. Und da es um die Beerdigung eines Familienmitglieds ging, war der Pope der Erste, den man aufsuchen musste. So weit war Nicolae scheinbar bereit, ihn zu unterstützen. Jetzt war man da, und alles stellt sich nach und nach als nicht mehr ganz so einfach heraus. Nicht so, wie es Viorel recht gewesen wäre.

Der Priester schnäuzt sich die Nase, schiebt die restliche Salami in die Bartmitte und kaut vor sich hin. Geschmatze. Geknirsche. Unverständliches Gegrummel.

»He wants to see paper. Documents«, übersetzt sein Verwandter weiter.

Sterbeurkunde. Leichenpass. All das, was Viorel nicht besitzt. Er muss passen.

»I don't have.«

Stolen. Lost. Irgendetwas muss er sagen, um keinen Verdacht aufkommen zu lassen. Der Pope schaut ihn fragend an. Wie Viorel im Halblicht des Raums erst jetzt erkennen kann, zieht sich dem Geistlichen von der rechten Augenbraue bis zum Haaransatz eine tiefe Narbe über die Stirn, die offensichtlich vor langer Zeit mit zahlreichen Stichen genäht wurde und seitdem das Gesicht zweizuteilen scheint. Viorel ist wie hypnotisiert. Als hätte man den Popen erschlagen wollen, denkt er, und kein Grab finden können, sodass er gezwungen war, unter die Lebenden zurückzukehren. Der orthodoxe Priester wirkt zwar abweisend, aber quicklebendig. Viorel versteht kein Wort, wie dieser leise auf Nicolae einredet, ohne dass sein Verwandter widerspricht.

»Then it's no possible«, hört er ihn sagen.

Der Cousin zuckt mit den Achseln. Not possible. Unmöglich. Natürlich. Das hatte er befürchtet. Auch in Rumänien wird gestorben. Und auch hier werden die Toten in Särgen begraben, mit offiziellen Papieren. Das versteht er alles. So ist es ja auch in Deutschland, leider. Aber er ist keine zweieinhalbtausend Kilometer gefahren, um jetzt an ein paar Formalitäten zu scheitern. An der rumänischen Bürokratie. Durch Österreich und Ungarn, durch das transsilvanische Siebenbürgen oder das siebenbürgische Transsilvanien – ganz egal. Alles in einem Rutsch. Ohne Schlaf, ohne länger anzuhalten. Die Strapazen. All das kann doch nicht umsonst gewesen sein. Warum muss man alles verkomplizieren?

»I really sorry«, versucht es Nicolae erneut. »But he can't do.«

»Can't do? Was soll das heißen?«

Viorel wird ungeduldig. Es fehlen lediglich ein paar Papiere. Unterschriften. Dokumente. Quittungen. Ihm steckt der Ärger im Hals. Er merkt, wie ihn die Müdigkeit zermürbt. Und je länger sich alles hinzieht, umso unruhiger wird er. Er braucht eine Lösung. Sofort. Hilflos schaut er die beiden Männer an. Irgendetwas muss zu machen, muss machbar sein. Alles ist möglich, auch hier. In diesem verfluchten Land. Der Pope schüttelt den Kopf.

»No paper. No grave«, lässt er sich von seinem Cousin übersetzen.

Viorel ist fassungslos. Er ist kein Mensch, dem man freiwillig einen Gefallen tut. Zu oft hat er das bereits erfahren dürfen. Nie wurde er gefragt. Weder zu seinen Wünschen oder Zielen noch nach seiner Meinung. Nicht einmal nach der Uhrzeit. Kein Entgegenkommen, keine Verbündeten. Auch der Pope ist zu keinem Zugeständnis bereit. Erst recht nicht, wenn es um seine Gemeinde, um seinen Friedhof geht. Was kann er tun? Er packt Nicolae am Arm. *Unternimm was. Sag ihm, es ist dringend. Ein Notfall.* Seine Mutter liegt nicht im Sterben. Sie ist schon tot, muss beerdigt werden. Muss. Wenn nicht hier, dann nirgends. Viorel ist zu allem bereit.

»Excuse me.«

Sein Cousin steht auf, läuft umständlich um den Tisch herum, direkt zum Popen, beugt sich zu ihm und flüstert dem Geistlichen leise ins Ohr. Als ob Viorel irgendetwas verstehen könnte, selbst wenn er etwas verstehen könnte.

Der Pope reibt sich mit dem Zeigefinger über die Narbe auf seiner Stirn, wie über eine Wunderlampe. Als würde ihm das zu einem Einfall verhelfen. Und tatsächlich. Schließlich nickt er und beißt noch einmal von seiner Wurst ab. Viorel ahnt, worauf es hinausläuft.

»Money.«

Geld. Natürlich. Alles lässt sich regeln. Warum hat er nicht gleich daran gedacht? *Geld. Geld. Geld.* Wie viel, in großen oder kleinen Scheinen? Im Moment ist Viorel nicht flüssig. Die letzten Lei hat er für das Fährticket ausgegeben. Und Euros hat er schon gar nicht mehr. Der Pope schreibt eine Zahl unter den Namen seiner Mutter, in das ominöse Buch.

»One thousand«, liest ihm der Cousin vor.

»Tausend Lei?«

Für was? Für eine fehlende Unterschrift. Für die Beglaubigung, dass sie verstorben ist. Für ein zugedrücktes Auge. Viorel ist empört. Er hat keine Ahnung, was ein Totenschein in Deutschland gekostet hätte. Mit Sicherheit wäre es günstiger gewesen. Umsonst. Und hier ist man nur darauf aus, ihn übers Ohr zu hauen.

»Not Lei. Euro. Our money piece of shit. One thousand Euro cash. Coffin extra.«

Viorel verschlägt es die Sprache. Er hat keine Kraft mehr, sich aufzuregen. Zu verhandeln. Weder Kraft noch Mut. Seine Position ist schwach, seine Lage wenig aussichtsreich. Und der Pope sieht mit seinen zwei Schädelhälften nicht so aus, als würde er mit sich handeln lassen. Er wirft seinem Cousin einen Blick zu. Kann er ihm überhaupt trauen? Steckt er mit dem Popen unter einer Decke und bekommt seinen Anteil? Die Hälfte? Hinter seinem Rücken? Sein Tonfall hat sich geändert, seit eine feste Summe im Raum steht. Doch das spielt jetzt keine Rolle mehr. Viorel muss sich darauf einlassen, sonst kommt er nicht weiter. Tausend Euro. Wie soll er nur an das Geld kommen? Er hat keine Wertsachen dabei, keine Kreditkarte. Keine Geheimnummer für im Geheimen verstecktes Geld. Das Einzige, das er verkaufen könnte, wäre sein Auto. Aber darin liegt seine Mutter. Und selbst wenn er sie irgendwo verstecken könnte – niemand würde ihm so viel Geld für einen verbeulten Corsa mit zerborstener Scheibe geben. Trotzdem, Viorel muss Zeit gewinnen, darf keinen Verdacht aufkommen lassen.

»Okay, one thousand Euro«, stößt er hervor. »I come back, later.«

Zurück mit dem Geld. Später. Wann auch immer. Nie. Es scheint alles gesagt, zunächst. Viorel steht auf. Kein Handschlag, kein verbindliches Lächeln. Der Pope schaut nicht einmal auf. Froh darüber, ihn in wenigen Augenblicken los zu sein. Einerseits. Auf der anderen Seite hofft er natürlich auf seine Wiederkehr. Mit dem Geld. Mit den tausend Euro, mit denen sich eine ganze Menge Hartwürste kaufen lassen. Haufenweise. Die ganze Kirche wird er mit Würsten dekorieren können, denkt Viorel im Hinausgehen. Eine Salami für jeden Dorfbewohner. Salami während der Messe. Im Beichtstuhl. Im Tabernakel. Dazu Pflaumenschnaps, bis die ganze Gemeinde lallend von den Kirchbänken fällt, alles auf seine Kosten. Viorel ist wütend und enttäuscht zugleich. Ratlos. Das hat er nicht erwartet. Aber was hatte er eigentlich erwartet? Dass alles einfacher werden würde, ganz ohne Formalitäten? Rumänien ist Teil des europäischen Verwaltungskonstrukts mit Gesetzesnovellen, Artikeln, Paragrafen, Fußnoten, Haken und Ösen. Mitgegangen, mitgehangen. Die faule Hälfte des sauren Apfels.

Durch das leere Kirchenschiff an die frische Luft. Nicolae folgt ihm in sicherer Entfernung. Eisiger Wind. Ein leichtes Schneetreiben hat eingesetzt. Die Flocken tanzen in der Luft, und es sieht nicht so aus, als könnte sich irgendetwas zum Besseren wenden.

»I sorry, but if you need money machine – you go to Tulcea and then okay«, ruft ihm Nicolae hinterher.

»Thank you. Maybe …«

Was taugt Verwandtschaft, wenn man nicht einmal die gleiche Sprache spricht? Ohne große Worte zu verlieren, verabschiedet er sich von seinem Cousin, seinem vermeintlich Verbündeten, der ihn übervorteilen will, der mit dem Popen gemeinsame Sache macht. Jedenfalls hat er dieses Gefühl. Viorel gibt vor, später wiederzukommen. Wenn er das Geld hat und sich alle Formalitäten klären lassen. Aber das braucht Zeit, wird dauern. Über ihm hat sich der Himmel verdunkelt, und der Crivăţ tritt eine Lawine vom Kirchendach los, dass um ihn herum alles in einer Schneewolke verschwindet. Sein Cousin hat es eilig, nach Hause zu kommen. Wieder ins Warme. In Vorfreude auf den überraschenden Geldsegen kurz vor Weihnachten. Auf sein Weihnachtsgeld, das ihm keine Behörde zahlen will. Auch Viorel macht sich auf den Weg, geht zurück zu seinem Wagen, der verlassen auf der Friedhofsgasse steht.

Der Leichnam seiner Mutter liegt unverändert im Kofferraum. Eingewickelt in den zerschlissenen Schlafsack, den er nie wirklich gebraucht hat. Erst jetzt. Instinktiv schaut er um sich. Er ist allein. Niemand da, der ihn beobachtet. Keine Häuser ringsum. Keiner, den es bei diesem Wetter auf den Friedhof zieht. Auch der kleine Junge mit dem Fußball ist nicht zu sehen, ist verschüchtert nach Hause gegangen und erzählt seinen Eltern gerade von dem ungeheuer Fetten, dem fetten Ungeheuer, das er zu den Marinescus bringen musste. Vorsichtig löst er die Kordel, die er um den Schlafsack geschlungen hatte. Dann der Reißverschluss. Viorel atmet tief durch. Seine Mutter. Stocksteif. Ihre Haare voller Eis, die festgefroren an der Stirn kleben, an der farblosen Strickjacke, die sie seit Tagen anhat. Die Socke noch immer im Mund. Es sieht aus, als wäre sie daran erstickt, denkt er. Aber ihre Gesichtszüge sind entspannt. Und der Leichnam macht nicht den Eindruck, dass er jeden Moment zu Staub zerfallen könnte. Im Gegenteil. Die eisigen Temperaturen haben die Verwesung entschleunigt. Und fast könnte man meinen, sie freue sich darauf, wieder in ihrer Heimat zu sein, nach den vielen Jahren, in denen sie in Deutschland gelebt hat. Leben musste.

Könnte er sie doch einfach so auf dem Friedhof begraben. Jetzt, still und leise. Ohne Zeremonie, ohne Trauerfeier. Und ohne um Erlaubnis zu fragen. Es sind nur hundert Meter, die zwischen ihm und seinem Ziel liegen. Wozu braucht er den Popen, diesen Halsabschneider? An das Geld kommt er ohnehin nicht, nicht durch den Verkauf seines Autos. Keine tausend Euro. Und sein Verwandter wird nicht dafür aufkommen, es weder können noch wollen.

Hätte er nur geeignetes Werkzeug. Einen Spaten. Einen Eispickel, um das gefrorene Erdreich aufzubrechen. Um ein Grab auszuheben. Oder Sprengstoff. Doch das würde zu viel Aufsehen erregen. Er muss es heimlich tun, heute Nacht. Vielleicht war das schon immer sein Plan. Seine letzte Hoffnung, die ihn die ganze Zeit angetrieben hat. Die Gelegenheit ist günstig, das Vorhaben durchführbar. Nur wie? Plötzlich schießt es ihm durch den Kopf. *Das frische Grab, natürlich!* Nur ein paar Reihen neben dem Grab seiner Großeltern. Ein eigenes Loch graben ist unmöglich. Nicht bei dem steinharten Boden. Doch wenn das Erdreich des anderen Grabs noch lose ist, bestünde die Möglichkeit. Versuchen könnte er es. Viorel zittert am ganzen Körper. Vor Kälte – und Aufregung. So wird er es machen, sobald es dunkel ist. Auf dem Friedhof des Popen. Entschlossen wickelt er seine Mutter wieder in den Schlafsack, schließt die Heckklappe. Mit der verbundenen Hand klopft er sich den Schnee von seinem Jackett, steigt in den Wagen und wartet darauf, dass der Tag endlich ein Ende nimmt.

Kilometer 2478

Tot sein heißt unbeschwert leben. Ohne Gewicht, gewichtslos. Ohne Zentner, Kilo, Gramm. Im Jenseits auf Kometenbahnen durch die Ewigkeit. Befeuert vom Herzrasen der Unsterblichkeit. Tagein, tagaus. Dazwischen entpolen, entorten, enterden. Dafür, und für nichts sonst, wurde das Universum geschaffen.

Viorel blickt auf den Friedhof, auf die Friedhofsmauer, ins Nichts. Über ihm ein abgestorbener Ast. Tote Gedanken. Tote Gefühle. Müdigkeit lähmt seinen Körper und alles, was das Empfinden ausmacht. Er fühlt sich stumpf, ausgelaugt. Obwohl er jetzt hier sitzt und sich ausruhen könnte. Doch zu groß ist die Versuchung, den Kopf zur Seite zu legen und einzunicken. Aber er muss wach bleiben, wachsam sein. Wer weiß, ob der Pope nicht doch einen Abstecher zum Friedhof macht, für eine letzte abendliche Andacht. Oder auf ein letztes Sterbenswörtchen. Vielleicht hätte Viorel seinen Wagen an einer anderen Stelle parken sollen, denkt er. Irgendwo im Ort, nur nicht hier an der Friedhofsmauer. Andererseits kann ihn jetzt niemand sehen, nicht einmal von der Kirche aus. Und wenn schon. Dann wird er weiterfahren und später wiederkommen. Wenn das Dorf schläft und nur noch er wach ist, um das zu tun, was getan werden muss. Doch es fällt ihm immer schwerer, die Augen offen zu halten. Zu müde und erschöpft ist er. Eigentlich dachte er, die Müdigkeit überwunden zu haben. Ein für alle Mal. Aber auch hier hat er sich getäuscht, sie hat ihn nur für kurze Zeit in Ruhe gelassen. Jetzt holt sie ihn ein und macht sich wie Gift in seinem Inneren breit. Viorel kann sie in jedem einzelnen Körperteil fühlen. Im Bauch, unter den Fußnägeln. Auf seiner Zunge. Ein Völlegefühl der Müdigkeit. Was passiert, wenn man sie nicht länger tolerieren, nicht länger aushalten kann? Er reibt sich die Lider unter seiner immer schwerer werdenden Brille, öffnet das Fenster. Kalt ist es ohnehin. Und die Heizung kann er nicht anstellen. Nicht ohne den Motor zu starten. Oder zu riskieren, dass die Batterie leer läuft. Die Scheibe beschlägt. Eiskristalle innen wie außen. Nasskalte Luft. Von der Heizungswärme ist nichts mehr zu spüren, längst nicht mehr. Auf seinen linken Arm setzen sich wieder Schneeflocken, wie Staub auf leblose Gegenstände. Langsam bricht die Dämmerung herein. Viel zu langsam, denkt er und wird immer unruhiger, je zäher die Minuten vergehen.

Er gehört nicht zu den Menschen, die sich interessant genug finden, dass sie es länger mit sich selbst aushalten. Doch es bleibt ihm keine Wahl. Und irgendwie erscheint ihm die Situation nur allzu vertraut. Wenngleich er noch nie in einem Wagen gesessen hat, um eine graue Mauer anzustarren, stundenlang. So muss es sich im Gefängnis anfühlen, denkt er. Einzelhaft für Schwerverbrecher. Auf ein paar Quadratmetern, möbliert mit Pritsche, Tisch, Stuhl und Wohnklo, die gerade ausreichen, um sich einmal im Kreis zu drehen. Wenn überhaupt. Genau das wird ihn auch erwarten. Falls sein Plan misslingt. Falls sie ihm auf die

Schliche kommen. Die rumänischen Behörden – oder die deutschen, sofern er es irgendwann zurück in den Westen schaffen sollte. An das Knastgefühl kann er sich jetzt schon einmal gewöhnen.

Ist er eingeschlafen? Nein, er hat nur einen Moment die Augen geschlossen. Trotzdem, alles scheint schlagartig verändert. Oder ist es nur die Scheibe, durch die er plötzlich nicht mehr nach draußen blicken kann? Doch, es ist sehr viel dunkler als zuvor. Und eiskalt. Sein linker Arm lehnt noch immer aus dem Fenster. Wie tot. Es ist so kalt, dass er ihn kaum bewegen kann. Nicht von allein. Mit dem rechten Arm zieht er den linken an den Körper, massiert den Unterarm, seine andere Hand. Die Fingerspitzen blutleer. Wäre er nicht so fett, wäre ihm der Arm längst abgefroren. Es dauert Minuten, bis er sich wieder von allein bewegen lässt und Viorel etwas spüren kann. Wie spät mag es sein? Die Uhr neben dem Tacho zeigt schon seit Jahren die gleiche Zeit. Aber es muss spät genug sein. Hier will er nicht länger bleiben. Als er aussteigt, kann er sich kaum auf den Beinen halten, klammert sich an die offene Tür, um nicht wegzusacken. Um ihn herum dichter Schnee. Ohne dass es ihm aufgefallen wäre, hat sich der Schneefall verstärkt, und eine faustdicke Schicht bedeckt sein Auto, den Asphalt unter seinen Füßen. Im fahlen Licht der Nacht geht er langsam in Richtung Friedhof, den Hang hinauf. Die *Strada Eternitatii*. Dorthin, wo er vor einer Ewigkeit bereits gewesen ist. Es knirscht unter seinen Fußsohlen. Viorel ist kalt. Trotzdem ist er froh, nicht länger im Auto ausharren zu müssen und sich jetzt in Bewegung setzen zu können. In der Nähe des Eingangs ein kleiner Schuppen. Ein zwei Meter hoher Bretterverschlag, der nicht abgeschlossen scheint. Vielleicht hat er Glück.

Ohne groß nachhelfen zu müssen, lässt sich die Tür öffnen. Spinnweben, eine radlose Schubkarre. Dahinter ertastet er eine Schaufel, einen alten Spaten mit angebrochenem Stiel, mit dem man schon das halbe Dorf begraben hat. Vermutlich. Ein anderes Werkzeug findet er nicht, nicht in dieser Dunkelheit. Der Spaten muss reichen. Viorel zögert nicht lange. Als Nächstes muss er das Grab wiederfinden, das ihm heute Morgen bereits aufgefallen ist. Mit dem Spaten über der Schulter läuft er in die Richtung, in der er das noch frische Grab vermutet. Der Schnee hat sämtliche Spuren verdeckt. Nichts mehr zu sehen von den Holz- und Metallkreuzen mit den vielen Bildern der Toten und den Inschriften darauf. Halb blind läuft er von einer Grabreihe zur nächsten. Irgendwo muss das verfluchte Grab schließlich sein. Orthodoxe Luft über dem orthodoxen Gottesacker. Er hustet, so kalt beißt es in seinen Lungen. Minuten später entdeckt er einen kleinen Erdhügel am rechten Rand des Friedhofhangs. Das Grab ist mit einer Schneeschicht bedeckt wie alles um ihn herum. Deutlich erkennt er aber das lose Erdreich, das noch nicht eingesackt scheint. Dennoch wartet ein hartes Stück Arbeit auf ihn. Wie soll er vorgehen? Einfach graben und schauen, wie weit er kommt? Nach wenigen Spatenstichen ist Viorel außer Atem. Warum nur ist alles derart anstrengend? Er zieht das von Costel geborgte Jackett aus, steckt Danas Schal in einen der Ärmel.

Weiter. Er muss es schaffen, ganz gleich, wie lange es dauern wird. Zur Not bis zum Morgengrauen. Nach einer halben Stunde hat er die obere Erdschicht abgetragen und neben das Grab geschaufelt. 40 Minuten. 60. Zehntausend. Ihm rinnt der Schweiß von der Stirn. Der Atem kondensiert. Es schneit ununterbrochen. Und er hat keine Ahnung, wie lange er durchhalten wird. Doch es gibt kein Zurück, keine Alternative. Der hölzerne Schaft des Spatens reibt an den Händen, zerteilt die Haut in Fetzen. Und auch der Verband, den ihm Dana angelegt hat, ist schnell durchgescheuert. Gedankenlos wischt er das Blut an seinem Hemd ab, über seiner Stirn, dass es ihm ins Auge läuft. Viorel flucht. Was bleibt ihm übrig? Zum Auto zurücklaufen, um irgendwo das Geld aufzutreiben? Unmöglich. Er atmet kurz durch, greift erneut zum Spaten. Die Erde ist zwar noch lose, die Erdklumpen sind aber gefroren und kleben wie Pech zusammen. Er kann nur hoffen, dass der Sarg nicht zwei oder drei Meter unter der Oberfläche liegt. Langsam wird das Loch tiefer. 30 Zentimeter. Ein halber Meter. Neben ihm türmt sich bald ein stattlicher Erdhaufen. Wie haben es die Totengräber nur geschafft, hier ein Loch auszuheben, bei solch einer Witterung? Ihm kommt alles unglaublich unwirklich vor. Hinter seinem Rücken das Dorf. Immer wenn er sich umdreht, um ein paar Erdklumpen aus dem Loch zu schaufeln, kann er die dunklen Umrisse der unter ihm liegenden Häuser erkennen. Mahmudia. Zu dieser Uhrzeit ist nicht einmal mehr der Pope wach. Oder der Cousin, der ihn über den Tisch ziehen wollte. Irgendwie fühlt sich Viorel im Recht. Je tiefer das Loch wird, umso größer wird seine Gewissheit, das Richtige zu tun. Auch wenn es das Falsche sein mag. Doch darüber denkt er nicht nach, will nicht darüber nachdenken. Nicht hier, wo ohnehin alle unter einer Decke zu stecken scheinen. Für Geld würden sie alles tun, die Erben Ceauşescus. Sein Cousin hat den gleichen Vornamen wie der einstige rumänische Diktator. Hier ist der Name selbst heute noch Programm, so Viorels Vorstellung. *Nicolae* stand auf der Liste der beliebtesten Vornamen immer an erster Stelle. Wahrscheinlich gab es damals nur den einen, überlegt er. Einen für Jungen. Und den gleichen für Mädchen.

Plötzlich ein dumpfer Ton. Stahl, der auf Holz trifft. Oder auf einen Stein. Nein, es ist der Sargdeckel. Er steht gerade einmal bis zur Hüfte in dem Grabloch. Kann das sein? Zu seiner eigenen Überraschung hat er tatsächlich den Sarg freigeschaufelt, den sie erst vor Kurzem hier herabgelassen haben. In der Absicht, den Verstorbenen in ewiger Ruhe zu betten. Weit gefehlt. Jetzt ist er da. Viorel gräbt weiter. Bevor er den Deckel lösen kann, muss er den Sarg komplett freischaufeln. Wenigstens die obere Hälfte. Aber was soll ihn jetzt noch aufhalten? Mit beiden Händen greift er in das Erdreich und wirft die Brocken nach oben, wie besessen. Doch der Sargdeckel lässt sich nicht lösen. Vielleicht ist er festgefroren? Zugenagelt? Er braucht den Spaten, um ihn aufzuhebeln. Der Winkel ist schlecht, und er kann ihn nicht richtig ansetzen. Soll er versuchen, den Deckel zu zertrümmern? Kurz überlegt er, auf das schmale Kreuz einzuschlagen, das mittig auf der Holzkiste eingearbeitet wurde. Dann bewegt sich der Deckel doch. Einen Zentimeter. Zwei. Viorel greift mit den Fingern in einen winzigen Spalt. Er kann den Sargdeckel nicht hochheben, wenn er auf ihm steht. Mühsam klettert er wieder aus dem Loch, legt sich flach auf den Bauch bis an den Rand und stochert mit dem Spaten an dem verjüngten Ende des Sargs nach dem Deckel. Ein Stück weit lässt er sich anheben. Dann ist er mit dem Spatenblatt drin, könnte den Deckel aufstemmen. Doch er zögert. Was wird ihn erwarten? Ein alter Mann oder eine junge Frau? Er hat noch nie ein Grab geöffnet. Wie in so vielem fehlen ihm die Erfahrungswerte. Auf den Namen und das Alter des Verstorbenen hat er vorher auch nicht geachtet. Vermutlich steht es auf dem provisorischen Holzkreuz, das er vorhin zur Seite gelegt und unter dem Erdhaufen begraben hat. Was, wenn der oder die Tote ähnlich dick ist wie er selbst? Wie soll er den Körper dann aus dem Sarg heben und gegen den Leichnam seiner Mutter tauschen? Ihm stockt das Herz, als er den Sargdeckel zur Seite stößt. Kein Untoter, der ihm entgegenspringt. Und auch kein adipöser Dorfbauer, bei dem er sich vergeblich abmühen würde. Zu seiner Überraschung liegt in dem Sarg eine alte Frau, die eine ähnliche Statur zu haben scheint wie seine Mutter.

Erleichtert legt er den Spaten aus der Hand, steigt erneut hinab in das jetzt offene Grab. Vorsichtig. Auch wenn die Frau tot ist, hat er nicht vor, ihren Leichnam mit Fußtritten zu entweihen. Um Himmels willen. Darf er die Tote aus dem Grab heben, ohne dass ihn ein Fluch trifft, der ihn bis ans Lebensende verfolgt? Viorel glaubt weder an übersinnliche Kräfte noch an irgendetwas. Vielleicht sollte er aber genau das, an etwas glauben. Doch nach einem Gott hat er nie gefragt. Umgekehrt genauso wenig. Die Frau im Sarg dagegen scheint sehr gläubig gewesen zu sein. Sie trägt ein schlichtes dunkles Kleid. Mit ihren Händen umklammert sie eine kleine, goldschimmernde Ikone mit einem Bild Jesu, dessen Kopf von einem Heiligenschein umrahmt wird. Fast sieht sie selbst aus wie eine Heilige, denkt Viorel. So wie sie vor ihm aufgebahrt wurde. Ihm ist es sehr unangenehm, ihre Totenruhe zu stören. Doch er muss es tun, hat es bereits getan. Und vielleicht könnte sie ihn sogar verstehen, wenn sie noch lebte. Er beugt sich nach vorn, greift sie an Arm und Schulter, um sie aufzurichten. Die Frau ist nicht besonders leicht, leistet aber keinen Widerstand. Natürlich nicht. Zum Glück haben sie den Leichnam nicht am Sargboden festgenagelt. So wie es ihm Dana erzählt hat von Orten, in denen das offensichtlich noch so gehandhabt wird. Zumindest bei vermeintlichen Untoten, Nachzehrern und Wiedergängern. Nicht hier. Viorel hat schon genug Mühe, sie aus dem offenen Sarg zu heben. Jetzt auch noch Pfähle, Stifte oder Nägel aus ihrem Körper zu ziehen würde ihn vollkommen überfordern. Er packt die Tote unter den Armen, zieht sie an sich und richtet sie auf. Steif, wie sie ist, kann er sie problemlos hinstellen, aufrecht in eine Ecke des Grabschachts. Jetzt er. Seitlich steigt Viorel auf den Sarg, stemmt sich wieder nach oben. Noch ist er nicht am Ziel. Von oben will er die Tote am Kragen greifen, um sie aus dem Loch zu ziehen. Besser an den Haaren. Auch wenn ihm das unangenehm ist, packt er den Leichnam an den sorgsam hinter dem Kopf zusammengesteckten Haaren und zieht ihn an der Längsseite des Grabs aus dem Loch. Er keucht.

Die Tote ist schwer, schwerer als gedacht. Vielleicht hat er nur keine Kraft mehr.

Wie lange hat es wohl gedauert, den Sarg freizuschaufeln? Viorel ist so erschöpft, dass er kaum sagen kann, wie viele Stunden er bereits mit dem Grab beschäftigt ist. Schwer atmend setzt er sich auf den Erdhaufen, der sich neben dem Schacht türmt. Im grauen Licht betrachtet er den Leichnam der nicht mehr jungen Frau, die er eben nach oben gezogen hat. Ein schmales Gesicht, eingefallene Wangen, die Augen geschlossen. Bleiche Haut, dunkle Punkte auf den Handrücken. Muttermale oder Altersflecken. Wie seine Mutter, denkt er. Eine gewisse Ähnlichkeit lässt sich nicht von der Hand weisen. Wie auch? Schließlich stammt seine Mutter von hier. Da ist es nicht verwunderlich, wenn sich die Körper beider Frauen gleichen. So wie das bei älter werdenden Menschen immer ist. Und der Prozess geht immer weiter. Tote werden sich immer ähnlicher, je länger sie tot sind. Bis man am Ende nicht mehr zuordnen kann, welcher Knochen welchem Verstorbenen gehört. So wird es auch mit den Körpern der beiden Frauen geschehen, denkt er. Und es macht kaum einen Unterschied, welche der beiden nun in diesem oder jenem Grab liegt. Nicht für die beiden, für ihn schon.

Er muss den Leichnam seiner Mutter holen. Warum hat er ihn nicht gleich mitgebracht? Erneut spürt er die Kälte. Der nasse Schweiß, der sich mit dem frischen Schnee vermischt und ihm am Körper klebt. Mit zitternden Händen zieht er wieder das Jackett an, legt sich Danas Schal um den Hals. Zurück zum Auto. Sein Corsa steht noch genauso da, wie er ihn vorhin verlassen hat. Eingeschneit. Und durch das Loch der zertrümmerten Seitenscheibe ist Schnee nach innen geweht. Was kümmert ihn das jetzt? Er öffnet die arg ramponierte Heckklappe und öffnet den Schlafsack, in den er seine Mutter gesteckt hat. Mit beiden Händen zieht er den Leichnam nach oben, wuchtet den Körper aus dem Kofferraum. Die Heckklappe wieder zu; erneut schlägt er den Weg zum Friedhof ein. Wie viel Zeit bleibt ihm? Wann wird die Nacht ein Ende haben? Bergauf ist er schnell wieder außer Atem. Er muss seine Mutter mehrmals absetzen, um zwischendurch für einen Moment durchzuatmen. Körperlichen Anstrengungen geht er in der Regel aus dem Weg. Und es ist jetzt schon die dritte Nacht, in der er sich nicht ausruhen, nicht schlafen kann. Aber der Spuk wird bald ein Ende haben. Gleich. Wenn er seine Mutter in das fremde Grab gelegt und das Loch wieder zugeschaufelt hat. Viel mehr ist nicht zu tun. Und er hat es fast geschafft, kann das offene Grab bereits sehen. Schemenhaft, in der Dunkelheit. Nur noch wenige Schritte durch den frischen Schnee. 30 Meter. 20. Der Körper seiner Mutter liegt über seiner Schulter. Er dreht sich kurz zur Seite, blickt nach hinten, zurück zur Kirche, zum Dorf, das in dunklen Umrissen zu erkennen ist. Dann wieder nach vorn. Das Grab. Was erwartet ihn jetzt? Neben dem Grabloch bewegt sich etwas. Kein Zweifel. Etwas Großes, Lebendiges. Fast entgleitet ihm der Leichnam seiner Mutter. Wer oder was zum Teufel? Die verstorbene Frau, die er eben an den Haaren aus ihrem Sarg gezogen hat, ist wieder zum Leben erwacht, um sich an ihrem

Grabschänder zu rächen. Mit dem Spaten in der Hand läuft sie auf ihn zu, schlägt ihm so lange auf den Schädel, bis Viorel reglos in sich zusammensackt und kopfüber in den Schnee fällt. In Windeseile packt ihn die Untote, zerrt ihn in ihr eigenes Grab und verscharrt ihn, noch ehe der erste Hahn nach ihm krähen kann.

Viorel ist bleich vor Angst. Doch es ist weder die fremde Frau noch der Pope auf einem seiner nächtlichen Rundgänge. Es muss ein Tier sein. Irgendein Lebewesen auf vier Beinen. Sicher. Unter der Brille fährt er sich über die Augen, schaut noch einmal genauer hin. Der Schatten eines riesigen Tiers, das nicht näher zu kommen scheint. Das still neben dem offenen Grab sitzt und auf ihn wartet. Offensichtlich. Viorel sacken die Knie weg. Was soll er tun? Davonlaufen, mit seiner Mutter? Er setzt den Leichnam behutsam ab, geht zwei Schritte auf das Grab zu. Der Schatten bewegt sich nicht, doch Viorel ist sich sicher, dass ihn das Tier beobachtet. Dass es ihn anstarrt, um sich im nächsten Moment auf ihn zu stürzen. Was immer es ist. Viorel ist unbewaffnet, dem Vieh, der Bestie schutzlos ausgeliefert. Trotzdem geht er weiter auf das riesige Tier zu. Langsam. Die Konturen werden schärfer. Kleiner als ein Bär, größer als ein Fuchs. Vielleicht ein Wolf, überlegt er. Soll er sich eines der Kreuze nehmen, die hinter den Gräbern aus dem Boden ragen? Als er näher kommt, richtet sich der Schatten vor ihm auf, setzt sich auf seine Hinterläufe. Bereit, zum Sprung anzusetzen und ihn zu zerfleischen. Viorel ballt die

Fäuste. Es ist kein Wolf, ein riesiger Hund. Mit dichtem, etwas zotteligem Fell, wie er jetzt schon deutlicher erkennen kann. Eine durchtrainierte, geschmeidige Fleischmasse, die neben dem Leichnam der ausgegrabenen Frau thront. Der Hund ist keiner Rasse zuzuordnen, nicht aus dieser Entfernung. Dennoch ist es ein Hund, denkt Viorel. Die Ohren liegen dicht am Kopf, der breite Schädel geht nahtlos über in den Rumpf. Wäre er selbst ein Hund, würde er wahrscheinlich genauso aussehen. Weniger athletisch, eher stiernackig. Voluminös. Was will er von ihm? Der Hund sitzt wie angewurzelt neben der Toten. Wahrscheinlich hat er Hunger und wittert ein größeres Festmahl. Soll er es darauf ankommen lassen?

Als Viorel einen weiteren Schritt auf ihn zugeht, hört er sein Knurren. Es ist kein gewöhnliches Knurren. Vielmehr klingt es wie ein Warnruf, wie ein bedrohlicher Fluch, den der Köter zwischen den Lefzen hervorstößt. Unwillkürlich muss er an den Wolfshund denken, den ihm Dana beschrieben hat. Der während Costels zweitem Begräbnis auftauchte, der Länge nach über das Grab sprang und wie von Sinnen fortrannte. Mit der Seele des Verstorbenen. Welch ein Unsinn! Das Tier vor ihm ist ein gewöhnlicher Hund, mit vier Beinen, Schwanz und sabbernder Schnauze. Wäre er nicht derart riesig, würde Viorel ihn vertreiben. Einen Stein nach ihm werfen oder mit einem der Holzkreuze auf ihn einschlagen. So wird er ihm aber kaum beikommen. Er muss ihn ablenken. Oder sein Vertrauen gewinnen. Nur wie?

Einer spontanen Eingebung folgend, lässt er den Leichnam seiner Mutter im Schnee zurück, stapft zurück zum Auto, den Hang abwärts. So schnell er kann. Der Hund regt sich nicht, verharrt an der Stelle, wo Viorel das Grab ausgehoben hat. Vielleicht geht es mit einem Stück Cozonac, dem Weihnachtskuchen, den Dana ihm zum Abschied geschenkt hat. Er hätte ihn selbst nur allzu gern gegessen. Aber essen will er ohnehin nicht mehr. Auch wenn er mit seinen Kräften vollkommen am Ende ist. Als er Minuten später mit der Plastiktüte und dem Brotkuchen zurückkommt, wartet die Bestie in unveränderter Haltung. Viorel nickt ihr zu. Den Leichnam seiner Mutter hat der Hund nicht angerührt. Und auch jetzt sieht er nicht so aus, als würde ihn die zweite Leiche interessieren. Vorsichtig macht Viorel einen Schritt auf das Tier zu, bis dieses wieder knurrt. Dann greift er in die Plastiktüte und holt den Brotkuchen heraus. Fressen Hunde so etwas? Auf einen Versuch kommt es an. Hätte er nur eine Flasche Ţuică, er könnte den Kuchen darin tränken und den Köter damit betäuben, besoffen machen. Aber wahrscheinlich ist das gar nicht nötig. Er geht in die Hocke, stützt sich auf alle viere und schaut dem Tier fest in die dunklen Augen, auf gleicher Höhe. So wird es ihm nichts tun. Hoffentlich, ganz sicher ist er nicht. Vielleicht versucht er es erst einmal mit einem kleinen Stück, bricht ein paar Krumen ab und wirft sie dem Hund in den Schnee. Keine Reaktion. Nicht einmal mehr ein Knurren. Der Hund schaut ihn starr an, wie versteinert, ohne Regung. Für Sekunden. Soll er ihm ein weiteres Stück Kuchen hinwerfen? Plötzlich regt sich etwas in der vor ihm sitzenden Fleischmasse. Nicht, um zum Sprung anzusetzen und ihn zu zerfleischen. Der Hund macht einen Schritt auf ihn zu, zögerlich, wedelt mit dem Schwanz, schnuppert an dem Kuchen. Dann schmatzen, schlucken, ein merkwürdig gieriges Winseln ausstoßend. Viorel richtet sich erleichtert auf. Der Hund blickt ihn mit großen Augen an, wartet auf mehr. Diesmal ist Viorel weniger ängstlich und hält dem Tier den ganzen Kuchen vor die Schnauze. Der Hund überlegt nicht länger, läuft auf ihn zu und schnappt nach der Hand mit dem unerwarteten Fressen. Er hat Hunger. In wenigen Sekunden ist der gesamte Kuchen verschlungen. Viorel tätschelt dem Hund den Nacken. So macht man das bei Tieren, mit denen man sich anfreundet, denkt er. Das hat er schon oft in der Stadt beobachtet. Oder in Filmen. Wahrscheinlich können Hunde gar nicht anders. Entweder Freund oder Feind. Bellen oder beißen. Und sein Verhältnis zu dem Köter hat sich offenbar zum Besseren gewandelt. Warum nur hat er ihm hier aufgelauert? Und gibt es noch weitere, die gleich aus dem Gebüsch preschen, um von ihm Gleiches einzufordern? Eine ganze Meute? Viorel kann in der Dunkelheit nichts erkennen. Der Friedhof liegt ruhig da, totenstill. Kaum ein Geräusch, nicht einmal ein Luftzug in den Myriaden Schneeflocken, die das Delta leise unter sich begraben. Nirgends ein Licht. Nicht einmal dort, wo er die Donau vermutet, die weit unter ihm am Dorf entlangfließt. Erschöpft richtet sich Viorel auf und schaut nach seiner Mutter. Mühsam hebt er den Leichnam wieder auf seine Schulter. Bis zum offenen Grab sind es nur wenige Meter. Der Hund läuft ihm um die Beine, in der Hoffnung auf mehr. Doch Brotkuchen ist aus. Nichts anderes, was er dem Tier anbieten könnte. Viorel muss jetzt seine Mutter begraben.

»Merkst du das nicht?«

Als könnte er ihn verstehen, legt sich der Hund wieder neben den Leichnam der anderen Frau und schaut ihm aufmerksam zu. Als gäbe es später etwas zu bezeugen. Was wird der Köter als Nächstes tun? Viorel setzt seine Mutter am Rand des Grablochs ab. Um sie begraben zu können, muss er wieder in das Grab hinabsteigen.

Von unten greift er ihren Körper an den Beinen, lässt ihn langsam zu sich in den Schacht gleiten. Alles geht einfach, viel einfacher, als vor wenigen Minuten noch gedacht. Er setzt den Leichnam vorsichtig ab und legt ihn der Länge nach in den hölzernen Sarg. Die Leichenstarre scheint sich fast gelöst zu haben. Kurz denkt er darüber nach, sie von der Socke in ihrem Mund zu befreien. Doch es erscheint ihm unpassend, ihr noch einmal den Kiefer zu öffnen. Aber vielleicht ist das gar nicht nötig. An einem kleinen Zipfel packt er die Socke und zieht sie ihr aus dem Mund. Selbst anziehen will er sie nicht mehr, auch wenn ihm die Füße längst abgefroren scheinen. Soll die Socke das Letzte sein, was er ihr mitgibt. Gern wäre es mehr. Aber was sonst könnte er ihr mit ins Grab legen? Jetzt, wo er es endlich schafft, sie dort zu beerdigen, wo sie es sich gewünscht hat? Er besitzt nicht einmal ein Kreuz, das er ihr um den Hals legen könnte. Die Ikone der anderen Frau? Der Hund würde es nicht zulassen, wahrscheinlich. Vielleicht gehören sie zusammen, denkt Viorel. Der Hund und die Frau. Stirbt der eine, ist es mit dem anderen auch bald vorbei. Egal ob Mensch oder Tier. Wenn man das halbe Leben miteinander verbracht hat, macht es keinen Unterschied.

Um ihn selbst wird niemand trauern. Wenigstens hatte seine Mutter ihn, als Sohn. Doch er? Wie er sie so daliegen sieht, muss er schlucken. Ihm schießen die Tränen in die Augen. Friedlich, zufrieden in ihrem Grab. Am liebsten würde er sich dazulegen, in den engen Sarg. Auch wenn das unmöglich ist, schon aus Platzgründen. Und es stände niemand bereit, die Holzkiste zu verschließen und das Grab zuzuschaufeln. Wie nimmt man Abschied? Er kann nicht einmal das Vaterunser. Nicht vollständig. *Wie im Himmel, so auf Erden.* Oder darunter. Danach muss er passen. Sei's drum. Unsicher zupft er ihr die alte Strickjacke zurecht und faltet ihre Hände über der Brust. Dann beugt er sich nach vorn, küsst sie auf die kalte Stirn. Ein letztes Mal. Mehr gibt es nicht zu tun. In dem Gefühl, jetzt vollkommen allein zu sein, steigt er wieder aus dem Grab. Dafür nun hat er die lange, nicht enden wollende Reise auf sich genommen. Um seine Mutter in einem fremden Grab zu beerdigen. Als er mit dem Holzdeckel den Sarg verschließen will, merkt er, dass es heller wird. Die Nacht um ihn herum neigt sich dem Ende, und bald wird es dämmern. Er muss sich beeilen, darf keine Zeit verlieren. Das Grab zuschaufeln wird nicht so lange dauern, wie er gebraucht hat, es auszuheben. Ohne länger zu zögern, greift er den Spaten, stößt, schiebt, schaufelt die Erdbrocken zurück in das metertiefe Loch. Er kommt gut voran, selbst wenn seine Hände nur noch aus Hautfetzen zu bestehen scheinen. Schnell sieht das Grab wieder so aus, wie er es vorgefunden hat, weitestgehend. Auch das provisorische Holzkreuz, auf dem er keinen Namen erkennen kann, steckt er wieder in die Erde. Nur zu gern hätte er gewusst, wer die unbekannte Frau ist, die er in ihrer Totenruhe gestört hat. Und wie alt sie war. Vielleicht war sie tatsächlich verwandt mit seiner Mutter. Eine Cousine, eine Stiefschwester aus zweiter Ehe. In dem Dorf hier ist alles möglich.

Zu seinem Glück schneit es unverändert stark. In Kürze wird der Schnee sämtliche Spuren verdeckt haben. Nur wohin mit der Toten? Der Hund liegt noch immer neben dem Leichnam seines ehemaligen Frauchens. Wird er nach ihm schnappen, wenn Viorel die Leiche mitnimmt, um sie verschwinden zu lassen? Wo auch immer. Es scheint, als hätte er seit Tagen mit den gleichen Problemen zu tun. Doch diesmal hat er eine Idee. Er wirft den Spaten ein paar Meter weiter ins Gebüsch und nähert sich der fremden Frau. Bevor er versucht, den Leichnam aufzurichten, um ihn tragen zu können, bückt er sich zu dem Hund, krault ihn hinter den Ohren. Wie schnell sich doch das Tier an ihn gewöhnt hat, ihm freundlich gesinnt scheint. Wäre es bloß immer so im Leben. Dann der starre Leichnam der anderen Frau. Der Körper fühlt sich an wie eine schlecht angezogene Schaufensterpuppe, die sich durch die Gegend tragen lässt. Zu seiner Überraschung schaut der Hund nur kurz auf, lässt ihn gewähren. Kein Knurren, kein wütendes Bellen. Als sich Viorel den Leichnam über die Schulter legt und langsam hangabwärts zum Ausgang des Friedhofs läuft, setzt sich auch der Hund in Bewegung, trottet ihm hinterher. Es dauert nicht lange. Zweihundert Meter, dann haben sie die Straße erreicht. Bis zu seinem Auto sind es nur wenige Schritte. Doch er läuft daran vorbei. Geradewegs auf die Kirche zu, die im Halbdunkel der bald endenden Nacht unter einer dichten Schneedecke begraben liegt. Bis zur morgendlichen Andacht wird es noch eine Weile dauern, hofft er.

Viorel setzt den toten Körper am Eingang ab und rüttelt an der schweren Holztür. Verschlossen. Wie zu erwarten hat der Pope sein Kirchenhaus verriegelt. Nach dem letzten Stoßgebet. Oder der Flasche Ţuică, die er zwischen Beichtstuhl und Sakristei geleert hat, um die Fülle der täglichen Hartwürste verdauen zu können. Viorel kann es egal sein. Hauptsache, der Geistliche wird erst zurückkehren, wenn der Schnee alle Spuren unkenntlich gemacht hat. Was ist sein Plan? Er streicht der Frau ein paar Flocken von ihrem Kleid und lehnt sie an die Kirchentür. Ihr Haar ist zerzaust. Vielleicht hätte er sie nicht an ihrem Schopf aus dem Grabloch ziehen sollen. Vielleicht ist es aber auch besser so. Soll der Pope denken, was er will, wenn er seine Kirche aufschließt. Eine Untote, eine Wiedergängerin, die Anklage erhebt gegen seine unzulängliche Hilfsbereitschaft. Auf einen Skandal wird es der Geistliche kaum ankommen lassen. Nein, der Pope muss die Leiche verschwinden lassen, überlegt Viorel. Auch wenn er ihn hinter dieser Ungeheuerlichkeit vermuten wird. Er kann das Grab nicht erneut öffnen lassen. Die Gefahr wäre zu groß, dass es hier in seiner Gemeinde anfängt zu spuken. Dass sie in Zukunft ihre Verstorbenen an ihren Särgen festketten oder ihnen einen Pfahl durch den Oberkörper stoßen wollen. Während seiner

Totenmesse. Und wenn nicht dort, dann nachträglich auf dem Friedhof. Viorel ist sich seiner Sache sicher. Sicher, das Richtige getan zu haben. Wenigstens im Sinn seiner Mutter. Dass er die Frau, die jetzt wie eine Ausgestoßene an der Kirchentür lehnt, in ihrer Totenruhe gestört hat, tut ihm unendlich leid. Der Pope wird aber schon einen Weg finden, alles wieder gutzumachen. Platz genug hat er dafür, auf seinem Gottesacker.

Viorel wirft einen letzten Blick auf die bizarre Szenerie. Eine verstorbene Frau vor einer Kirche. Neben ihr ein grauer Hund mit dichtem Fell und anliegenden Ohren, der über sie wacht. Irgendwie ist Viorel sehr zufrieden mit sich. Doch als er sich umdreht, um zurück zu seinem Wagen zu gehen, folgt ihm das Tier. Das hat ihm gerade noch gefehlt. Er geht schneller, dreht sich erneut um. Der Hund lässt sich nicht abschütteln, ist schon vor ihm am Auto. Ein Polizeihund, der ihn in Schach halten will. Bis Verstärkung eintrifft. Warum bleibt er nicht bei seinem Frauchen? *Geh. Lauf. Sitz, Platz!* Nirgends ein Stock oder Ball, den er wegwerfen könnte, damit ihn der Hund holt und er in der Zwischenzeit verschwinden kann. Nichts hilft. Entweder versteht ihn der Köter nicht, oder er will ihn nicht verstehen. Vor der Fahrertür setzt sich das riesige Tier wieder auf seine Hinterläufe und schaut ihn mit großen dunklen Augen an. Von dem Cozonac ist nichts übrig. Er hat nichts mehr, was er dem Hund anbieten könnte. Aber das ist es gar nicht, was er von ihm will. Viorel hat eine leise Ahnung, worauf es hinausläuft. Machtlos öffnet er die Wagentür. Der Hund springt unaufgefordert hinein, setzt sich auf den Beifahrersitz. Er braucht dem Hund nichts zu sagen, nichts zu erklären. Was bleibt ihm übrig? Eine Weile wird er es wohl mit ihm aushalten. Wenn es schon kaum für einen reicht, stört ein Zweiter auch nicht mehr. Viorel setzt sich in den Wagen, gähnt, reibt sich die Augen. Es dämmert. Bald wird das Dorf erwachen und mit ihm der Pope. Um kein Aufsehen zu erregen, schließt Viorel den Wagen wieder kurz, wartet, bis es durch die Lüftung langsam wärmer wird und er durch die von Eiskristallen zentimeterdick bedeckte Scheibe etwas sehen kann. Dann würgt er den Motor wieder ab, schaltet in den Leerlauf, löst die Handbremse und lässt sich bergab rollen. Lautlos durch das Dorf hindurch, bis hinunter zur Donau. Er muss sich waschen, so dreckig, wie er ist, denkt er. Und dann? Dann wird er zurück nach Tulcea fahren, in der Hoffnung, dass das Benzin reicht. Und Dana auf ihn wartet.

Kilometer 2498

Hunde, Katzen, Goldfische, Kanarienvögel, Fledermauspapageien. Haustiere heißen Haustiere, weil man sie im Haus hält. Nicht in der Wohnung. Viorel kam der Gedanke schon immer sonderbar vor, die beiden arg begrenzten Zimmer, die sie hatten, mit irgendwelchen Tieren teilen zu müssen. Als er acht oder neun war, hatte ihm seine Mutter einen Hamster geschenkt. Gegen die Eintönigkeit, gegen das nachmittägliche Alleinsein. Als läge es in dessen Natur, sich einsamer Menschen anzunehmen.

Trotzdem, Viorel hat sich gekümmert. Bis ihm der Hamster unter der Hand weggestorben ist. Falsche Ernährung oder irgendein Virus. Das Tier musste eine halbe Woche lang im Käfig vor sich hin siechen, bis es endlich starb. Kein Tierarzt der Welt konnte da etwas tun. Viorel kann sich noch gut erinnern. An den Verlust. Und an seinen Entschluss, niemals auch nur irgendein weiteres Tier besitzen zu wollen. Jetzt der Hund. Viorel hat nicht vor, das restliche Leben mit ihm zu teilen. Oder sogar mit ihm alt zu werden. Wo er sowieso nicht alt werden will. Aber für den Moment ist er fast froh, sich an jemanden klammern zu können. Auch wenn es bloß ein ihm zugelaufener Hund ist, dessen Frauchen verstorben ist.

Viorel hat seinen Wagen oberhalb der Böschung auf der

Straße abgestellt und ist zu Fuß bis zum Ufer der Donau gelaufen, durch das Gebüsch. Der Hund ihm nach. Es ist schon fast hell, und er muss sich beeilen, von hier fortzukommen. Bevor das halbe Dorf erwacht und der Pope doch noch Jagd auf ihn macht. Von hier aus kann er den Hafen des Örtchens beobachten. Tatsächlich ist es nur eine kleine Anlegestelle, an der vereinzelt Schiffe festmachen. Alle paar Stunden. Oder Monate. Dennoch herrscht bereits reges Treiben. Auf der schneebedeckten Kaimauer wartet eine Handvoll Menschen auf das Auftauchen eines Bootes. Viorel muss aufpassen, von niemandem gesehen zu werden. Hier hinter den Sträuchern fühlt er sich sicher, einigermaßen. Schnell zieht er die Schuhe aus, krempelt die Hosenbeine hoch. Schweiß, Blut, Erde, Schnee. Er ist von oben bis unten verdreckt. So wird ihn Dana weder wiedererkennen noch mit ihm etwa zu tun haben wollen. Es ist eisig kalt, als er sich barfuß auf kleinen Kieselsteinen dem Uferrand nähert. Der Hund sitzt neben ihm und schaut ihm neugierig zu. Wie heißt er überhaupt? Wenn Viorel mit ihm reden will, muss er ihn beim Namen nennen. *Hund* ist kein Name. Und den, den er bislang hatte, wird er ihm kaum preisgeben. Viorel tätschelt dem Tier den Kopf, ist sich unsicher, wie er seinen momentanen Begleiter rufen soll. Wie er gerufen werden will. *Hasso. Bello. Rex.* Für Hunde gibt es Namen, die man weder einem Kind geben würde noch einem Tiefdruckgebiet. Viorel muss sich einen Namen überlegen, vielleicht einen rumänischen. Schließlich befindet er sich mitten im Donaudelta. Doch welche rumänischen Vornamen kennt er überhaupt? Costel, Dorinel, Nicolae, Emilian, Sergiu. Er muss wieder an die merkwürdige Begebenheit denken, die Dana ihm von Costels zweifachem Begräbnis erzählt hat. Und wie die Alte noch immer glaubt, dass es irgendein Fürst der Finsternis in der Gestalt eines Hundes gewesen sein soll, der über das Grab ihres verstorbenen Gatten gesprungen ist, um dessen Seele zu rauben. Je länger Viorel darüber nachdenkt, umso mehr findet er Gefallen an dem Gedanken. Er wird den Hund *Dracul* nennen. Warum auch nicht? Der Name erscheint ihm durchaus passend, zumal sie sich auf dem Friedhof begegnet sind. Genau wie der Hund in Danas Erzählung.

»Dracul. Ich werde dich Dracul rufen, einverstanden?«

Dracul, sitz! Platz! Dracul, fass! Noch reagiert der Hund nicht auf seinen neuen Namen. Doch er wird sich schnell an ihn gewöhnen. Viorel gibt dem Tier einen Klaps und schaut wieder über die dunkle Wasseroberfläche der Donau, die direkt vor ihm liegt. Da Dracul offensichtlich nicht die geringste Lust verspürt, selbst ein Bad zu nehmen, muss er es alleine wagen. Nicht ganz hinein. Nur etwas waschen. Das Gesicht, die Hände. Er zieht Hemd und Unterhemd aus und legt die beiden verdreckten Kleidungsstücke neben seine Schuhe, auf sein Jackett und Danas Schal. Obendrauf die Brille. So, wie er dasteht, nur in hochgekrempelten Hosen, fällt er in der Landschaft nicht weiter auf. Ein bleicher Fleischberg vor einer schneebedeckten Kulisse. Niemand wird sich an seinem Anblick stören.

Vorsichtig macht er einen Schritt auf das schwarztrübe Wasser zu. Der Uferrand ist an dieser Stelle recht seicht, und er kann sich bis zu den Kniekehlen in das vorbeiströmende Wasser stellen. Die Eiseskälte beißt in den Knöcheln, in den Waden. Lange wird er es nicht aushalten. Seine Füße sind schon jetzt blau gefroren. Schnell taucht er die Hände in den Fluss und spritzt sich ein paar Tropfen über Gesicht, Arme, Oberkörper. Katzenwäsche in Anwesenheit eines Hundes. Es ist so kalt, dass er schreien könnte. Wenigstens macht es ihn wach. Eine Aufgewecktheit als Vorstufe zum Tod, denkt er. Doch plötzlich wird Dracul unruhig. Gerade als Viorel die Hände zum wiederholten Mal eintaucht, springt der Hund auf und fängt an zu bellen. Nicht kurz, weil er einen Vogel oder einen anderen Hund gewittert hat. Dracul steht am Uferrand und bellt wie von Sinnen über das offene Wasser. Ununterbrochen, so laut, dass es das ganze Dorf hören muss.

»Still, Dracul! Hör auf!«

Viorel kann den Hund nicht beruhigen. Weder ablenken noch bändigen. Dann erkennt auch er verschwommen die Konturen eines Schiffs. Langsam nähert sich das Linienboot, das, aus Tulcea kommend, die Donau flussabwärts fährt, um hier einen Zwischenstopp einzulegen. Deshalb die Menschen auf der Kaimauer. Erst jetzt wird ihm klar, warum Dracul plötzlich so aufgeregt ist. Das Schiff ist keinen Steinwurf weit entfernt, hat ihn fast passiert. Viorel steht wie angewurzelt im Wasser. Bleich, frierend, mit fettbäuchigem, nacktem Oberkörper. Halb blind. Warum hört der blöde Köter nicht auf zu bellen? Doch das ist es nicht, was ihn vollkommen aus der Fassung bringt. Es ist sein Name, der von irgendwoher gerufen wird. Viorel ist perplex. Ja, er kann seinen Namen hören, den ein oder zwei Personen lautstark zu ihm rüberrufen. Kein Zweifel, es kommt vom Schiff her. Viorel macht ein paar Schritte zurück, setzt die Brille auf. Und wie er wieder aufblickt, sieht er die beiden Frauen an der Reling stehen und ihm zuwinken. Die Báthory und ihre Urenkelin. Die Alte mit ihrer topfförmigen Fellmütze. Und Dana in ihrem dicken Wintermantel und den roten Stiefeln, die in der Morgensonne über den Fluss leuchten. Das kann unmöglich wahr sein. Um sie herum zahlreiche weitere, ihn anstarrende Passagiere. Das ist das Ende. Am liebsten würde er vor Scham im Boden versinken. Oder von der Strömung weggerissen werden, um nie mehr auftauchen zu müssen. Hastig schnappt er sich sein Kleiderbündel, versteckt sich hinter dem nächsten Gebüsch. Wie konnte das nur passieren? Warum um Himmels willen ist Dana an Bord, zusammen mit der Alten? Hatte sie nicht gesagt, sie würde in Tulcea auf ihn warten? Heute oder morgen? Viorel weiß keinen Rat, zieht seine Kleider hastig wieder an. Was soll er jetzt tun? Zum Schiff laufen und so tun, als wäre nichts passiert? Als wäre alles normal, als würde er jede Nacht auf irgendwelchen Friedhöfen nach Leichen graben und sich anschließend in der Donau die Hände waschen? Was muss Dana von ihm denken? Er kann unmöglich zur Anlegestelle gehen und Hallo sagen. Lieber sterben.

Wie er aus seinem Versteck erkennen kann, legt das Schiff an. Menschen steigen aus, steigen zu. Und er sitzt hier zwischen ein paar Büschen und kann sich nicht rühren. Dracul hat sich wieder beruhigt und flach neben ihn auf den Boden gelegt. Hoffentlich macht das Schiff schnell wieder los, und er kann das Weite suchen. Wohin auch immer.

Er muss hier fort, weg von diesem Ort, an dem ihm alles zu misslingen droht.

Nichts passiert, bis auf das Schlimmste. Das Schiff bleibt an der Kaimauer liegen, lässt sich Zeit. Wie lange nur? Minuten verstreichen, und Viorel kann beobachten, dass niemand mehr das Schiff verlässt oder noch an Bord gehen will. Dann eine Person, die lautstark über ein paar Bretter stampft, bis sie festen Boden unter den Füßen hat. Es kann nicht Dana sein, da ist er sich sicher. Es ist ein sehr viel dickerer Mensch, ein Mann, der eine ähnliche Statur zu haben scheint wie er selbst. Vielleicht der Kapitän. Viorel kann den fetten Mann nur ungenau erkennen, zu weit ist der noch entfernt. Doch der Dicke geht geradewegs in seine Richtung, läuft direkt auf ihn zu. Als wüsste er genau, wo er sich befindet. Viorel zieht den Kopf ein. Hoffentlich fängt Dracul nicht wieder an zu bellen. Der Fremde bleibt in unmittelbarer Entfernung stehen, schaut sich um. Dann ruft er etwas, seinen Namen.

»Viorel!«

Er kann es nicht glauben. Wer kennt ihn hier?

»Hallo! Bist du da?«

Der andere spricht Deutsch. So viel steht schon einmal fest. Dracul ist aufgesprungen, wird unruhig, will sich auf den fremden Mann stürzen. Viorel kann ihn gerade noch zurückhalten. Doch dabei hat er sich schon verraten. Der Mann, rotbackig mit kurzen dunklen Haaren und Doppelkinn, steht plötzlich genau über ihm, drückt ein paar Zweige auseinander und beugt sich mit einem breiten Grinsen zu ihm herunter.

»Hallo, es freut mich, dich kennenzulernen. Ich bin Florentin, Danas Cousin. Sie hat mich geschickt und mir gesagt, ich solle auf keinen Fall ohne dich zurückkommen. Nicht, wenn ich nicht bis zur Donaumündung schwimmen will.«

Erneut ein merkwürdiger Cousin. Rumänien scheint voll davon. Diesmal aber einer aus Danas Verwandtschaft. Sie hat davon erzählt, als sie zusammen über den Mond gefahren sind, rüber nach Gura Humorului. Dass einer von ihnen dermaßen fett ist wie er selbst, hat sie nicht erwähnt. Viorel dachte immer, das läge eher in seiner Familie. Und dass Florentin bis zum Donauende, bis zum Schwarzen Meer schwimmen möchte, kann er sich auch nur schwer vorstellen. Reichlich verlegen steht er auf, klopft sich den Schnee von der Hose und schüttelt dem Fremden die Hand. Wäre Viorels Kleidung nicht derart verdreckt, könnte man sie beinahe für Geschwister halten.

»Komm mit, das Schiff kann nicht länger warten.«

»Warten, auf was …?«

»Na, auf dich natürlich!«

Viorel bleibt nichts anderes übrig. Ohne zu wissen, was ihn erwartet, folgt er Danas Cousin bis zur Anlegestelle. Dracul läuft ihnen hinterher, in respektvollem Abstand.

»Ist das dein Hund?«

»Nein … Ja, so etwas Ähnliches.«

»Er ist riesig. Ich mag riesige Hunde.«

Und nicht nur das, denkt Viorel. Riesige Tiere, riesige Teller, riesige Portionen. So wie Danas Cousin hat auch er einmal gedacht. Allerdings hat er sich anderes vorgenommen, für die Zukunft. Ob er das durchhält, ist nicht sicher. Auf jeden Fall wird er es versuchen, versuchsweise wenigstens.

»Ich habe aber kein Geld«, entschuldigt er sich undeutlich für die nächste sich anbahnende Peinlichkeit.

»Kein Problem«, entgegnet ihm Florentin. »Es ist alles schon bezahlt.«

Was ist bezahlt? Seine Fahrkarte, sein Aufenthalt am Schwarzen Meer? Seine Heimreise? Viorel ist froh, nicht in noch größere Verlegenheit zu geraten, wenn es um das Schiffsticket geht. Ohne Geld ist er auf die Hilfe anderer angewiesen. So unangenehm ihm seine Situation auch ist. Ohnehin würde er es nicht mehr zurück nach Deutschland schaffen. Nicht aus eigener Kraft, mit seinem Auto. Da kann er es gleich hier stehen lassen, denkt er. Entweder es wird erneut gestohlen, oder er holt es sich später wieder ab, bei seiner Rückkehr. Dracul darf umsonst reisen. Der Hund ist vermutlich noch nie auf einem Boot gefahren und springt erst nach wiederholtem Rufen an Bord. Sekunden später werden die Taue eingeholt, das Geräusch der Schiffsturbine wird lauter. Zwei rumänische Schiffsarbeiter rufen sich ein paar Flüche zu, woraufhin beide lachen und Viorel freundlich zunicken. *La naiba!* Endlich kann es weitergehen.

Das Boot ist nicht sonderlich groß. Und es sind nur wenige Passagiere an Bord, wie Viorel leicht feststellen kann. Im abgeschlossenen Unterdeck ein paar Alte, zwei Männer mit größeren Taschen und fünf Frauen mit bunten Kopftüchern. Daneben ein junges Pärchen und ein kleiner Junge mit Angelrute. Auf dem oberen, kaum windgeschützten

Deck wartet Dana. Und mit ihr zehn oder zwölf weitere Personen, die alle zu ihr zu gehören scheinen und frierend um sie herumstehen. Viorel ist so aufgeregt, dass ihm der ganze Körper bebt. Was soll er sagen, wie sein heruntergekommenes Aussehen erklären? Sie hat ihn eben noch halb nackt in der Donau stehen sehen. Was wird sie von ihm denken, wenn sie ihm jetzt begegnet? Ihm bleibt keine Zeit, weiter darüber nachzudenken. Florentin ist bereits über eine kleine Seitentreppe nach oben gestiegen und hat ihn wortreich angekündigt.

»Hallo! Schön, dass du da bist.«

Dana begrüßt ihn mit einem warmen Lächeln. Selten war ihm eine Situation peinlicher. Als er das obere Deck erreicht, starrt ihn ein gutes Dutzend Augenpaare an. Viorel schießt das Blut in den Kopf. Und auch Dana wird etwas rot, wie er zu seiner Verwunderung feststellen kann. Doch für weitere Verlegenheiten gibt es keinen Grund mehr. Die Alte löst sich aus dem Kreis der Verwandtschaft, tritt auf ihn zu und drückt ihn herzlich an sich. So als wäre er ein uralter Bekannter, den sie schon seit dem Mittelalter kennt. Und auch die anderen Verwandten heißen ihn willkommen, klopfen ihm auf die Schulter oder schütteln seine Hand. Dana freut sich, ihm jeden einzeln vorstellen zu dürfen, den engsten Familienkreis.

»Das sind Oana, meine Tante, die Schwester meiner Mutter, und ihr Mann Petre, mein Onkel. Das ist Traian, Florentins großer Bruder. Florentin hast du ja schon kennengelernt. Das Tereza, meine Cousine. Das ist Ilena, noch eine Cousine, Terezas Schwester, und das sind Cristian, Adrian und Eugen, ihre drei Söhne. Daneben, das ist Toma, mein Cousin, mit dem wir aus Bacău hierhergefahren sind. Der Neffe meiner Eltern.«

Viorel geht alles zu schnell. Schon nach dem dritten Händeschütteln hat er sämtliche Namen und Verwandtschaftsverhältnisse wieder vergessen. Alle bis auf Florentin und Traian, die unverkennbar Brüder sind, alleine schon aufgrund ihrer Gestalt. Traian ist mindestens genauso fett wie sein jüngerer Bruder, trägt aber einen schwarzen Schnurrbart, damit man die Geschwister voneinander unterscheiden kann. Jedenfalls bei der Essensausgabe. Viorel möchte es nicht auf einen Gewichtsvergleich ankommen lassen. Die Unterschiede wären marginal. Danas Onkel dagegen macht im Vergleich zu seinen beiden Söhnen einen ganz passablen, fast unterernährten Eindruck. Wenngleich auch er einen leichten Bauchansatz hat, mehr aber nicht.

»Du siehst überrascht aus«, hört er Dana sagen. »Na ja, kein Wunder, ich bin es ja auch. Wir wussten, dass du hier in der Gegend sein würdest, und wollten schon von Bord gehen, um nach dir zu fragen. Dass du dann aber tatsächlich am Ufer stehst, so frühmorgens?«

Dana schaut ihn an. Weniger fragend als vielmehr interessiert. Viorel ist auf diese Situation wenig vorbereitet. Er kann ihr schlecht erklären, dass er gestern Nacht eine fremde Frau aus ihrem Grab geholt hat, nur um seine eigene Mutter darin zu begraben. Für wie erbärmlich muss sie ihn halten. Dass er deshalb so dreckig aussieht und die Kleidung ihres verstorbenen Urgroßvaters verschmutzt hat, wird sie nicht verstehen. Für andere Halbwahrheiten fehlen ihm sowohl der Mut als auch die Fantasie. Doch Dana hat ihren Cousin kaum nach ihm geschickt, um ihn das zu fragen. Oder ihn zu einem Geständnis zu bewegen.

»Das mit deiner Kleidung ist kein Problem«, unterbricht sie ihn in seinem Schweigen. »Florentin oder Traian können dir später sicherlich mit dem ein oder anderen aushelfen. Wie du siehst, seid ihr euch von der Statur her recht ähnlich.«

»Nun …«

Als wäre ihm das nicht selbst aufgefallen. Seine Figur. Dana muss sich vor ihm ekeln, denkt er. So wie er vor ihr steht. Andererseits scheint sie es von klein auf gewohnt zu sein, Menschen wie ihn zu sehen. Bekleidet oder auch nackt, halb nackt. Aber wenn ihm einer der beiden ein sauberes Shirt oder sogar eine Jacke leihen könnte, wäre er überaus dankbar.

»Hat alles geklappt, das mit den Formalitäten für die Beerdigung deiner Mutter?«

»Du meinst …?«

»Ja, ich dachte, du wolltest hier in Mahmudia danach fragen, ob eine Bestattung möglich sei?«

Und nicht nur das. Viorel hat die Beerdigung gleich selbst in die Hand genommen. Er nickt. Doch viel mehr interessiert es ihn, warum sie zusammen mit ihren Verwandten auf dem Schiff ist.

»Warum seid ihr nicht in Tulcea geblieben? Du hast mir doch diese Adresse gegeben.«

»Ach, das Ganze haben wir meiner Buni zu verdanken. Sie hat ja am wenigsten von der Reise hierher gewusst, weil sie nie geplant war. Erst als du uns in deinem Auto mitgenommen hast, hat sie wieder angefangen, vom Meer zu erzählen und wie schön es hier sei. Und wo wir schon einmal hier sind, wollte sie es unbedingt noch einmal sehen. Deshalb machen wir jetzt diesen Ausflug. Es ist eine Art Weihnachtsgeschenk für meine Urgroßmutter, verstehst du. Auch wenn es Winter ist und sehr kalt. Bis heute Abend sind wir aber wieder zurück in Tulcea.«

»Heute Abend schon?«

Die Alte hat sich neben sie gestellt. Auf dem Kopf trägt sie wieder die topfförmige Pelzmütze, die sie bereits auf ihrer Fahrt über den Borgo-Pass aufhatte.

»Wo ist denn der Vogelkäfig?«, fragt er verwundert. Viorel war sich sicher, dass sie nie ohne ihn verreisen würde.

»Dorinel ist drinnen, im Unterdeck«, erklärt ihm die Báthory. »Er ist eine solche Kälte nicht gewohnt, nicht einmal ich bin es. Aber wollen wir nicht auch reingehen? Du hast sicherlich Hunger und willst dich ausruhen.«

Es ist fast so wie vor zwei Tagen, als er vor ihrem Haus in Bistritz aufgetaucht ist. Als er müde und ähnlich verdreckt von dem nächtlichen Überfall in Dorinels Garten stand und sie ihm mit Kuttelsuppe und Ţuică das Leben retten musste. Wahrscheinlich erscheint es der Alten mittlerweile normal, ihn frühmorgens so zu sehen. Hoffentlich denken das nicht auch ihre anderen Verwandten, die nacheinander über die Außentreppe nach unten verschwinden. Zurück ins Warme. Wie er durch die Fenster erkennen kann, gibt es im Innenraum hölzerne Tische. Und an einem sitzen bereits die beiden Cousins und packen eine Unmenge Brot, Würste, Fischbällchen, Einmachgläser und Plastikflaschen aus.

Als er die Treppe hinabsteigen will, fällt ihm Dracul ein. Wo ist der Hund hin? Ihn hat er vollkommen vergessen, in der ganzen Aufregung. *Dracul?* Schon nach seinem ersten Rufen kommt sein neuer Begleiter über das hintere Deck gelaufen, wo er nach Möwen Ausschau gehalten hat, die mit ihnen zusammen zur Donaumündung ziehen. Der Hund wedelt mit dem Schwanz und begrüßt ihn mit einem aufgeregten Bellen. Dana und die Alte schauen auf.

»Dracul?«

Die Báthory wird kreidebleich, fällt fast in Ohnmacht, als sie Viorel den Namen rufen hört. Der gleiche Wolfshund wie auf Costels Beerdigung? Und jetzt ist er an Bord, um sich auch ihre Seele zu holen. Dana merkt als Erste, wie ihre Urgroßmutter zu zittern beginnt und sich ängstlich festzuklammern versucht. Erst an ihrem Kruzifix, dann an der Reling. Abstand haltend zu dem Hund, der sich neben Viorel auf seine Hinterläufe setzt und überhaupt nicht versteht, warum ihn die Alte vollkommen verstört anschaut.

»Der gehört zu dir?«, stammelt sie.

»Ja … nein. Ich meine, doch. Er ist mir zugelaufen. Letzte Nacht«, versucht er sie zu beruhigen.

»Zugelaufen?«

Die Situation droht zu kippen. Daran hat Viorel nicht gedacht. Er hat Dracul zwar mit an Bord gebracht, ihn aber nicht vorgestellt. Weder Dana noch der Alten. Und Florentin hat ihn offensichtlich auch nicht erwähnt, sonst hätte die Báthory nicht plötzlich diese höllische Angst. Was soll er jetzt tun? Er erzählt Dana und ihrer Urgroßmutter kurz, dass der Hund offenbar niemandem gehöre und dass er sich mit ihm angefreundet und ihn heute Morgen auf den Namen Dracul getauft habe. Ohne böse Absicht natürlich. Dass die Begegnung auf dem Friedhof stattgefunden hat und er dafür den ganzen Cozonac hergeben musste, lässt er besser unerwähnt.

»Dracul? Na, das ist ja ein komischer Name für einen Hund, meint ihr nicht? Wie ein Teufel sieht er aber gar nicht aus!«

Dana reagiert erstaunlich gelassen. Weder verärgert noch derart verängstigt wie die Alte. Im Gegenteil. Sie beugt sich zu Dracul hinunter und streichelt ihm das Fell. Der Hund lässt es gern geschehen, leckt ihr die Hand. Viorels Freunde sind auch ihre Freunde. In diesem Punkt gleichen Tiere den Menschen, denkt er. Wenngleich es bei Menschen oftmals länger dauert zu wissen, woran man ist.

»Ein merkwürdiger Name, ganz besonders für eine Hündin, oder?«

Dana blickt zu beiden auf und muss lachen. Eine Hündin? Viorel hat keine Ahnung von Tieren, nicht von lebenden. Dass es aber kein Rüde ist, hätte er sehen können. Vielleicht. Wenn er danach geschaut hätte. Doch heute Morgen war es viel zu früh, um auf Details wie diese zu achten. Da ist er aus dem leeren Bauch heraus natürlich davon ausgegangen, dass Dracul männlich ist.

»Wie auch immer. Ich finde, Dracul passt zu dir«, entscheidet Dana kurz entschlossen. »Auch wenn du eine Hündin bist. Was meint ihr? Außerdem kann man Hunden nicht alle naselang einen neuen Namen geben.«

Dana hat wie immer recht. Und auch die Alte erholt sich langsam von ihrem Schock, ist aber noch nicht ganz von dem überzeugt, was ihr die Urenkelin weiszumachen versucht.

»So, jetzt lass uns aber reingehen, zu den anderen«, sagt sie schnell und greift die Báthory am Arm. »Ich erfriere gleich.«

Dana öffnet die Tür zum unteren Deck. Und die Alte ist nur froh, endlich ins Warme zu kommen. Weg von dem Hund, fort von den schlechten Erinnerungen. Das Tier muss draußen bleiben. Zu groß sei die Gefahr, dass Dracul auf Dorinel losgehen könne, sagt Dana. Und ohne ihren letzten verbliebenen Fledermauspapagei wäre Weihnachten für ihre Urgroßmutter für immer verdorben. Das sieht auch Viorel ein. Schließlich kennt er Dracul noch nicht lange und kann ihr Verhalten nur schwer einschätzen.

Drinnen ist es warm. Der Raum ist zwar nicht beheizt. Durch den Maschinenraum unter ihnen wird aber auch das Unterdeck erwärmt, zumindest nimmt er das an. Außerdem sitzen alle dicht beieinander und prosten sich zu.

»Nimm Platz«, lädt ihn Dana ein. »Bis wir die Donaumündung erreicht haben, dauert es noch eine ganze Weile.«

Viorel setzt sich direkt neben Florentin, Bauch an Bauch. Danas Cousin schlägt ihm freundschaftlich auf den Oberschenkel und stellt ihm sofort einen frischen Plastikbecher hin, gefüllt mit einer Flüssigkeit, die er bereits am Geruch erkennt. *Noroc!* Ein Prost auf seine Vorsätze. Er hat seit rund 24 Stunden nichts mehr zu sich genommen, weder gegessen noch getrunken. Das Letzte war das Glas Ţuică in Nicolaes Wohnzimmer. Soll das alles umsonst gewesen sein? Er will den Becher von sich schieben. Doch ein gutes Dutzend anderer Becher wird ihm entgegengestreckt. Und auch Dana will mit ihm anstoßen. *Frauen trinken nicht.* Heute schon, so sehr scheint sie sich über ihr unerwartetes

Wiedersehen zu freuen. Sie setzt sich auf seine andere Seite und lächelt ihm zu, dass ihm allein davon schon warm wird. Gut, denkt Viorel, wenn es so sein soll. Er kann sich nicht mager hungern, nicht hier und heute.

»Greif zu, es ist reichlich da«, ruft die Báthory über den Tisch. »Du musst etwas essen, So, wie du aussiehst, hast du nicht mal gefrühstückt, hab ich recht?«

Die Alte schiebt ihm ein paar Würste, geräucherten Fisch und Brot zu. Sie hat sich wieder beruhigt, offenbar. Und hinter ihr kann er den Vogelkäfig mit Dorinel erkennen, über den sie eine warme Decke gehängt hat. Viorel merkt erst jetzt, wie hungrig er ist, beißt abwechselnd in das Brot und in eine der Würste. Ob der Pope schon den Leichnam der Frau gefunden hat, der vor seiner Kirchentür lehnt? Ihm kann es egal sein. Er sitzt hier und fühlt sich so wohl wie lange nicht mehr. Danas Verwandte sprechen erstaunlich gut Deutsch. Erst fragt ihn Florentin nach seiner Heimat, nach seinem Leben, nach seinen Lieblingsspeisen. Dann mischt sich auch Traian ein. Und nach dem dritten Becher Ţuică fallen ihm wieder alle Namen ein, die der Cousinen, Cousins, des Onkels und der Tante. Aber noch mehr als die ganze Herzlichkeit um ihn herum freut ihn, dass Dana wieder neben ihm sitzt. So wie im Auto, als sie zusammen über den Borgo-Pass gefahren sind, rüber in die Bukowina. Vielleicht sind es diese Momente, an denen sich ganze Leben entscheiden, denkt er. Vielleicht bildet er sich das aber auch nur ein, will es sich einbilden und leert erneut einen Becher Pflaumenschnaps.

Wie wird es weitergehen, am Ende der Donau? Mit ihm, mit Dana und ihrer Familie? Mahmudia war die letzte Anlegestelle vor der Donaumündung. Das Boot ist nicht sonderlich schnell, folgt den zahlreichen Windungen, die der Fluss hier auf den letzten Metern macht, um nicht ins Schwarze Meer fließen zu müssen.

Draußen um sie herum ereignet sich nicht allzu viel, wie er, im Warmen sitzend, erkennen kann. Hausboote in einem Seitenarm, schwimmende Schilfinseln mitten auf der Wasseroberfläche, Hunderte von verwaisten Vogelnestern in entlaubten Ästen. Die eingeschneite Landschaft zieht gemächlich an ihnen vorbei, ohne Hast, ohne auf die Uhr schauen zu müssen. Der Schneefall hat nachgelassen, fast aufgehört. Nur vereinzelt tanzen weiße Flocken durch die Luft. Dracul, die Hündin, wartet vor der Tür, im eisigen Wind. Irgendwann steht Dana auf, nimmt zwei Würste und geht nach draußen. Viorel zieht sich den Schal wieder enger um den Hals und folgt ihr. Nicht leicht, auf einem Schiff, auf dem man selber schwankt, denkt er. Als er endlich die Tür erreicht, hat Dracul bereits die erste Wurst verschlungen. Dana krault ihr die Ohren und schaut zu ihm auf.

»Es ist ein schöner Hund, eine Hündin, meine ich. Und sie passt sehr gut zu dir.«

Darüber hat Viorel nie nachgedacht. Dass Dracul gut zu ihm passen könnte. Gestern Nacht hätte er sie am liebsten noch weggejagt. Und was ist mit Dana? Eine Frage, die er sich nicht getraut zu stellen. Zu unwirklich kommt ihm alles vor. Doch das Leben um ihn herum hat sich verändert, ist anders geworden. Nach Deutschland kann er nicht zurück, nicht einfach so. Obwohl es dort noch zahlreiche Dinge gibt, um die er sich kümmern müsste. Die Schule. Ihre Wohnung. Das plötzliche Verschwinden seiner Mutter.

»Hier in Rumänien sagen wir, dass man die Dinge hinter sich lassen muss, um vorwärtszukommen. Sonst geht es nie weiter von der Stelle.«

Dana streicht sich das dunkle Haar aus dem Gesicht und schenkt ihm dabei eines ihrer zahlreichen Lächeln. Viorel wird es flau in der Magengegend. Er ist noch nie länger auf einem Schiff gefahren, nicht einmal auf dem Rhein. Da wird er doch nicht gleich seekrank werden. Er klammert sich an die Reling. So wie vorhin die Alte. Danas Hände zittern in der Kälte, fällt ihm auf. Ihre Finger sind grazil, nur halb so breit wie seine. Und er fragt sich, ob sie wohl zerbrechen würden, wenn er jetzt den Mut fände, einfach ihre Hand zu nehmen.

Doch dazu kommt er nicht. Plötzlich springt Dracul auf und fängt wieder an, lautstark zu bellen. Viorel erschrickt. Hat sie wieder ein Schiff entdeckt, mit Passagieren, die ihm zuwinken? Tatsächlich. Die Donau hat sich an dieser Stelle zu einem größeren See geweitet, an dessen Seiten drei oder vier Nebenflüsse abzugehen scheinen. So genau kann er das nicht erkennen. Zu stark wuchert das Schilf am Uferrand aus der Wasseroberfläche hervor. Hinter einer alten Weide sieht er ein Hausboot liegen, auf dessen Dach eine ihm bekannte Person sitzt. Kann das sein? Aber er ist sich sicher, obwohl das Gesicht des kleinen Mannes von einem riesigen Feldstecher verdeckt wird. Trotz des leichten Schneefalls lehnt Renfeld entspannt in einer Sonnenliege und beobachtet Wildschwäne. Oder Weihnachtsgänse. Viorel winkt ihm zu. Der Vogelmensch setzt erstaunt das Fernglas ab, zieht seine Mütze mit dem übergroßen Bommel vom Kopf und schwenkt sie aufgeregt durch die Luft. Ohne seine Kopfbedeckung wirkt er noch einen halben Meter kleiner, denkt Viorel. Gern würde er ihm zurufen, dass er Mahmudia gefunden hat. Dass er seine Angelegenheiten regeln konnte. Und dass er jetzt sehr gerne die Rothalsgänse anschauen würde, oder welche Vögel auch immer. Doch dafür sind sie zu weit entfernt, aber Viorel hat ja seine Nummer. Für später. Dana schaut ihn überrascht an.

»Sag nur, du hast Bekannte? Hier am Ende der Donau.«

Das Delta ist ein Labyrinth, denkt Viorel. Vielleicht begegnet man deshalb immer wieder den gleichen Menschen, was manchmal nicht das Schlechteste sein muss.

»Keine Bekannten, eine Bekanntschaft vielleicht«, versucht er das Auftauchen Renfelds zu erklären. »Aber auch das nicht wirklich.«

»Das gefällt mir. Es ist immer schön, sich nicht fremd zu fühlen, selbst wenn man es ist.«

Während Renfeld hinter ein paar Zweigen kleiner wird und verschwindet, wird die Donau immer breiter, fließt geradewegs dem Horizont entgegen. Sie sind am Ziel. Zwischen den Wolken zeigt sich der blaue Himmel, stellenweise. Am linken Uferrand ein kleines Örtchen. Sfântu Gheorghe. Das Dorf an der Donaumündung, das genauso heißt wie der Mündungsarm und das man nur mit dem Boot erreichen kann. An der Anlegestelle erkennt er bereits zahlreiche Menschen. Es ist mitten am Tag, und sie werden ein paar Stunden haben, bevor sie mit dem gleichen Schiff zurückfahren müssen. Danas Verwandte packen ihre Sachen zusammen und warten geduldig, bis das Boot an der Kaimauer festgemacht hat. Kilometer null. Das Ende der Donau. Oder auch ihr Anfang. Viorel atmet weiße Luft aus, reibt sich die Müdigkeit aus den Augen. Als sie Minuten später von Bord gehen, wird ihm bewusst, dass seine Reise bald vorbei sein wird. Noch kein ganz gutes Gefühl. Aber ein schon sehr viel besseres.

Kilometer 2500

Eine Fahrt ans Schwarze Meer, bei Eiseskälte. Warum Menschen Ausflüge machen, ist Viorel von Grund auf ein Rätsel. Nur allzu selten hatte er selbst das Bedürfnis nach Abwechslung. Vor allem nicht im Winter, wo man schon genug damit zu tun hat, die Ritzen in den eigenen vier Wände dicht zu kriegen. Danas Verwandte sehen das vielleicht ähnlich, denkt er. Und ohne die zahlreichen Plastikflaschen, die sie auf dem Boot zu einem guten Teil schon geleert haben, hätten sie sich wohl kaum bis hierher getraut. Der Alten dagegen stehen vor Freude die Tränen in den Augen, als sie zusammen, auf einem Pferdekarren sitzend, in die Ortsmitte gebracht werden. In der klaren Luft kann man das Meer bereits spüren, und es wird nicht mehr lange dauern, bis sie es selbst gesehen haben. Dana sitzt neben ihm und beobachtet das Pferd, das mit langer Mähne vor ihnen hertrabt und nur ab und an schnaubt, wenn es entlang der schneebedeckten Holzzäune eine andere Richtung einschlagen soll.

»Der Ort hier ist sehr klein, musst du wissen. Und es gibt keine Autos«, erzählt sie ihm. »Das heißt, früher war das anders, habe ich gehört. Damals gab es genau zwei Autos in dem Dorf. Bis sie eines Tages zusammengestoßen sind, mitten auf der einzigen Kreuzung. Kannst du dir das vorstellen?«

Atom-U-Boote stoßen zusammen, Satelliten im Weltall. Warum nicht auch die beiden einzigen Autos in einem abgelegenen Nest am östlichen Rand Europas?

»Zufälle passieren genau dort, wo man sie am wenigsten erwartet«, sagt Viorel, wenngleich er nicht wirklich an Zufälle glaubt. Nicht nach allem, was ihm hier widerfahren ist.

»Da hast du recht. Denn ohne Zufälle wären wir uns nie begegnet«, lächelt Dana. »Nicht heute. Und wahrscheinlich auch nicht vorher.«

Viorel weiß nicht, wie er alles einordnen soll. Ohne den Tod seiner Mutter wäre er nie von Essen aus hierhergefahren. Und ohne den Morgen bei der Alten mit Kuttelsuppe und Ţuică hätte er Dana niemals kennengelernt. So gesehen stimmt er ihr zu. Er fragt sich nur, ob Zufälle wie dieser immer mit derart großen Strapazen verbunden sein müssen.

In der Dorfmitte teilt sich die Gesellschaft. Danas Cousins und die drei Söhne Ilenas machen sich auf die Suche nach einer Lokalität. Die beiden Cousinen sind noch unentschlossen, steigen aber mit aus. Die Alte stellt den Vogelkäfig neben sich auf die Sitzbank und bleibt mit Danas Tante und dem Onkel auf dem Pferdekarren sitzen, um sich im Ort herum und bis zum Meer kutschieren zu lassen. Dana will lieber zu Fuß gehen. Dracul ist die ganze Zeit neben dem Pferd hergelaufen und springt aufgeregt an Viorel hoch, der als Letzter aus dem kantigen Holzgefährt steigt. Als sich beide von den anderen verabschieden, drückt ihm Florentin seine Jacke in die Hand. Er brauche sie in den nächsten Stunden nicht, sagt er und zeigt auf ein kleineres Gebäude mit der Leuchtreklame einer Biermarke auf der anderen Seite des Dorfplatzes. Viorel ist ihm sehr dankbar.

Es ist eine dicke Daunenjacke mit Pelzkragen, und er freut sich, sie gegen sein verschmutztes und viel zu leichtes Jackett eintauschen zu können. Wenigstens für kurze Zeit.

Das Wolkenfeld über ihnen hat sich gelockert, vereinzelt kommt die Sonne durch. Eigentlich ein schöner Vorweihnachtstag, denkt er, wäre er nicht so schrecklich müde. Jetzt wieder zu Fuß. Ihm kommt es vor, als hätte sich die Gravitation der Erde über Nacht verzehnfacht. Nicht für Dana. Sie winkt ihren Cousins und Cousinen gut gelaunt zu, dreht sich um und wirft Viorel einen Schneeball gegen die Schulter. Schnell läuft sie weiter, und er hat Mühe, mit ihr Schritt zu halten. Aus dem Ort, durch die Dünen. Es gibt keinen Weg mehr. Nur noch Sand, der mit Schnee bedeckt ist. Mondstaub, bei Tag. Es fühlt sich merkwürdig an, wie er durch den Schnee stapft und gleichzeitig bis zu den Knöcheln einsackt.

»Wir müssen im Sommer wieder herkommen«, ruft sie ihm zu. »Da ist der Sand bestimmt so heiß, dass man selbst nachts mit Sandalen laufen muss.«

Wir. Meint sie ihn damit und sich selbst? Oder ihre Familie? Viorel möchte nur zu gern glauben, dass sie von ihnen beiden spricht. Von ihm aus können die anderen hundert Verwandten gern mitkommen, solange auch er dabei sein darf.

»Schau mal dort, ein Leuchtturm!«

In der Ferne kann Viorel einen größeren Turm erkennen, ein graues Metallgerüst aus Zeiten des Sozialismus. Oder eine hochmoderne Radaranlage, bestückt mit Granatwerfern, falls der Russe es doch noch einmal wagen sollte, hier einzumarschieren. Dana steigt auf eine Düne, und Dracul folgt ihr mit hechelnder Zunge.

»Wie schön, von hier oben sieht man das Meer. Wir sind fast da!«

Das Meer. Verdeckt von den Dünen, kann es Viorel zwar nicht sehen, sich aber vorstellen. Wasser, Wellen, Brandung. Strand mit Meerblick. Warum nur war er selbst nie dort? Bis Holland wäre es nicht weit gewesen. Ihn hat es nie gereizt. Wind und Sand in jeder Körperöffnung. Wie weit man dort wohl blicken kann? Sicherlich weiter als zu Hause von ihnen aus auf den gegenüberliegenden Wohnblock. Ob er später genauso wehmütig wie die Alte davon schwärmen wird, wenn er das Meer mit eigenen Augen gesehen hat?

So weit kommt er nicht. Als er Dana hinterher auf den Sandhügel steigen will, macht Dracul plötzlich kehrt und rennt in die entgegengesetzte Richtung. Nicht zum Meer, sondern weiter nach rechts. Warum auch immer. Soll Viorel die Düne weiter hochklettern oder nicht zuerst das riesige Tier wieder einfangen? Wer weiß, was Dracul diesmal gewittert hat? Kühe oder ein streunendes Rudel tollwütiger Hunde. Das Bellen klingt schon ziemlich weit entfernt, verstummt, bis ein leises Jaulen zu hören ist. Er wirft Dana seinen Schal zu, um nicht ins Schwitzen zu geraten, und läuft in die Richtung, in die Dracul verschwunden ist. Allzu weit kann sie nicht sein. Auf der rechten Seite muss irgendwo die Donau fließen. Und dass sie reingesprungen ist, um bis zum Schwarzen Meer zu schwimmen, kann er sich nicht vorstellen. Hundert Meter. Hundertfünfzig. Sekunden später sieht er bereits das trübe Wasser des Flusses. Hinter einer flachen Düne wieder das Jaulen der Hündin. Er ist fast da. *Dracul?* Als er um den Sandhügel biegt, liegt die Donau direkt vor ihm. Der Schwarze Fluss, den er in Deutschland das erste Mal überquert hat. Am Uferrand Schilf. Rohrkolben. Vereinzelt ein paar Bäume, die mit ihren Ästen bis ins Wasser reichen. Weiter links ist der Strom bereits so breit, dass man nicht genau sagen kann, wo er aufhört und das Schwarze Meer anfängt. Der Übergang ist fließend, eine Nahtstelle nicht erkennbar. Viorel ist wie gebannt von den Ausmaßen, die das Wasser einnimmt. Er weiß selbst nicht, wie er sich die Donaumündung vorgestellt hat. Sicherlich beeindruckend, aber weniger majestätisch.

Wie weit musste er reisen, um bis hierher zu gelangen? Wie viele Millionen Zentimeter? Die letzten drei oder vier Tage waren so anstrengend wie nichts zuvor in seinem Leben. Nicht allein die Tage. Schlimmer noch waren die Nächte, die er sich um die Ohren schlagen musste. Angefangen mit dem verunglückten Anhalter in Ungarn. Und dann die Straßenpiraten in ihrem Dacia. Der Anhalter! Schlagartig registriert er, warum Dracul davongelaufen ist und wie wild gebellt hat. Unmittelbar vor ihm am Ufer erkennt er einen ihm nur allzu bekannten Gegenstand. Ein schwarzer Seesack. Der Seesack, den er dem Fremden nach dem tragischen Zwischenfall in Ungarn übergestülpt hatte, um ihn vor dem Grenzbeamten zu verstecken. Dieselbe Farbe, dieselbe Form. Kein Zweifel. Wie kann das möglich sein? Er kann es nicht fassen. Die Hündin wartet direkt neben dem Gepäckstück, das aufrecht stehend aus dem Schilf ragt, und wedelt mit dem Schwanz, als sie Viorel bemerkt. Er ist wie von Sinnen. Wo ist der Anhalter?

Die Straßengangster haben den Körper zersägt, im Seesack verstaut und in die Donau geworfen, in der Hoffnung, dass dieser von der Strömung auf das offene Meer hinausgezogen wird. Unwillkürlich muss Viorel wieder an das rumänische Märchen denken, an Sergiu, den Knecht des Popen, dessen Leiche ebenfalls in einem Fluss endet. Doch von einem zerstückelten Körper oder abgesägten Leichenteilen ist nichts zu sehen. Im Gegenteil. Der Seesack ist nach unten hin geöffnet, ohne dass etwas hervorlugt oder ausläuft. Und als sich Viorel bis auf einen Schritt nähert, hört er ein merkwürdig schrilles Pfeifen, das ihn an die Begebenheit am Borgo-Pass erinnert, ohne dass er das Geräusch eindeutig zuordnen könnte. Was soll er tun? Viorel klopft das Herz. Dracul hat sich in den Sand neben das Gepäckstück gelegt, als wäre es vollkommen normal, an der Schwarzmeerküste einen Gegenstand zu finden, der keine zwei Tage vorher rund tausend Kilometer westlich in Transsilvanien aus einem deutschen Auto gestohlen wurde. Unsicher greift Viorel nach dem Seesack, in der Erwartung, jeden Moment von einem wilden Tier angefallen zu werden. Oder sogar von dem Anhalter selbst, der in der wasserdichten Hülle zu neuem Leben erwacht ist. Nichts passiert. Viorel zieht den riesigen Sack in die Höhe – und darunter verbirgt sich nichts, außer einem metallenen Käfig, in dem ein Vogel mit grünem Gefieder und roten Schwanzfedern auf einer Stange sitzt.

»Costel?«

Viorel ist fassungslos. Doch es ist nicht der Vogelgatte der Báthory, den sie neben dem Moldaukloster beigesetzt haben und der ihm jetzt höchst lebendig entgegenzwitschert. Dessen ist er sich sicher. Es ist ein anderer Fledermauspapagei, wenngleich er eindeutig zu jenen gehört, die der Alten zu Hause in Bistritz Gesellschaft geleistet haben. Noch immer glaubt er nicht an Zufälle. An was aber sonst? Erleichtert, dass sich unter dem Seesack keine andere Merkwürdigkeit als dieser Papagei befindet, will er den Vogelkäfig schon nehmen, um ihn Dana zu zeigen.

Siehst du, bis nach Deutschland musste ich gar nicht zurück.

Doch noch bevor er den Käfig in die Hand nehmen und wegtragen kann, bemerkt er auf der Rückseite des Gitters einen Umschlag. Einen Brief. Nicht adressiert. Dennoch zweifelt er keinen Moment daran, dass er für ihn bestimmt ist. Ihm läuft es kalt über den Rücken. Was wird drinstehen? Mit zitternden Fingern öffnet er den Umschlag und beginnt zu lesen. *Lieber Viorel, ein Ort ist nur ein Ort ist nur ein Ort.* Hastig überfliegt er die mit schwarzer Tinte verfassten Zeilen. Der Dank für die Mitfahrgelegenheit, für die Hilfe nach dem Unfall in Ungarn. Die Entschuldigung für den nächtlichen Überfall, die Aufregung am Borgo-Pass. Das unverhältnismäßige Unwetter, für das niemand etwas könne, keine Macht der Welt. Das Bedauern über den tragischen Tod des Fledermauspapageis. Aus diesem Grund jetzt ein neuer. Ein letzter Gruß. Kein Absender.

Viorel muss lachen. Dracul neben ihm springt auf und fängt an, freudig erregt zu bellen. Was zum Teufel ist so lustig? Viorel weiß es selbst nicht. Nur, dass er rund zweieinhalbtausend Kilometer bis ans Ende Europas gefahren ist, um hier zum Narren gehalten zu werden. Um hier vorgeführt und für dumm verkauft zu werden. Aber vielleicht ist es gar nicht das. Vielleicht ist es wirklich so, wie es ihm der Anhalter weiszumachen versucht. Und Viorel hat ihm tatsächlich das Leben gerettet, sofern es so etwas überhaupt gibt – ein Leben für Untote. Jetzt der Fledermauspapagei als Wiedergutmachung, als Entschuldigung für die zahllosen Unannehmlichkeiten. Oder als List, um an den anderen ranzukommen, an Dorinel? *Rechne immer mit dem Schlimmsten. Aber das tust du ohnehin schon.* Gern möchte sich Viorel eines Besseren belehren lassen. Und ob Übersinnliches nun existiert oder nicht – noch immer hat er keine Ahnung. Mit einem Mal erscheint es ihm auch vollkommen gleichgültig. Soll jeder das glauben, was er will, an welche Ungereimtheiten auch immer. Wahrscheinlich ist es nicht einmal das Verkehrteste.

Ohne ihn noch ein zweites Mal zu lesen, hält Viorel den Brief vor sich in die Luft und zerreißt das Papier in tausend Stücke. Dann breitet er die Arme aus und wirft die Fetzen in den Wind. *Fort von diesem verfluchten Ort, aus diesem verfluchten Land.* Ein Land, das überhaupt nicht verflucht ist, wie ihm scheint. Flüche oder Ausflüchte. Viorel ist überzeugt davon, dass er für alles, was passiert, selbst verantwortlich ist. Vielleicht ist es genau das, was ihm der Anhalter in diesem Brief mitteilen will. Es kann ihm egal sein. Um den vor Kälte zwitschernden Papagei nicht weiter zu verschrecken, zieht er den Seesack wieder über den Vogelkäfig. Dann greift er von unten das weiß lackierte Gitter, macht kehrt und läuft zurück in die Richtung, wo er das Metallgerüst des Leuchtturms erkennen kann. Dracul schüttelt sich ein paar Schneeflocken aus dem Fell und folgt ihm schnell um die nächste Düne.

Bis zum Meer sind es noch wenige Hundert Meter. Der Crivăţ fegt eisig über die weitläufige Schilf- und Sandebene des mit hunderttausend Ufern uferlos gewordenen Deltas. Über ihm ein paar Vögel. Arktische Wasservögel, die alle Costel oder Dorinel heißen. Ansonsten ist es fast still. Nichts, was ihn stört. In der Ferne sieht er, wie Dana vor ihm auftaucht. Ein dunkler Punkt auf einer der unendlich vielen Dünen. Sie hat auf ihn gewartet, winkt ihm mit ihrem roten Schal. In wenigen Augenblicken wird er bei ihr sein, denkt er. Zusammen mit Dracul und einem Vogelkäfig, über den sich die Báthory ganz besonders freuen wird. Und nicht nur sie. Dana wird sich erneut über ihn wundern müssen. Und er wird wie immer keine Antwort auf ihre Fragen wissen. Dann wird sie ihn anlächeln, sie werden die letzten Dünen hinter sich lassen. Und plötzlich wird das Meer vor ihnen liegen. Sie werden am Strand spazieren gehen und bis zum Horizont blicken, als befände sich dort draußen etwas, was sie beide verbindet. Vielleicht tut es das ja. Ein Stück weit wenigstens.

DÄNEMARK
Nordsee
Ostsee
Weichsel
NIEDER-
LANDE
Elbe
POLEN
Oder
Rhein
Essen
Köln
DEUTSCHLAND
BELGIEN
Frankfurt
LUXEMBURG
TSCHECHISCHE
REPUBLIK
Nürnberg
Rhein
FRANK-
REICH
Donau
Passau
Wien
Györ
ÖSTERREICH
SCHWEIZ
SLOWENIEN
Po
KROATIEN
BOSNIEN
HERZE-
GOWINA
ITALIEN
Ligurisches
Meer
Adria
0
100
200 km

N
W
O
S
WEISS-
RUSSLAND
UKRAINE
LOWAKEI
Gura
Humorului
REPUBLIK
MOLDAU
Bistrița
Bacău
dapest
Oradea
Cluj
NGARN
Mahmudia
Galați
Tulcea
Sfântu
Gheorghe
RUMÄNIEN
Donau
SERBIEN
Schwarzes
Meer
BULGARIEN
MONTE-
NEGRO
KOSOVO
MAZEDONIEN
GRIECHENLAND
ALBANIEN
TÜRKEI

Dank

Der Roman ist meiner vor zwei Jahren verstorbenen Agentin Susan Bindermann gewidmet. Sie hat als Erste an den Stoff geglaubt, und ohne sie wäre dieses Buch wahrscheinlich nie entstanden.

Ganz besonders bedanken möchte ich mich für die langjährige und vertrauensvolle Zusammenarbeit bei meiner Lektorin Christiane Schwabbaur sowie dem gesamten Hanser-Team. Ein besonderer Dank geht auch an Enrico Pellegrino für die erneut großartige Umschlagsgestaltung. Zudem bedanke ich mich bei Alexa Mihai, Dana Scheidt und Simona Negrau, die mich mit dem Land Rumänien sowie seiner Sprache, seiner Kultur und seinen vielen liebenswürdigen Merkwürdigkeiten vertraut gemacht haben.

Für das kritische Gegen- und Korrekturlesen bedanke ich mich bei Jochen Raiß, Julia Kiener und Frank Müller. Und für die Unterstützung während des gesamten Schreibprozesses geht mein Dank an Marc Mandel, Hauke Becker, Markus Herget, meine Klasse 10b und nicht zuletzt (das aber umso mehr): an meine Frau Aisling und meine beiden Söhne Cian und Fionn.